見證！1937-1938

大公報 新中華報 中國日報○救國時報
抗敵報 中央日報 南寧民國日報 大剛報
新蜀報 新華日報 南京新民報日刊 申報

中文報刊中的南京大屠殺報道

徐小躍 主編 牢記歷史教訓 立志振興中華 1937.12.13 江蘇鳳凰美術出版社

我軍退出南京後繼續堅持抗戰○京敵暴行又一端○日寇在南京的獸行○恐怖中之南京○恐怖的南京城○紫金山下殺人競賽○日寇的殘殺奸淫，絕滅人性!○南京仍不安○一筆血債○敵軍獸行自畫供狀○鬆井承認敵軍獸行○敵軍信義掃地○敵獸行迭出○我被俘士兵寇肆意慘殺○古今中外所無之敵在京獸行○南京痛語○外人方面消息證實○京蕪敵軍暴行慘○南京氣象凄慘○日寇在南京獸行○敵陷京時之慘聞○京寇劫擄搶殺慘無人道○日寇在南京屠殺了我四萬兩千個同胞○南京九歲以上女子悉遭敵人蹂躪○南京同胞慘遭敵蹂躪○日寇一年的暴行○美報揭露敵軍暴行○京中氣象凄○寇據京滬後殺我三十萬人○字林西報揭載京敵仍狂肆屠戮○敵軍在京暴行美提抗議○滬英報指責獸行敵阻礙救濟南京同胞○美僑財産受侵害敵道歉賠償日暴行自畫口供○敵拒教會救濟難民南京糧食缺乏○倭寇在京暴行的另一鐵證○敵在京暴行又一鐵證○京敵兵橫行○京敵暴行又一證據○敵在京暴行攝成影片○敵急窺華南○京食糧恐慌○京敵企圖劫奪救濟難民捐欵○南京難民糧食恐慌○京十五萬難民全將餓斃○敵掠京難民糧食

見證：中文報刊中的南京大屠殺報道

"南京是個很大的城市
非常漂亮。"

南京戰時第十六師團步
兵第三十三聯第二大隊
大澤一男

"他們非常不安，儼然那裏是屠殺場，但最後也祇能無奈地、拖拖拉拉進去了。"

日軍第十六師團步兵二十聯兵隊上等兵

東史郎

“今晚，南京衹是一具可憐破敗的軀殼，街上空無一人。”

“安全區變成了日本人的妓院。”

“祇要我們從他們身邊走過，他們就跪下來，我們難受得不知如何是好。”

日本兵來到了小淑琴的家，他們卸下了家裏的木門，然後將它們劈成柴禾拿去燒火取暖。

出了船艙，他們看見了河面上浮滿了昨天晚上被殺的男人的尸體。戎秀英想在這些尸體裏找到父親和爺爺，但密密麻麻的尸體看上去都是一樣的。

因爲前兩天日本兵已經將街道上的尸體收走了一些，所以有的大街上的尸體看上去少了一些，但小街小巷裏的尸體仍然到處都是，有的還堆砌在一起。

今天是一年中白晝最短的一天，但仍包含這座人間地獄的24個小時。

南京大屠殺

1937 年 11 月 12 日，上海淪陷，日軍即揮師西進，攻打南京，以逼迫國民政府投降。12 月 13 日，南京陷落。由於指揮官唐生智組織撤退無方，致使 9 萬餘名士兵滯留南京城内。爲了在精神上征服中國人民，迫使國民政府投降，日軍以搜捕“中國軍人”爲名，在南京展開了長達 6 周的有組織、有預謀的大規模屠殺。這些屠殺行動，受害者少則數百人，多者達上萬人。據 1946 年 2 月在南京成立的軍事法庭統計，日軍在南京集體屠殺案 28 件，人數 19 萬餘人。至於其他零散屠殺案共計 858 件，後經各慈善機構掩埋尸體 15 萬餘具。這些被害者中，有已經放下武器的中國士兵、普通青壯年男子，甚至還包括婦女、老人和兒童，屠殺方式有槍殺、砍殺、活埋、焚燒、溺水等等，日本士兵甚至展開殺人比賽，以屠殺爲樂，殘忍至極。屠殺之外，搶劫、强奸、縱火等暴行不計其數，是日本侵華期間犯下的最嚴重罪行之一。

日軍在南京的罪行

敵軍占領南京後，在南

蠻屠殺與搶劫強奸，罪

各報紙雜志對日軍罪行

京實行了長達 6 周的野
行累累。本部份所收爲
的直接報道。

1937.12.20《救國時報》 我軍退出南京後繼續堅持抗戰

價目（郵費在內）

法國及其殖民地：每月六期三方　每季十八期九方　半年三十六期十六方　全年七十二期三十方

中國（南洋諸島在內）：每月六期四方　每季十八期十二方　半年三十六期廿二方　全年七十二期四十二方

英美德洲　南洋各地：每月六期五方　每季十八期十四方　半年三十六期廿七方　全年七十二期五十方

附註：凡美洲行郵費減價之國家，按歐洲各國訂價計算

GIU GUO SH BAO

(P 1)　"Au Secours de la Patrie"　（第一版）

20 Décembre 1937　HEBDOMADAIRE N° 141-142 Le numéro 50 Centimes.　中華民國廿六年十二月廿日

GIU GUO SH BAO
Rédaction-Administration
7, rue Commines
Paris (3e) France
本社地址
本社電話：Téléphone Archive 44-92
本社電報掛號：Chinpress Paris
本社收款處：Mr A. Moncel Ch. Postla aris 1675-56

救國時報

第一四一—一四二期

本報鳴謝啟事

茲承旅法僑胞惠捐本報十二月份月捐，捐款者芳名及數目列後：楊震華、陳天志、吳志卿、林銘宗、王冠華、白洪善、王竹青、林超八位先生共捐四十法郎。茲承本報印廠及發行部工友惠捐本報十二月份月捐共二百零五方，均此鳴謝。

本報承印啟事

茲值痛殲倭寇，挽救祖國危亡之際，宣傳印刷物品需要繁多，本報承印中西各種書籍、報紙、畫冊、宣言、傳單、廣告、圖表、名片、標語等印刷品。出品精美，價格從廉。凡有賜顧者請到 Giu Guo Sh Bao 7, Rue Commines Paris (3e) France 接洽，時間為二時至三時（星期日、星期六除外）特此啟事。

巴黎救國時報社啟

社論

目前抗戰形勢與反對親日漢奸

誰都知道，我國對日抗戰，是一個長期的艱苦的鬥爭。在長期抗戰過程中，難免要忍受某些犧牲和暫時失陷某些地區和城市，因為爭取民族解放的鬥爭，決不會是沒有犧牲的。只要我們能夠堅持抗戰到底，最後勝利終歸是屬於我們的。

自我軍退出上海後，敵寇逐步進逼，近更集中精銳進薄南京，我當局為繼續堅持抗戰，避免不必要犧牲，乃下令我軍退出南京。南京之退出，誠然是我方的損失，然而這種損失，遠不能決定整個戰局的勝敗；相反的，正如蔣介石先生所言「適足以加強吾人繼續抗戰之決心。」

的確，在敵寇深入，民族危機更加緊迫的今天，我全國上下表現了一致的堅強抗敵意志。在抗戰領袖方面，蔣介石先生宣言：「余一息尚存，誓必堅持抗戰到底」，毛澤東先生也說：「我們唯一出路，就是努力奮鬥與堅持抗戰」；在民眾方面，不但全國軍民再接再厲的堅持奮鬥，而陷入日寇鐵蹄下的上海同胞且有「誓不與日寇有任何合作」，並號召「我國政府勿與日寇作任何妥協，加倍努力為國家生存奮鬥到底」的宣言。這種上下一致不屈不撓堅持抗戰的表示，正是我國爭取抗戰最後勝利的基本前提。

再則，在目前嚴重局面下，我全國統一團結已經實現，民眾動員也表現了新的進步，如最近蘇、皖、贛、豫四省總動員之完成，將介石先生的發展各鐵路線民眾運動的指令，陝甘寧特區民眾抗戰動員的熱烈，各地義勇軍自衛隊的蠭起，特別是敵人後方各地遊擊運動的蓬勃開展：這一切遠不能滿足目前抗戰的需要，但如能因勢利導，繼續向前發展，則將是我國爭取抗戰最後勝利的最可靠的保證。

至於日寇方面，戰爭愈持久，則愈增大其困難。寇方因其政治經濟危機之加深與軍民反戰情緒之高漲，固已感到無法克服的困難；尤其侵略深入以後，更感兵力不敷，甚至連鐵路交通，也難保持，時有被我軍截斷的危險；特別是在寇軍遠近後方，我軍遊擊活動的開展，甚至有抗日政權的建立（如晉冀邊區），更給日寇以嚴重威脅；此外世界人士對日義憤之加深，英美與日寇利害衝突之尖銳，又使日寇在國際上陷於孤立地位。日寇雖什慫恿其強盜同盟德意法西斯藉口「調停中日衝突」，強迫我國屈服，可是這一企圖，又因我國堅決反對而宣告失敗。

日寇處在內外矛盾之中，德意「調停」又告失敗，所以不能不更竭力指使我國親日派漢奸，從內部進行破壞，藉口犧牲太重，散佈「妥協」（其實是投降）空氣，動搖抗敵國策，以瓦解全國堅持抗戰的決心；這樣來企圖實現其滅亡我國的陰謀。

親日派漢奸們知道，我國堅持抗戰對於日寇是極大的危險。他們也知道，抗戰的基礎是在於全國的一致團結，而抗戰的基本力量則在於全國民眾的廣大動員。因此，他們效忠日寇的辦法，首先就是破壞抗戰，為要破壞抗戰，必須破壞全國團結，以摧毀抗戰的基礎，同時並極力壓抑民眾運動以減弱抗戰的基本力量。親日派漢奸們正是在這樣進行他們的陰謀活動：利用某些戰線的挫折而高唱其所謂「妥協」論調來動搖人心，用挑撥離間手段來破壞國共合作，破壞全國的統一與團結，藉口「鞏固後方」或「防止漢奸活動」來壓抑民眾運動。這些無恥賣國勾當，不但在國內抗戰中習聞習見，甚至在各國華僑中也有此類喪盡天良的份子，散佈對抗戰的悲觀影響，分散華僑的團結和誣陷僑胞中的愛國份子以破壞華僑援助和參加抗戰的運動。親日派漢奸們更與日寇奸細下流無恥的託洛茨基陳獨秀匪徒們，互相勾結，狼狽為奸，以國家民族的利益為其獻媚敵人的禮品。總之，親日派漢奸託洛茨基陳獨秀匪徒們，是我國執行抗敵國策的主要障礙，是妨害我國堅持抗戰最兇惡無恥的敵人，堅決的肅清他們，嚴厲的懲辦他們，是目前抗戰中擺在我們面前緊急的任務。

我們希望堅持抗戰的當局，在此抗戰緊迫時期，當機立斷，以「斷腕去毒」的決心，清除軍政機關中的親日份子。在不久前雖有將作賓吳鼎昌等親日份子的撤換，但由中央調任地方，仍不免「姑息養奸」之譏，現在應當首先將造作妖言搖惑人心阻撓抗敵國策的親日首要如汪精衛等撤職懲辦以鞏固抗戰的總的領導機關。對於這般漢奸份子的清除和懲辦，正是全國人民的迫切要求，必能取得全國一致的擁護。

我們希望全國同胞，在熱烈動員抗戰中，同時不要忽略了「肅奸」運動，只有「肅奸」運動的開展才能實現廣泛的抗戰動員。應當具體揭發一切親日漢奸份子，給以嚴重打擊，堅決肅清，並幫助政府執行法令來處辦這般叛國罪犯。最近雖然有一部份先進人士與學生群眾提出了「反對親日漢奸」的口號，然而這一口號的實際效能，只有把牠變成廣大群眾的實際行動才能表現。

我們特別希望旅外僑胞，用最大的努力，進行「反對親日漢奸」的運動。我們應當在積極援助抗戰中，建議政府為抗戰利益執行人民的要求，徹底懲辦賣國求榮的親日漢奸，援助國內同胞擴展「肅奸」的群眾運動，同時更注意華僑自身的「肅奸」運動，鞏固僑胞的團結，反對一切挑撥和分裂救國運動的陰謀，一切甘心當敵寇奸細走狗的份子，驅逐出僑胞隊伍以外，對於那般與親日漢奸有密切聯繫的份子，予以嚴格的監督與防範。對於口蜜腹劍而南派的奸細（如非島文化救國會對於高承烈匪徒的教訓）則應予以徹底揭發，號召僑眾一致申討，並要求使領當局給以嚴厲懲辦。

要訊

我軍退出南京後繼續堅持抗戰

★寇軍傾力進攻南京我軍英勇抵抗

十二月初，寇軍增援並集中進攻句容我軍陣地，我軍英勇抵抗，鏖戰四日夜，寇軍又派大兵到來包圍，我軍乃破圍而出。寇軍即於七日起分三路進薄南京：（一）由句容，（二）由天王寺——（三）由溧水。寇艦因我軍所設之障礙物所阻，未能前進合攻南京；但寇軍由宣城取蕪湖，抄襲南京側面及後方。

日寇前鋒七團人於八日由句容一帶逼近南京，其他部隊陸續集齊，向我軍進攻並施用毒氣。我軍沉着應戰，特別是玄武湖紫金山一帶之我軍，居高臨下，據險固守，屢次擊退寇軍之衝鋒。我機及大炮亦轟炸敵人，激戰數日夜，寇軍死亡六千以上，我軍亦多英勇犧牲。十二日敵軍又大舉進攻，南面向光華門，北面向和平門猛擊，並自晨至晚，不斷以大炮飛機坦克轟擊，為寇軍掩護。光華門戰事尤為激烈，寇軍一日內衝鋒十次，但我軍英勇犧牲，將寇軍擊退。十三日，寇軍於增援後衝鋒益烈，全城被寇機及大炮轟擊起火，城外各地，全為灰燼，揚子江上障礙物亦已破轟毀，鎮江又已於十三日淪陷寇手，我軍乃奉令於十三晚退出南京，渡江北上，佈置新防線。掩護主力軍退却之我軍後衛，強頑抵抗寇軍，我主力軍得以安然撤退。據倫敦時報訊，至十五日，南京仍有我軍敢死隊數隊在北城與日寇掙扎。

日寇攻寧大肆殘暴

日寇以空前之兵力進攻南京，肆行殘暴，且對居民區域，殘酷轟炸，以至街市為墟，死傷遍地。我國文化古蹟珍藏亦多毀於寇手。據倫敦每日郵報南京通訊員宣稱，彼親見寇軍將我軍俘虜三百名，一律加以槍斃，沿江一帶，屍身狼藉，日軍汽車，在街上馳駛，輾過婦女老少之屍身，血肉模糊，斷手削足，慘不忍睹。

我軍退出南京後，主力集中滁州一帶，前鋒則在江浦各地，繼續抗戰。寇軍現分三路北上：（一）主力沿津浦路圖滁州，（二）右翼沿運河取揚州，（三）左翼由蕪湖出和州。截至十八日電訊止，我軍在江浦附近堅決抵抗寇軍，已鏖戰二日夜。在和州方面，我軍已將浦鎮東葛間之橋樑完全破壞，以阻寇軍北上。揚州於十五日陷落訊。在嘉興，中央社謂我軍於十五日在城外十里地方擊敗寇軍之進攻。此外，寇軍現正準備進犯杭州，在嘉興集中寇軍七千人，向杭開拔。在峽石有日機十架。寇軍並已急修被我軍破壞之平湖乍浦公路。

寇軍南下圖攻閩粵

據報載，最近由滬南運之寇軍又有進犯我國南部沿海之勢。寇艦十七艘又已開到南海，並已在海南島及珠江口一帶佈置。寇軍企圖在平海一帶登陸，但為我軍所阻。日寇即將進攻閩粵沿岸各地。中央軍事委員長蔣介石已訓令粵省當局，於寇軍進犯時，即予以堅決抵抗。

在山西戰線上，寇軍因我軍在其後方發展遊擊，未能南下。我軍仍在平遙一帶與寇相持。

在山東方面，我軍曾將濱縣、蒲台、霑化、陽信、無棣等地寇軍驅走。冀魯交界之鹽山、慶雲等地亦為我軍光復。但日寇增兵至滄城並趕做黃河沿岸工事，有企圖渡河攻濟南勢。

在冀豫邊界上，我軍連日在清豐武安一帶與敵激戰。武安於十三日曾一度為寇佔據，我軍於十六日反攻後收復。我軍司令孫殿英將軍，以武安縣政府負責人員，於十三日我軍未退前即先棄城而逃，乃下令將彼等槍決，以儆效尤。

全民動員抗戰到底

綜觀連日戰訊，我軍雖有局部失利；但我國上下均有繼續抗戰到底之決心，並實行堅持抗戰之各項辦法。中央軍事委員長蔣介石下令各省當局須在前線附近，特別是鐵路沿線，組織民眾軍事訓練。徐州一帶我軍司令李宗仁亦於十一日對徐州民眾代表宣稱，若果我國能發動廣大民眾並堅持抗戰到底，則最後勝利必定屬於我國。又訊，江蘇、安徽、山東、河南四省總動員現已竣事，我軍勢力大增。衡陽紅十字會醫院傷兵八百人，傷癒後又已開赴前線殺敵。雲南女界同胞五百人，組織婦女義勇軍，已奉命開赴前線。福建青年組織青年義勇軍，加入者已達三千人。凡此種種，都是我國上下決心堅持抗戰之表示。我國應該更加廣大地動員民眾，剷除那些阻礙民眾動員的官僚份子，以全民族全人民的力量來爭取抗戰勝利。

在寇軍後方

我軍遊擊運動蓬勃發展

● 五台山一帶成立反日政府發行紙幣

● 其他各地寇軍後方均有我軍遊擊隊

據電訊，在我國北部之寇軍後方，我第八路軍及其他部隊之遊擊運動，日益發展。在晉東北五台山一帶，已發展着廣大的游擊區，佔地達二十餘縣之廣，遊擊隊達三萬人以上。倫敦時報並謂我軍在那裏已成立反日政府，發行紙幣。最近寇軍由代州進攻繁峙我軍，為我軍完全擊潰。我軍於十日進襲大同城外十公里之寇軍車站，又給寇軍以巨創。日寇見我軍遊擊日烈，特派坂垣率其第五師團之二萬人至張家口與大同，對付晉東北之我軍。（按坂垣是最初入晉的日寇主將，亦即平型關之役我第八路軍大勝之下之敗將）。在晉西北亦有我軍萬人遊擊。晉東數縣現在我軍手中。平津附近及平漢路一帶，我軍遊擊亦見活躍。北平西山附近，有我軍二千餘名，屢給寇軍以打擊，十一日在北平近郊曾有激戰。據路透社訊，平漢路我軍遊擊隊於十二日將房山之寇軍驅走，在新樂一帶亦有戰事，寇軍死亡數十人。順德寇軍據城困守，不敢出城門一步，深恐被我遊擊隊襲擊。現平漢路之寇軍交通，時常被我軍截斷。大名一帶亦有我軍遊擊隊三萬人。津浦路上德州周圍，我軍遊擊隊，亦在活動。即在江浙太湖沿岸之遊擊運動亦見發展。據大美晚報訊，我軍遊擊隊五千人，奪回上海西南之洙涇。另一隊三千人光復湖州。善璉、南潯、菱湖、晟舍、南潯等地寇軍曾被我遊擊隊驅走。各地民眾均積極擁護及參加遊擊。

外報紀載 我軍遊擊發展

倫敦時報十二月十五日登載通訊云，在我國北方，遊擊運動日見蔓延，並謂日人之生命在北平城外二十五公里地方即毫無保障。日軍佔領鐵路沿線地帶，但此外之廣大地域，實為日人勢力所不及。即太原與大同間之日軍交通亦常被截斷。在天津保定間公路上，日軍車亦時在危險狀況中。在晉東北，中國遊擊隊據有五台山一帶，達一千英方里之廣，常時襲擊日軍運輸。該報通訊員又謂，日軍現在中國北方共有五十萬人；但實不足以「綏靖」各地而建立日本之統治。日方雖嚴守秘密；但北方到處均有遊擊運動，則係不可掩飾之事實。不久前在鄗鄠有遊擊隊與日軍激戰，遊擊隊襲攻日軍飛機場，毀去日機七架及汽油，此事為人所共知，即日方亦不能不承認云。瑞士新邱爾哈報最近亦發表論文，謂寇在我國北方遭受種種困難，特別是我方遊擊運動之發展，尤為日寇之大患云。

我軍退出南京後

蔣介石先生又宣言

誓必抗戰到我國之最後勝利

宣言係給日寇及親日派之打擊

據電訊，我軍於十三日退出南京後，中央軍事委員長蔣介石先生於十四日由前線司令部無線電發表宣言，大意謂：『我軍退出南京，對於我國政府抗戰到底之原定方針並無影響，而適足以加強吾人繼續抗戰之決心。自政府由南京遷出後，南京即無任何之政治及軍事意義。當敵人優勢的武器將給我軍以過分犧牲時，本人乃按照原定計劃，下令我軍退出南京』。又據十七日漢口電，蔣委員長又由無線電發表告全國民眾宣言，茲將該宣言之英文電稿譯載如下：

『抗戰以來，我軍在各方前線死傷達三十萬人以上。平和居民生命財產之損失，更難以計算。此種重大損失為對外抗戰歷史所未曾有。余忝居統帥之職，國民遭受如此之重大損失，余實使然。就余之地位與職務而言，亦責無旁貸。余感受慘痛，較諸軍民為尤甚。然余一息尚存，誓必堅持抗戰到底，到我國之最後完全勝利。唯有如此，余始可無愧於黨國，無愧於政府，無愧於人民。

日寇侵略我國，不外鯨吞蠶食二途。以空前之軍力佔據南京，必將變本加厲以實現其征服我全中國之野心。鯨吞危險固顯而易見，蠶食則較慢而陰險。若日寇繼續其蠶食之政策以滅亡我國，則吾人必須不為和平與安全等花言巧語所迷惑而忽略抗戰之任務。我國必須反抗蠶食分裂。在此空前國難之前，實無猶豫動搖之餘地。就戰局前途觀之，吾人認為，目前之形勢，實對於我國有利。我國將來勝利之基礎，在於繼續堅持抗戰。此一抗戰之力量不是在南京或其他大城市，而是在於全國之鄉村及全民之決心。我全國同胞均知日寇侵略之無可避免，即須父勉其子，兄勉其弟，使各盡抗敵禦侮之責任。唯有如此，始可在全國領土內建立堅決之防衛。因此，在目前情況之下，我國必須不為一時之勝敗所影響。敵人此次進攻，其意義不只在強佔我國領土，而且在消滅我國民族和毀滅我國文化。[illegible]

無論目前形勢變化如何，吾人必須服從而向前挺進。勝利或非短時間內可以達到；但若投降，則無異自尋死亡。[illegible]

日寇愈加深入我國內地，必將遭遇不可克服之困難。若彼決意佔領我國廣大之領土，及征服我四萬萬人民，則必須維持龐大之軍隊。若我國人民到處繼續堅決之抵抗，則日寇軍力衰竭，而使吾人得到最後勝利之一日必有。』

據各方觀察，蔣委員長此一宣言，係對日寇企圖使我國投降屈服之答覆，並係給主張投降屈服之親日份子的打擊云。

毛澤東先生宣稱

必須更加團結堅持抗戰

據漢口電訊，曾往陝北特區（前蘇維埃區）參觀之大公報記者宣稱，陝北特區民眾表示高度的抗日決心，現在並積極進行特區政府選舉，建設國防工事，慰勞前方將士以及消除文盲等各方面工作。共產黨領袖毛澤東先生於接見該記者時，曾有重要聲明，茲將英文電訊內毛澤東先生對該記者之談話譯載於後：

『我國抗戰目前雖遭受局部的失利；但這些失利使我們得到了重要的教訓。現在全國上下都清楚知道我們之所以遭受局部失利的弱點。今後我們必須進行堅決的反攻，改善軍隊的質量，發展戰士們政治自覺性和注意到各地風起雲湧之遊擊運動。現在我國北方有日寇軍隊二十萬人；但彼等深入內地，後方空虛，這就給我們以很大可能來驅逐敵人。』

最後毛澤東先生宣稱：『我們都一致擁護蔣委員長領導。我們底抗戰是革命的。我們必須堅持抗戰到最後的勝利。我們用盡一切努力來鞏固全國的團結，以爭取抗戰的勝利而保衛中華民族。現在有許多人在談論軍事上的某些失利，但全國民眾與當局都正在堅決組織抗戰，因此沒有任何根據來持抱悲觀。我們唯一出路就是努力奮鬥與堅持抗戰。我們最後的勝利期在不遠』。

悲壯的呼籲

上海同胞告全國同胞宣言

要為國家生存奮鬥到底

★日寇在滬愈肆橫暴

日寇在滬肆行橫暴，特別是對於我國各界同胞，更是慘無人道。現又據電訊，日寇搜查逮捕滬上同胞，無日無之，而且非法在公共租界內逮捕我國同胞。英文大美晚報載，十二日，日軍一隊將公共租界內之中文佈告廣告等均一律撕毀。寇軍並實行霸佔各國在滬當局劃出之南市中立區，按戶搜索，發現金錢財物，即強行搶去，對於青年婦女則任意侮辱，稍有反抗表示者均加逮捕或就地槍決。日寇並在公共租界及法租界以外之各大路口搜捕行人。上海為交通大埠，各國視聽所在，但日寇竟如此猖獗，其在我國其他被佔地界內之兇蠻更可想見。

上海同胞，雖遭日寇蹂躪；但其維護國家民族之赤誠則未嘗稍減。據十二日電訊，上海同胞發表告全國同胞宣言，大致云：上海淪入寇手，雖已一月；但上海三百萬中國同胞，莫不竭誠一致擁護中央政府及其領袖，而且誓必為中華民國效命。上海同胞決不與日寇作任何合作，決不購買日貨，決不參加有害於我國利益之任何活動並決不承認日寇在滬成立之傀儡機關。該宣言最後號召我國政府勿與日寇作任何妥協而加倍努力為國家生存奮鬥到底。

日寇慘炸我國醫院學校

日寇殘暴為人道所不容 我們必須盡量加以揭露

寇機轟炸我國各地，醫院及小學校亦為其濫施轟炸之目標，即僻居西陲之蘭州亦慘罹其難。[illegible]

百人。九日，寇機慘無人性之獸行，更使人髮指皆裂。是日寇機向南昌醫院轟炸，病人不能逃避，多被炸死，為狀至慘。南昌其他地方亦慘遭破壞，死傷七十餘人。[illegible]

[illegible] 日寇這些橫暴獸行，實為人道正義所不容，我海內外同胞必須盡量加以揭露，擴大抗日之國際宣傳與組織工作。

日在城外十里地方擊敗寇軍之進攻。此外，寇軍現正準備進犯杭州。在嘉興集中寇軍七千人，向杭開拔。在峽石有日式坦克數十架。寇軍並已急修被我軍破壞之平湖乍浦公路。

寇軍南下 圖攻閩粵

寇軍又有進攻我國南部沿海之勢。寇艦十七艘又已開到南海，並已在海南島及珠江口一帶佈置。寇軍企圖在平海一帶登陸，但爲我軍所阻。據報載，最近由滬南運之寇軍約五萬人以上。據各方觀察，日寇即將進攻閩粵沿岸各地。中央軍事委員長蔣介石已訓令粵省當局，於寇軍進犯時，即予以堅決抵抗。

在山西戰線上，寇軍因我軍在其後方發展遊擊，未能南下。我軍仍在平遙一帶與寇相持。在山東方面，我軍曾將濱縣、蒲台、霑化、利津、無棣等地寇軍驅走。冀魯交界之鹽山、慶雲等地亦爲我軍光復。但日寇又增兵至濟城並趕做黃河沿岸工事，有企圖渡河攻濟南勢。在冀豫邊界上，我軍連日在清豐武安一帶與敵激戰。武安於十三日曾一度爲寇佔據，我軍於十六日反攻後收復。我軍司令孫殿英將軍，以武安縣政府負責人員，於十三日我軍未退前即先棄城而逃，乃下令將彼等槍決，以儆效尤。

全民動員 抗戰到底

綜觀連日戰訊，我軍雖有局部失利；但我國上下均有繼續抗戰到底之決心，並實行堅持抗戰之各項辦法。中央軍事委員長蔣介石下令各省當局須在前線附近，特別是鐵路沿線，組織民衆軍事訓練。徐州一帶我軍司令李宗仁亦於十一日對徐州民衆代表宣稱，若果我國能夠動員廣大民衆並堅持抗戰到底，則最後勝利必定屬於我國。又訊，江蘇、安徽、山東、河南四省總動員現已竣事，我軍勢力大增。衡陽紅十字會醫院傷兵八百人，傷癒後又已開赴前線殺敵。雲南女界同胞五百人，組織婦女義勇軍，已奉命開赴前線。福建青年組織青年義勇軍，加入者已達三千人。凡此種種，都是我國上下決心堅持抗戰之表示。我國應該更加擴大地動員民衆，剷除那些阻礙民衆動員的官僚份子，以全民族全人民的力量來爭取抗戰勝利。

要訊

我軍退出南京後繼續堅持抗戰

★寇軍傾力進攻南京我軍英勇抵抗

十二月初，寇軍增援並集中進攻句容我軍陣地，我軍英勇抵抗，鏖戰四日夜，寇軍又派大兵到來包圍，我軍乃破圍而出。寇軍卽於七日起分三路進薄南京：（一）由句容，（二）由天王寺——（三）由溧水。寇艦因被我軍所設之障礙物所阻，未能前進合攻南京；但寇軍由宣城取蕪湖，抄襲南京側面及後方。

日寇前鋒七萬人於八日由句容一帶逼近南京，其他部隊陸續集齊，向我軍進攻並施用毒氣。我軍沉着應戰，特別是玄武湖附近鍾山一帶之我軍，居高臨下，據險固守，屢次擊退寇軍之衝鋒。我機及大炮亦轟炸敵人，激戰數日夜，寇軍死亡六千以上，我軍亦多英勇犧牲。十二日敵軍又大舉進攻，南面向光華門，北面向和平門猛撲，並自晨至晚，不斷以大炮飛機坦克轟擊，爲寇軍掩護。光華門戰事尤爲激烈，寇軍一日內衝鋒十次，但我軍英勇犧牲，將寇軍擊退。十三日，寇軍於增援後攻勢愈烈，全城被寇機及大炮轟擊起火，城外各地，全爲灰燼，揚子江上障礙物亦已被轟毀，蕪湖又已於十三日淪陷寇手，我軍乃奉令於十三晚退出南京，渡江北上，佈置新防線。掩護主力軍退却之我軍後衛，強頑抵抗寇軍，我主力軍得以安然撤退。據倫敦時報訊，至十五日，南京仍有我軍敢死隊數隊在北城與日寇掙扎。

日寇攻寧 大肆殘暴

日寇以空前之兵力進攻南京，肆行殘暴，且對居民區域，殘酷轟炸，以至街市爲墟，死傷遍地。我國文化古蹟珍藏亦多毀於寇手。據倫敦每日郵報南京通訊員宣稱，彼親見寇軍將我軍俘虜三百名，一律加以槍斃，沿江一帶，屍身狼藉，日軍汽車，在街上馳駛，輾過男女老少之屍身，血肉模糊，斷手刖足，慘不忍睹。

我軍退出南京後，主力集中滁縣一帶，前鋒則在江浦各地，繼續抗戰。寇軍現分三路北上：（一）主力沿津浦路圖滁州，（二）右翼沿運河取揚州，（三）左翼由蕪湖出和州。截

1937.12.25《大公報》 外人方面消息證實

杭州郊外已有戰事
魯北之敵偷渡黃河
一股趨周村一股西犯威脅濟南
江北敵退出邵伯我軍反攻揚州

社評
敬謝全世界同情中國的宗教家

今天是耶穌聖誕節，我們願借這個機會，向全世界同情中國的天主耶穌兩教的宗教家諸位，代表中國國民……

津敵機炸運河冰凌
爲防我游擊隊踏冰北攻
僞組織成立所謂新民會

外人方面消息証實
敵在南京大屠戮！
難民區內亦滿佈血腥
上海松江間浩劫尤慘

澳門近事

宋慶齡等已離港

美報揭露
敵軍暴行
紐約泰晤士報通訊詳紀
引起美國人士深切印象

敵機昨侵入港空
英決保華南權益

新任蘇聯大使
定今飛漢
昨日已到蘭州

滬僞組織
敵方進行積極

滬英軍調防

侵綏敵軍
集中大同

我海關問題
英下院討論

難民區內亦滿佈血腥

上海松江間浩劫尤慘

【中央社南昌二十四日電】牯嶺外人方面消息，敵軍佔據南京後，姦淫擄掠，無所不爲，我國難民中四十歲以下男子被慘殺者達五萬人之多。

【中央社訊】上海所傳敵軍在南京大肆屠殺之報告，已由此間私人方面所得之南京消息予以證實，可見巴納號之被炸及英艦之被砲擊，均爲敵軍實行恐怖及屠殺之一幕，非僅中國軍

外人方面消息証實

敵在南京大屠殺

民之所[illegible]，亦足使各列強官之驚異也，我政界人士對于此事之感想，略如下述，由外人及私人方面所得南京報告，可見日本軍人中之少壯派現控制一切，不顧其長官之訓誡及命令，恣意橫行，造成恐怖，此等少壯派，囑以爲外國記者及外交界均已離京，無人目擊其暴行，故對中國民衆，益肆其殘暴，又聞南京難民區亦遭屠殺，難民區爲日方允諾保護之域，其中多爲貧苦無告不能退走之非戰鬥員，竟亦不能免于劫運，尤堪痛憤，因有少數外交家及外僑重返南京，始將上項恐怖狀態之消息洩露於外，日軍入城後，種種暴行之經過，係由中外可靠方面所得悉，據一般觀察，此等暴行，將於日本對中華人民之侵略史上永留暗澹及血腥之一頁，又據日軍佔領下其他城市之官方報告，此等城市亦均遭同樣屠殺，此等城市中之平民，或因處於日軍宣稱不侵害非戰鬥員之迭次聲明，而未退走，此等平民遭日軍屠殺者，不勝枚舉，另據外人目擊者證實，上海松江間之各鄉村遭日軍屠殺，其狀尤慘，農民除先期逃出者外，幾於無一倖免，日政府于此次屠殺中，屢次聲明，日本非與中國人民爲敵，但係推翻中國現政府以樹立東亞和平而戰云云，苟爲贏得中國之友誼及合作，必須藉助于殘殺中國萬千無辜之民衆，則全世界對于此一國家欲與中國人民携手，而先屠殺其同胞之倒行逆施，將爲之駭異不置矣。

1937.12.28《大公報》 京敵暴行又一端

濟南我軍守泰安北

濰縣甚緊戰事將展至青島
敵向太原增兵有南犯模樣
浙境將在衢紹展開主力戰

【中央社徐州二十七日電】我晉北各軍自十一月十五日退守黃河南岸後，迄今已逾四十一日，其間敵雖不斷在洛口對岸砲轟濟南，但始終不敢與我作正式渡河戰，此次敵在我右翼濟河鎮乘夜偷渡，原欲向西試探，威脅濟南，經我軍奮勇阻擊，敵亦不得不掉頭東去，惟二十六日晚敵用密集砲火掩護，又在濟陽齊河乘隙同時強渡，雖經我孫桐萱、李漢章兩部分途迎擊，終以南岸工事被燬殆盡，二十七日晨五時被敵渡過，侵入濟市，我軍遂改守白馬山新陣地，總計是役敵損失慘重，遺屍滿河，我軍亦傷亡千餘人，並于未到白馬山前，將濟市各項建築及交通自動破壞，以示焦土抗戰決心，白馬山至泰安間，為泰沂山脈所綿亘，今後津浦北段戰事，已由川河戰轉為山地戰，敵機械化部隊將失其效用，我軍當可予敵以更大之打擊。

【中央社徐州二十七日電】路息，由周村向張店東侵之敵，現仍有向前進犯模樣，犯博山之敵，因遭我在泰沂山脈守軍之攔擊，傷亡慘重，已不敢恣意南進，此外壽光方面亦發現敵兵一股，正向我濰縣進犯，衆料戰事即將展至青島。

【中央社青島二十六日電】濰縣軍息，敵軍于二十五日晚十一時進佔周村，一面分攻張店、博山，一面沿膠濟路東下，以包圍形勢進攻青島，敵艦在海面亦積極活動，屢欲試探登陸，均被擊退，此間極為緊張。

【中央社青島二十六日路透電】今日據華方消息，日艦七艘出現於距青島小輪駛行約一小時半路程之冷山衛外。

【中央社濟南二十五日電】二十五日晨起敵機數十架在濟市上空往返盤旋，轟炸之聲，終日不斷，周村泰安連日均有敵機窺伺，並投彈轟炸。

【中央社徐州二十七日電】敵機二架二十七日晨九時飛徐，在東站一帶盤旋半小時，并投彈六枚，炸毀民房十數間，死平民四名，傷一名。

[illegible]道路，堵塞東南[illegible]……欲阻我前進，敵爲粉飾太平，近派漢奸多人，潛入內地，誘惑難民返鄉。……經我民軍一度克復後，殘敵猶思頑抗，現我生力軍某師已渡河，向北推進，直逼縣[illegible]

晉中之敵似圖蠢動

【中央社[illegible]二十七日電】山西方面，敵連日[illegible]

江北沉寂 敵窺合肥

【中央社徐州二十七日電】[illegible]……揚州西北鄉[illegible]……傳巢縣及無爲已[illegible]……方面仍分在高[illegible]……之敵現仍盤據[illegible]……浙江方面敵圖[illegible]……激戰，主力戰[illegible]

浙省實施青年訓練

[illegible]

津電報局終將停業
電話局尚得暫時保全

【徐州二十七日上午十一時發專電】津訊，津電報局已盡最後努力，銀行商界均希望並請求繼續營業，以維南北商務，但終局於必須顧全立場，故希望甚微，法租界當局爲息事寧人計，亦願電報局停業，美國交通馬凱公司擬仿滬局辦法，在津組織國際電局，尚未得交部許可，電話局則四機器在握，其所在地英租界當局爲治安計，尚肯幫忙，拒絕日人接收，得暫保全。

社評
爲匹夫匹婦復讎

敵軍占南京後，屠殺難民，淫污婦女，報告甚多，都是外僑所傳。[illegible]

[illegible]樣，凡有人[illegible]應當怎樣鄙[illegible]……軍默契而成[illegible]類，總不應[illegible]其最後留京[illegible]區之故。奈[illegible]雖古代野蠻[illegible]具，且口稱[illegible]人民，現在[illegible]數，何況到[illegible]看，這真是[illegible]國人之立場[illegible]之立場上不[illegible]者，起來爲[illegible]何洲何國，[illegible]這現代化裝[illegible]的萬惡日閥！西洋人特別尊重女性，請看日軍在南京在各處怎樣欺辱良善婦女！報上常看見千百成羣的婦女，被敵軍編隊帶走。又最近西人紀載，在南京見一日本軍官室中，禁錮婦女有七八人，一般情形，可想而知，歐美人士，素有義俠之心，對於這人道的巨寇畢竟作何感想呢？

我們希望全國同胞者，也是這一句話：「爲匹夫匹婦復讎，」在私人問題，復讎本是褊狹心理，但爲民衆復讎，則是聖賢遺訓，爲中國道德之精華。我們人民此次被暴敵蹂躪太殘酷，太悲痛了，明末所謂揚州十日，嘉定屠城之痛史，現在天天演着。就以最近幾天說，看浙江，看山東，真是水深火熱，不可形容，我們政府，我們各界，目擊耳聞，男女同胞們這樣遭難，應當怎樣立志決心，替這千千萬萬的匹夫匹婦復讎呢？敵人這樣，是完全暴露其罪惡，其註定敗亡，當然之事，我們大家務須聯合全世界主張正義人道者，努力殺敵，以爲這些被害人伸冤雪恥。後方各界，特別要刻刻不忘！

澳門東北海面發現大批敵艦
廣東空氣又趨緊張
敵機四十餘架昨炸粵境各路

[illegible]餘艘由滬南來閩[illegible]……下午四時輪流來[illegible]，毀路軌極多。

【中央社廣州二十七日路透電】日軍侵粵之企圖，前頗激起此間之憤慨，近一二日來已靜，惟自今晨接到日艦二十艘在澳門臨近發現之香港路透社電後，一般人復又倍憤，據華人方面消息，如果該批日艦業於昨日發現，則早應於今日抵達目的地，而[illegible]

【中央社香港二十七日路透電】中國官方迄未接到[illegible]之消息，[illegible]一般人觀察，日軍似不致經由河口之三角洲，以攻廣州，蓋其途徑既極困難，而復須在華南[illegible]，廣州今日尸發出空襲警報二次，惟未發現飛機云。

【中央社香港二十七日路透電】外國乘客昨在開往澳門輪中目睹澳門東北十五英哩地方有日艦二十艘，日機多架由航空母艦飛起，此等飛機開往澳門之偵察，衆信上週在大鵬灣外發現之二運輸艦，爲該艦隊首先集中者，現似將在澳門內地之中國領土登陸，因該處有直接之路逕通至廣州云。

【中央社廣州二十七日電】敵機四十二架二十七日分四批轟炸粵漢路各站，投彈數十枚，各段路軌均受損壞，廣九路樟木頭、塘頭廈兩站路軌亦被炸，但損失甚微。

【中央社海口二十七日電】敵艦一艘今日下午駛近海口洋面，派機兩架飛瓊島偵察。

粵　自接奉最高統帥部的通令，推動整個民衆武力，以增強各地的抗戰力量後，即經商決推行各縣市聯防自衛，以鞏固民衆陣線，並推請粵中宿將陳銘樞、蔣光鼐、蔡廷鍇、李濟深、香翰屏等，負責領導民衆，作抗戰的準備，陳將等接受此項邀請後，以動民衆實爲現在急不容緩之圖，實有迅速推動的必要，後經各宿將會商的結果，僉以敵艦現時徘徊粵沿海一帶，隨時有伺機登陸的可能，必須先充實沿海各區民衆的自衛力量，始能杜絕敵人的覬覦，因此決定先將沿海各縣劃爲七個特別聯防自衛區，計㈠潮（潮安）汕（汕頭）、㈡海（海豐）陸（陸豐）、㈢惠（惠陽）寶（寶安）、㈣中山、㈤台（台山）赤（赤溪）、㈥欽（欽縣）廉合（合浦）、㈦瓊崖、北海，內地各縣，即劃爲十二個普通區，各區統限於明年一月一日成立，每區由宿將一人負責領導指揮，訓練各縣壯丁，使成勁旅，務期將綏靖，呼應靈便，如敵來犯，即聯合抵抗，使無法進攻。

同　時黨政軍聯席會議，以粵省三千五百萬人口中，農民最衆，居於城市的不過數百萬，其餘則散處於各地的農村，動員抗戰，須深入農村，方符發動全民力量的主旨，故黨政軍聯會決定推動農村動員，除令各縣市黨政機關，隨時就近指導民衆外，並令民衆訓練部成立民衆運動幹部訓練班，招考民運幹部人員五百名，施以兩星期的短期訓練，派赴各縣市，担任領導民衆動員工作，其工作要點，㈠提高民衆對國家民族意識。㈡闡明民族存亡與國民的重大關係。㈢此次抗戰的必要。㈣確信最後勝利的信念，以堅民衆的信心。㈤勸導民衆，踴躍出力輸財。㈥指導增加各種生產運動。㈦提倡與抗敵有關的建設，和地方各種自力建設，務使民衆與政府打成一片，使其多出財力，參加抗戰。

[illegible]組成勁旅，俾臨時鎮地均可與敵週旋，現在各項動員民衆和抗戰工作，因主持有人，推進順利，加以粵省民衆的抗敵情緒異常激昂，均願與敵週旋，爲國効死，因此，粵省不久當可築成一堅固的民衆陣線。

省　府主席吳鐵城以各縣區署長爲政治下層的基幹，親民的官吏，平日對於民衆，極爲接近，現既發動全民動員，則必須先健全縣時下層組織，始能推行順利，特分電各縣長云：「查本省各縣分區設署，業經遵照行政院公布各縣分區設署暫行規程，參酌本省特殊情形，訂定實施辦法及經費等表，令佈施行，值茲非常時期，又規定變通辦法四項，以期迅即實全地方政制，現查各縣均已先後遵照組織成立，惟一般人民，對於區署制度與以前之區公所每多混誤，不知以前之區公所純爲自治組織，而現在之區署，乃行政機關，區署職掌，凡保衛安寧，調查戶口，訓練民衆，指導合作，推行教育，清丈土地，實施工役以及一切農林、水利、衛生、交通等，與管教養衛有關者，統由區長秉承縣長之命，負責執行，故區署成立協助推行政令之機關，實等於國家政府之分署，各區署專員，應知區署爲政治下層之基幹，本身爲親民之官，當此非常時期，對於社會安寧秩序的保持，民衆軍事政治之訓練，生產事業之倡導，國防設備之充實，皆應特別努力，而關於區內民氣之振導，風俗之改良與乎新生活運動之推行等，尤當以身作則，深入民間，推己及人，以期下層組織，日臻健全，有厚望焉，至於沿海各縣長和各區署長，因其所處地位，大逼與敵接近，須隨時準備武裝民衆，與敵週旋，故必須軍事人員，始能勝任，現閩吳氏決定將沿海各縣縣長各區署長，一律易以軍事人員，俾能與各地的武裝民衆配合，築成一道堅強的軍民聯合抗敵陣線。（二十四日）

臨陣脫逃
團長李恒中返粵被槍決

【廣州二十七日下午五時發專電】粵總部槍決由滬臨陣脫逃返粵之團長李恒中。

滬閘北等處開放
僅許有通行證之外人入內
敵公布禁例外僑頗感不安

【中央社香港二十七日電】外息，蘇州河北岸租界越界築路及閘北二十七日晨起開放，惟僅領有通行證之外人准許入內，搬運財物則須請日軍護衛監視，國人不准入內，財產亦不准代運，日方並公布嚴格之禁例，違者均以軍法懲處，故前往者尚不多，浦東交通已開放六處，日商公司籌備上海吳淞間輪渡，兩週內可開航。

【中央社上海二十七日電】日本軍事當局頃公佈日軍佔領地區規程，規定不論華人外僑，凡阻礙日軍計劃者，一概處罰不貸，其案情重大者，得處以死刑，此項規程公佈後，滬上外僑俱感極度緊張，以爲日方雖聲明日本與他國所締條約不受此項規程之影響，惟按其性質，實無異于取消各國在華之領事裁判權，蓋照日方聲明，凡日軍管理下之公共租界地區，此項規程仍一概適用也。

【中央社上海二十七日海通電】日在滬軍事當局今日公布通告，對外人在日軍佔領區域內之種種限制，略爲減輕，現外人已准在蘇州河北岸之區域自由出入，不必再持通行證，惟外人僱用之華籍職工，仍禁止通行，外人在該區域貨倉內儲藏之貨物亦准提出境，至外人儲藏於該區內之中國貨倉內各物，現多已[illegible]，北撤運仍受限制云。

新蘇使訪王外長
作到任後首次拜會

【中央社訊】新任蘇聯駐華大使奧萊爾斯基於二十六日抵漢後，昨日下午三時率隨員等訪晤外交部王部長寵惠，表示敬意，當由王部長款以香檳，約一小時始辭出，至赴渝呈遞國書日期，刻尚未定云。

【中央社訊】外交部遷渝辦事人員五十人日內起程，至駐漢辦事人員有二十人，王部長及次長徐謨、情報司長李迪俊均留漢辦公云。

[illegible]之要求爲目的，並希望在軍事上要不潰，在政治上要不亂，在外交上要與各國關係不斷，吾人必須堅持忍耐，做到這三個不字。

鄧漢祥
昨覲林主席

【中央社重慶二十七日電】鄧漢祥二十七日晨赴國府，覲見林主席，鄧代表劉主席致敬後，對川省施政情形報告甚詳，林主席極爲嘉許，歷一時許辭出，鄧午後分訪葉楚傖及各院部會長官，定三十日離渝返蓉。

京敵暴行又一端
竟殺我傷兵醫士
美教會醫院遭刧掠

【中央社訊】據此間接獲可靠方面消息，敵軍佔據南京後，竟違反人類正義及公法，殘殺大批我國傷兵及醫士看護，鼓樓醫院爲南京最有歷史之美國教會所辦醫院，竟被敵軍刧掠，國際紅十字委員會曾要求在京之日軍司令對中國各傷兵醫院予以保護，但被拒絕云。

熊式輝
發告今後工作方針

【中央社南昌二十七日電】熊主席式輝二十七日在黨政擴大紀念週報告今後工作方針，首以堅決語氣謂江西軍隊及黨政人員決不離境，而在省內永遠與敵周旋。又謂新年應屆，今後工作以適合軍事上[illegible]

程天固赴渝

中央社長沙二十七日電　實業部代理部長程天固二十七日晨飛漢轉渝，實業部駐湘辦事處撤銷，全體工作人員已分批赴渝。

津敵司令部準備移平
偽組織竟設立準備銀行

【徐州二十七日下午一時發專電】津訊，津海光寺敵軍司令部準備移平，佔用鐵獅子胡同綏署地址，正趕工修理房屋，無線電台移裝已竣。

【中央社徐州二十七日電】北平偽組織各偽部將于一月一日分別就職，文教部與區賑濟部分別改名爲教育及賑濟部，至外交財政兩部人選亦在擬議中。

【中央社徐州二十七日電】北平偽組織之準備銀行，係以河北省銀行現銀爲準備金，但其總數尚不能足額，現希望正金朝鮮兩日人銀行亦將現銀撥出，此後平津兩市及冀省通行鈔票，一律限由該行發行，其詳細辦法，現已分別商定，預定一月間即可公佈云。

京敵暴行又一端

竟殺我傷兵醫士

美教會醫院遭刼掠

【中央社訊】據此間接獲可靠方面消息，敵軍佔據南京後，竟違反人類正義及公法，殘殺大批我國傷兵及醫士看護，鼓樓醫院爲南京最有歷史之美國教會所辦醫院，竟被敵軍刧掠，國際紅十字委員會曾要求在京之日軍司令對中國各傷兵醫院予以保護，但被拒絕云。

1938.1.5《救國時報》 日寇在南京的獸行

中國共產黨告日本陸海空軍士兵宣言

最近從國內覓得我國偉大抗戰中的一些重要文件與論文，以篇幅關係，擬分期發表，本期先行登載我國共產黨告日本海陸空軍士兵宣言，我國第八路軍告日本士兵書，及日本共產黨給在華日本士兵諸君的號召。

大家知道，向日軍兵士進行政治宣傳，以瓦解寇軍，實為我國抗戰中一件重要工作。我國共產黨及第八路軍，對於此項工作，異常重視，僅就這類傳單而言，除在戰區廣泛傳播外，還曾用飛機向日軍散發，引起日寇之極大恐慌，日軍閥說，「寧願第八路軍飛機多擲幾個炸彈，不願他散發傳單」。

日本共產黨根據其馬克思列寧主義的信仰，根據日本工農大衆階級的利益出發，號召日軍士兵實行譁變，與中國人民及軍隊共同為打敗日本軍閥而鬥爭——這種偉大的革命精神，實在是日本工農大衆和日本人民之最優秀的代表。我們敬向日本共產黨及日本一切覺悟的和平的反戰的民衆，致兄弟的敬禮！

中日兩國人民攜手起來，一定能打倒日本帝國主義法西斯軍閥，而完成中日兩國人民的偉大解放事業。　編者誌

日本陸海空軍士兵弟兄們！

日本資本家地主軍閥舉行對中國的侵略戰爭，把日本的工人農民，大批的強迫送到中國的戰場上來、當炮灰而犧牲了。每天在中國的戰場上，成千成萬的日本士兵被犧牲了。你們離開你們的家鄉，離開你們的父母妻子，你們戰死在中國的戰場上，屍首也無人收殮，這是多麼悲慘的事情呵！

日本士兵弟兄們！你們都是日本工人農民出身的，試想一想，你們來中國打仗，有什麼好處呢？你們在日本時，在工廠農做工，受資本家的剝削和壓迫，[illegible]

[illegible]火線上聯合起來，反對日本軍閥。

中國共產黨所領導的紅軍，現在改名為第八路軍了，也開赴前線與日本士兵見面了。這個軍隊就是中國人民的軍隊，歡迎日本工農革命士兵到紅軍中來！

日本士兵們！起來吧！倒轉槍來吧，打倒壓迫你們的日本軍閥，與中國的工農弟兄團結起來！

要求回日本去！生在日本死在日本！

拒絕與中國軍隊作戰！

日本士兵不打中國人民！

日本士兵不打中國士兵！

日本工農與中國人民聯合起來！

打倒日本法西斯蒂軍閥！

日本士兵幫助與參加中國民族解放運動！

回國去參加日本的革命！

日本工農解放萬歲！

中華民族解放萬歲！

日本士兵與中國士兵弟兄的團結萬歲！

中國共產黨

一九三七年九月二十五日

我國抗戰給予寇軍以極大的損失，寇軍死亡甚衆。日寇為要對其本國人民隱瞞此項死亡實數，將死亡日兵之屍身焚毀

第八路軍告日本士兵書

日本的士兵們！

現在你們大概早就聽到紅軍這個名字罷！我們的第八路軍，就是原來的紅軍，也就是日本報紙上所常說的共產軍。

你們今天我們在戰場上以血刃相見，是不幸的！你們都是從工農出身，被你們的軍閥強迫穿上戎裝，被送到戰場上，離開你們的父母妻子，離開你們的家鄉。我們也都是從中國工農出身的，今天開赴前線作戰，只是為了抵抗日本軍閥的侵略，保衛中國的領土，保衛中國人民的利益，同時也是保衛日本工農的利益。我們並不是反對日本的工農，我們時刻在希望與日本工農攜手。

日本士兵們，想想罷，你們在中國戰場上被犧牲，被打死有什麼好處呢？一點好處也沒有。如果日本勝利了，犧牲日本士兵羣衆和日本的工農，而日本的資本家、地主、軍閥則坐享幸福。如果日本勝利了，那麼日本的統治者更加鞏固他們的地位，增強他們對於日本工農的剝削，同時也更增強日本軍閥對於中國人民的奴役。

如果日本失敗了，那麼日本的軍閥是要倒台，日本的工農就要起來革命，日本的工農就要得到解放，同時你們就可早日回到日本去，與你們的父母妻子見面，與你們國內工農攜手共同鬥爭。

[illegible]

日本士兵與中國士兵聯合起來，停止戰爭，進行聯歡，日本士兵幫助中國人民的解放，拒絕打中國人民的戰爭！

打倒日本帝國主義！

日本工農兵士解放萬歲！

第八路軍總指揮朱德

副總指揮彭德懷暨全體指揮員戰鬥員謹啓

一九三七年九月二十五日

我第八路軍向日軍散發的日文傳單

（上）

親愛的日本士兵朋友們！

起來！反對帝國主義的侵略戰爭！

勿受資本家、地主、軍閥的欺騙，勿作犧牲品！

[illegible]

（下）

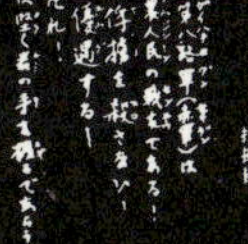

我們第八路軍（前紅軍），[illegible]

我們從來不殺俘虜，[illegible]

到我們這裏來！

[illegible]

日本共產黨給在華日本士兵諸君的號召

日本帝國主義進行搶掠中國人民的最殘酷的戰爭，現在是大規模地爆發了。如諸君開到中國替強盜的軍閥當砲灰一樣，內地正在瘋狂地進行着總動員，日本的年青的勞動者農民，正成羣地被迫換上黃呢軍服，往中國戰場上送。

天皇的反動政府為蹂躪中國四萬萬的兄弟，已經通過了前後將近六十億圓的軍費。十五億圓的殺人公債，已經在開始發行了。這樣當着諸君被迫地送到中國來屠殺中國的兄弟的時候，諸君的家庭就被壓上了空前的重担，無法繼續生活下去，陷入了饑餓的命運。華北的侵略戰爭一發動，內務省就立即頒發了一個法令，罷工是被禁止了，所有職工會的會議被禁止了，連反動的社會大衆黨的各種集會，都被禁止了。很明顯的，日本帝國主義明白我們日本勞動者農民的強大的反戰運動，明白我們在反對日本帝國主義的共同鬥爭中和中國人民兄弟的攜手，就要將日本帝國主義送入坟墓去。日本有覺悟的勞動者農民絕對反對這樣歷史上最黑暗，最反動的戰爭。日本進步的勞動者農民的真正要求，便是將全滿洲和華北立即歸還中國人民，由中國撤回全部陸海空軍，推翻由日本勞動者農民身上每年榨取七十億圓殺人軍費的天皇政府，建立全人民的民主政府，和中國人民手攜手地實現遠東的真正和平。

只有實現這些要求，全日本的勞動人民才能從帝國主義統治的地獄中解放出來。

現在，全中國民族都奮然起來，英勇地和日本帝國主義與軍閥強盜進行着鬥爭。日本共產黨代表着日本所有覺悟的工人農民，向偉大的中國民族致熱烈的兄弟的敬禮。因為中國人民戰勝日本帝國主義，同時就是日本反戰人民的勝利。同樣的，倘若日本的軍閥強盜達到他們的預定目的，那就是日本人民最悲慘的命運的到來。因此，每一個進步的工人農民出身的士兵諸君的階級任務，就是盡量向這戰爭怠工。應該迅速地使日本軍閥強盜的戰略計劃歸於失敗。應該使每一個戰友都了然於日本軍閥進行的戰爭就是等於絞殺七千萬日本的人民，等於將全日本的人民推入餓死凍死的道路，因此只有使日本帝國主義完全失敗，日本人民才能獲得和平、麵包、土地、與建立民主政府的出路。

因此諸君應該到處和前線上的中國兄弟進行聯歡，應該到處與中國人民的遊擊隊合流，應該到處組織譁變來響應中國弟兄的鬥爭，應該有組織的將槍口掉轉來對着最反動的軍官，應該將日本帝國主義軍閥所佈置的全盤戰局歸於失敗。

你們起來，為日本帝國主義的失敗而鬥爭吧！日本帝國主義的失敗就是我們日本勞動人民的勝利！

你們起來，擁護中國人民反抗日本帝國主義的鬥爭吧！因為中國人民的勝利，就同是日本勞動人民的勝利！

打倒資產階級及地主的天皇政府，打倒強迫羣衆參加戰爭，迫使羣衆陷於飢餓的天皇政府，打倒蹂躪中國人民的天皇政府，打倒強迫諸君來屠殺中國人民的天皇政府！

日本人民與中國人民的團結萬歲！

打倒日本帝國主義！

日本共產黨

一九三七年八月十五日

我第八路軍的機關槍手

陝甘寧邊區總工會致全國工友書

工人階級是民族革命戰爭的中堅力量，是全國民衆總動員的骨幹。陝甘寧邊區已經實行了真正的民主政治，邊區總工會是邊區抗戰動員中之主力。他們於去年九月發表的致全國工友書，雖然為時稍久，卻仍有其重要意義。本報特為批露，以餉海內外工友及讀者。　編者識

親愛的工友們：

神聖的抗日民族革命戰爭是在大規模進行中。在這時候，我們工人階級，應該動員起來，參加抗戰，以自身作模範來發動全國人民一致參戰，推動政府迅速轉變目前的單純軍事的政府抗戰為全面的與全民族的抗戰，爭取抗戰徹底勝利的實現。

為着這一任務的完成，獲得了解放自由與民主權利的全邊區工人，已經動員起來，參加前線和後方的抗戰工作，參加抗日的經濟建設，參加邊區政府的民主普選運動，參加提高工人國防智識的文化運動。

工友們！我們應該要求南京政府立即給予全國工人階級和全國人民以救亡抗戰的自由與民主權利，並改善全國工人階級和勤勞大衆的生活；同時，我們全國工人應立即動員起來，組織起來，武裝起來，參加前線的和後方的抗戰工作，組織運輸隊，擔架隊，戰地服務團，幫助軍隊作戰；在華北在淞滬在各戰區組織義勇軍遊擊隊配合軍隊作戰；聯合農民和一切抗日民衆開展遊擊戰爭；組織糾察隊，進行肅清漢奸親日派的工作；以工人階級英勇的參戰行為來做全國人民的模範，發動和組織全國人民參加到抗日戰線上去，以工人階級對民族革命的忠誠來鞏固抗日民族統一戰線，爭取抗日民族革命戰爭到徹底的勝利。

全國的工友們！中國抗日民族革命的神聖戰爭是會得到全世界無產階級勞苦大衆以及一切愛好和平人士的支持與援助的，美國的六萬八千海員曾為着援助我們的抗戰而舉行偉大的集會，日本神戶海員工會擬罷工反戰，世界和平大會已有援助中國抗戰的決議，和平保障的蘇聯已和中國簽訂和平條約。我們要立刻動員起來，和世界無產階級勞苦大衆以及一切愛好和平的人士聯合起來，把日本帝國主義法西斯蒂趕出中國去，建立起獨立自由幸福的中華民主共和國。

最後我們高呼：

（一）全國工人動員起來參加抗戰！

（二）擁護南京政府的抗戰決心！

（三）爭取全面的，全民族的抗戰完全實現！

（四）打倒日本帝國主義！

（五）抗日戰爭勝利萬歲！

（六）中華民族解放萬歲！

民國二十六年九月

日寇在南京的獸行

燒殺姦淫搶刼，無所不至！

真正是絕滅了人性天良！

此次日寇傾師侵我，因處處受到我國軍民一致堅決抵抗，使日寇速戰速決的幻想與計劃不能實現，日寇乃更加瘋狂，更加野蠻，更加毒狠的到處轟炸屠殺我和平的城市與居民，特別在其佔領區域中，大肆擄掠，姦淫，殺人，放火，無惡不作，行同禽獸。實是極盡野蠻黑暗，絕滅天良人性。日寇侵入南京後的慘暴行為，便是顯明之一例。許多外國報紙的記者，親眼看到日寇的暴行後，都說：「南京變成了恐怖之城！」

日寇軍官帶着士兵在南京城內，如餓虎野獸一般，橫冲直撞，奪佔我國居民的住宅，到處大搶大刼，其卑污下流的情形，許多外報記者都作了憤慨的記載。十八日紐約時報記者在其由上海發出的電訊中說：「刼掠是帶着完全的破壞性質，日兵差不多闖進了一切房屋中去，並往往有軍官參加進去，選取對他們適用的一切東西，中國人常被日寇兵強迫去替他們搬運搶刼來的東西，特別無恥的是當搜查難民時搶刼難民。」英國「每日電聞晨郵報」，「泰晤士報」等報紙曾登載了紐約時報特別通訊員塔爾金的通訊，這通訊中說：「日人搶刼難民情形，是特別可恥，日人在難民羣聚的地方，進行大搜查，奪去銀錢與貴重物品。美國醫院亦不免於襲擊，院中一切人員都被日人搶去銀錢與時表。日兵還曾沖入美國使館，搶去一個手電筒。」

同時，他們如瘋如狂地大肆屠殺。不僅一部份未及退出的我國軍人，全被日寇殺死，就是和平居民及婦孺，也大批遭受殘殺。從南京出來的外國人說：「在南京的頭四天，日本人殺了數萬人，在難民集中區域，日人不分皂白的大批的槍殺青年，藉口說這些青年是兵士。城市各街道上，充滿着被殺死的南京和平居民的屍身。」塔爾金的通訊說：「南京成了恐怖城，一切街道都堆積着死屍，被打死的人中間，有許多老頭子，婦女，兒童。極大數量的犧牲者是被刺刀殺死的。在夜間，日兵一見人就開槍」。中央醫院的一切人員與轉展病榻的病人，都被日人槍殺了。南京街上堆積屍身，甚至有四尺多高！

尤其下流野蠻的是這般野獸們，深入各住宅外，到處強迫姦淫青年女子與婦女，塔爾金及許多外國新聞記者，都很憤怒的說到與指摘這些令人憤慨的事實。

日本軍閥還企圖掩蓋他們這種極端禽獸惡行，據外人方面傳來的消息：「日人為着掩蓋自己的血腥殘殺起見，強迫一切外國人，包括新聞記者在內，都搬出南京」。當塔爾金與另一美國人在美國使館時，日人亦曾沖進去，「要求他們搬走！」

我們要讓每個人知道這些事實，在這些事實前面去想想，我們不只是痛心與憤怒，我們要更堅決更努力起來抵抗，要再接再厲的堅持，參加與援助抗戰，為了自己與子女爭生存，為了民族與同胞復國仇，我們必須警懲寇軍；同時，要更加緊與擴大國際宣傳，在世界正義人士前面，揭露與控告日寇每一獸行，號召與聯絡世界人士，為維持人道，正義，公理與和平，共起制裁日寇，援助我國抗戰。日寇的獸行，是應當而且必然受到懲罰的！

（拓夫）

我國南京中央通訊社被日寇炸毀後之慘狀

從日寇佔領區域中逃出之難民同胞，向我抗戰軍某部領取賑濟食品

了紐約時報特別通訊員塔爾金的通訊，這通訊中說：「日人搶劫難民情形，是特別可恥，日人在難民羣聚的地方，進行大搜查，奪去銀錢與貴重物品。美國醫院亦不免於襲擊，院中一切人員都被日人搶去銀錢與時表。日兵還曾沖入美國使館……搶去一個手電筒。」

同時，他們如瘋如狂地大肆屠殺。不僅一部份未及退出的我國軍人，全被日寇殺死，就是和平居民及婦孺，也大批遭受殘殺。從南京出來的外國人說：「在南京的頭四天，日本人殺了數萬人，在難民集中區域，日人不分皂白的大批的槍殺青年，藉口說這些青年是兵士。城市各街道上，充滿着被殺死的南京和平居民的屍身。」塔爾金的通訊說：「南京成了恐怖城，一切街道都堆積着死屍，被打死的人中間，有許多老頭子，婦女，兒童。極大數量的犧牲者是被刺刀殺死的。在夜間，日兵一見人就開槍」。中央醫院的一切人員與轉展病榻的病人，都被日人槍殺了。南京街上堆積屍身，甚至有四尺多高！

尤其下流野蠻的是這般野獸們，深入各住宅，到處強迫姦淫青年女子與婦女，塔爾金及許多外國新聞記者，都很憤怒的說到與指摘這些令人憤慨的事實。

日本軍閥還企圖掩蓋他們這種種禽獸惡行，據外人方面傳來的消息：「日人為着掩蓋自己的血腥殘殺起見，強迫一切外國人，包括新聞記者的在內，都搬出南京」。當塔爾金與另一美國人在美國使館時，日人亦曾沖進去，「要求他們搬走！」

我們要讓每個人知道這些事實，在這些事實前面去想想，我們不只是痛心與憤怒，我們要更

我國南京中央通訊社被日寇炸毀後之慘狀

日寇在南京的獸行

燒殺奸淫搶劫，無所不至！
真正是絕滅了人性天良！

此次日寇傾師侵我，因處處受到我國軍民一致堅決抵抗，使日寇速戰速決的幻想與計劃不能實現，日寇乃更加瘋狂，更加野蠻，更加毒狠的到處轟炸屠殺我和平的城市與居民，特別在其佔領區域中，大肆擄掠，姦淫，殺人，放火，無惡不作，行同禽獸。實是極盡野蠻黑暗，絕滅天良人性。日寇侵入南京後的慘暴行爲，便是顯明之一例。許多外國報紙的記者，親眼看到日寇的暴行後，都說：「南京變成了恐怖之城！」

日寇軍官帶着士兵在南京城內，如餓虎野獸一般，橫冲直撞，奪佔我國居民的住宅，到處大搶大刧，其卑污下流的情形，許多外報記者都作了憤慨的記敘。十八日紐約時報記者在其由上海發出的電訊中說：「刧掠是帶着完全的破壞性質，日兵差不多闖進了一切房屋中去，並往往有軍官參加進去，選取對他們適用的一切東西，中國人常被日寇兵強迫去替他們搬運搶刧來的東西，特別無恥的是當搜查難民時搶刧難民。」英國「

堅決更努力起來抵抗，要再接再厲的堅持，參加與援助抗戰，爲了自己與子女爭生存，爲了民族與同胞復國仇，我們必須誓殲寇軍；同時，要更加緊與擴大國際宣傳，在世界正義人士前面，揭露與控告日寇每一獸行，號召與聯絡世界人士，爲維持人道，正義，公理與和平，共起制裁日寇，援助我國抗戰。日寇的獸行，是應當而且必然受到懲罰的！（拓夫）

從日寇佔領區域中逃出之難民同胞，向我抗戰軍某部領取賑濟食品

1938.1.23《大公報》 恐怖中之南京

各線戰況昨日沉寂

魯南我正面進展左翼出擊

【中央社徐州二十二日電】據報，津浦北段我軍前哨二十二日已由界河再度入據兩下店，並北進搜索，原據兩下店之敵已向鄒縣撤退，又濟寧西南我軍已由金鄉・嘉祥出擊，反攻濟寧，至蒙陰・泗水之敵，仍與我軍在[illegible]莊附近及平邑之北對峙。

【中央社徐州二十二日電】津浦南段敵我二十一日在大小溪河・三和集・大柳鎮一帶之激戰，現悉仍為前哨接觸，二十二日晨已停止，是役敵我均有傷亡，陣線則無變化，交通界又盛傳我軍二十一日已入駐明光，惟官方仍未証實，另據軍息，我軍南起江浦・烏衣鎮[illegible]，北迄小溪河[illegible]之垂直線上，[illegible]均有多數正規軍及游擊隊隨時分向明光以南沿鐵路盤據之敵進行側擊，連日敵因防我截斷其明光至浦口間之聯絡，已感疲于奔命之苦，其急欲打通津浦線之企圖現已遭受挫折。

【中央社徐州二十二日電】交通界息，烏江（在安徽和縣東北四十里）二十二日有敵兵登陸，在烏江鎮盤據。

【中央社屯溪二十一日電】蕪湖方面我軍仍保持英勇的反攻姿勢，昨日我對大砙山・白馬山・張家山同時攻擊，敵在各山山頭之兵力頗為雄厚，據高臨下，對我頑抗，我軍奮不顧身，冒死衝鋒，毀敵掩蔽部陣地數處，當晚退回原陣地，準備再度進攻。

【中央社屯溪二十二日電】我攻佔富陽之部隊，已將富陽南方各山頭全部佔領，敵軍在我控制之下，無法立足，一面將其主力向富陽東北二十餘里之周家浦後移，一面留少數部隊於富陽北部之山地，企圖牽制我軍前進，另據前方報告，自我克復富陽後，杭州敵軍昨已將其第一防線移至望江門與閘口之間，並有大砲六七門，第二防線在七里弄方面，兵力合計約五千餘人。

【中央社金華二十二日電】二十二日上午十時五十分敵重轟炸機九架，發現于桐廬之東北，[illegible]投彈一枚，落田野，再經蘭谿奔衢州，我高射砲猛烈射擊，敵投八十餘彈逸去，下午一時五十五分，敵機六架由杭州方面經桐廬再飛衢州，向郊外投彈六枚，毫無損失。

【中央社鄭州二十二日電】[illegible]平漢線沙河之敵軍，刻正向西修築公路，其目標似在晉東之遼縣，又在豫北武安縣派大批漢奸偵察至涉縣及晉東黎城之路，觀敵此舉，似有準備西犯模樣。

[illegible]

張羣主川發表

劉湘遺體今大殮　國府昨明令褒揚

【中央社重慶二十二日電】國府二十二日令，㈠任命張羣為四川省政府委員，此令；㈡任命張羣兼四川省政府主席，此令。

【中央社重慶二十二日電】國府二十二日明令褒揚劉湘云，川康綏靖主任四川省政府主席劉湘，才識練達，器度恢宏，[illegible]此令。

【中央社訊】劉上將湘遺體移于第六小學後，各界人士前往致悼者甚眾，昨日往弔者有[illegible]等數十人，此外并接弔電百餘件，劉夫人抵此後，已決定于今日上午十一時舉行大殮，至大殮後一切典禮，將由[illegible]

川省黨部電請國葬劉湘

[illegible]

川將領電蔣決繼劉遺志

[illegible]

恐怖中之南京

暴敵焚掠未已　拒絕外記者往視察

【香港二十二日下午九時發專電】滬訊，日官方發言人昨在招待外記者席上斥字林西報許日軍在京暴行，認為惡意的誇大內容，無從證實，並且污蔑日軍名譽，英國孟卻斯德衛報記者當與日發言人發生辯論，謂南京暴行消息均可證明，該發言人語塞，外記者請[illegible]作詳明報告，發言人不允，外記者又請招待外記者赴京視察，亦被拒絕，又駐滬紐約時報記者信件有被折痕跡，當詢問日發言人對郵件是否施行檢查，日方亦承認。

【中央社香港二十二日電】南京訊，自本年一月一日起，南京日軍侮辱美旗事，共有十五次之多，[illegible]去中國少女，美德僑民之財產損失最大，日軍除搶劫外，且將房屋燒燬，英人財產損失尚小，[illegible]南京被日軍佔領，迄今已達三十九日，但仍有許多地方大火尚在燃燒中，恐怖之時期仍未度過，所有商業區均成廢墟，[illegible]現除難民區外，全城已成空城云。

【中央社香港二十二日電】杭訊，滬市及留居南京之中外慈善家鑒于南京難民十餘萬人食糧問題嚴重，乃于二十一日下午在滬成立南京國際救濟會，[illegible]滬國際救濟會，撥款十萬元，並向各界募得五萬元，匯京應用。

敵議會開會　近衛等演說

準備以全力侵戰　謀實現全國動員

【中央社東京二十二日路透電】今日首相近衛于議會第七十三屆會議開會時稱，中日戰爭[illegible]結束之期，尚遠，中日事件之解決尚須長久時日，日本今日已從事有史以來最重大之工作，苟非全國上下以無畏之精神，及勇敢快愉之願望盡國努力，則日本即永無完成是項工作之期，故今後須準備忍受更大之犧牲，日本之國策目的，在中日「滿」三國之密切合作，謀達東亞之永久和平，俾對世界和平有所貢獻，現[illegible]日政府現頗望中國有能與日本真實合作之新政權出現，俾得與之討論調整中日關係辦法，日本願扶助中國之復興，以期建立遠東永久和平之基礎，日方對尊重中國領土完整主權獨立及第三國在華之合法利益，仍不變其原來之政策，此一時代日本人民之犧牲，對後代子孫，其意義至重大，因此日政府正以全力應付中國事件，並謀實現全國物質上精神上動員[illegible]

日本向蔣委員長所提出之四項議和條件內容，其大意為，㈠中國政府須放棄聯共以及抗日本及「滿洲國」之政策，而與日「滿」合作，形成對抗共黨之壁壘，㈡在若干地帶成立非戰區域，並在非戰區內成立特殊行政管理，㈢中日「滿」經濟合作，㈣中國對日賠款，廣田謂，以上為最低之議和條件，並謂中國已拒絕德方之調解，且拒絕答覆日本之提議，廣田又謂，日本對華並無領土野心，亦不欲華北脫離中國，日本希望中國認清現勢，中日合作，以達共存共榮之目的，廣田謂日本并無[illegible]各國在華權益之意，中國之門戶，仍將繼續開放云。

[illegible]員之計劃，及施行其他必要方策，日本政府深知軍備充實國庫之必要，現預算中已撥存巨額款項，專為充實軍備之用，並將極力節省軍費及與軍需有關之原料，日本之基本政策，為在中日「滿」合作之情形下，增加日本國家生產力，同時將極力促進國防必需品之生產，各重要實業之發展，及增進輸出品之數量云。

【中央社東京二十二日路透電】外相廣田今在議會宣布，最近經由德國調解[illegible]

麥克諾特　昨離滬返菲

【中央社上海二十二日路透電】菲律賓行政專員麥克諾特二十日乘英皇后號來滬，與駐滬美國遠東艦隊司令[illegible]有所商談，頃已事畢，于今日下午仍乘原輪前往馬尼剌，該輪可望于二十四日到達馬尼剌，而打破數年前美艦何斯頓號由滬赴馬尼剌所造之四十七小時航海紀錄，麥氏離滬時曾對記者談，彼此行所獲印象，將在華盛頓發表，麥氏將于二十九日由馬尼剌乘機飛往華盛頓。

陳公博　歸國抵港　日內來漢

【香港二十二日下午十一時發專電】陳公博[illegible]二十二日上午八時乘法郵社美號抵港，稍留赴漢。

滬租界內被捕者有二十六名釋放

敵接收市銀行辦事處未果　法領事提抗議敵解釋了事

【香港二十二日下午十一時發專電】滬訊，二十二日上午十一時，日特務機關派十餘人至法租界上海市銀行臨時辦事處，強欲接收，經捕房派員到場，以辦法不合，囑令退去，相持兩小時，終以捕房態度嚴正，未能接收，法領事於事後向日領署抗議，經該特務機關人員至領事館解釋了事，前昨租界拘捕之百餘人，今經捕房開釋二十六名。

【中央社上海二十二日路透電】上海滬河涇村正楊福元字心正，昨日下午四時由共濟格路私邸擬乘其幼孫出外散步時，突有一人向之開槍，楊連中三槍，當即斃命，當時除楊之幼孫外，並無他人在場，故兇行人開槍後即逃逸無蹤，法界捕房事後即派人調查，但除發見彈殼之外，並無所獲，昨晚捕房方面仍在調查中，捕房人員對於暗殺之動機，拒不發表意見，但認為街非仇殺，即係因政治關係云，楊曾任滬河涇村正十五年之久，現年五十一歲，最近彼有任日方偽組織之上海市民聯合會委員說，楊在上海頗享盛名，在中日戰事發生前，彼除任上海市政府參議外，兼任滬河涇保衛團團長，[illegible]為上海市民聯合會發起人之一，[illegible]

粵境空襲　昨達八小時之久

【中央社廣州二十一日電】敵機三十四架今日分七批犯粵漢路橫石・黎洞・英德・河頭等站，共投彈五十餘枚，並在廣三路小塘西南兩站投彈十餘枚，空襲時間，自晨至晚，凡八小時之久。

津英租界戒備加緊

敵昨發聲明又圖緩和

【中央社天津二十二日路透電】英租界當局鑒于日來日方態度之惡化，今日已在租界內之各重要通衢增設守衛，同時在各重要華人之住宅門前佈置崗位，今日日當局發表聲明，謂彼等並無向英當局要求交出某反日份子，否則將以武力搜索之事，並謂此種誤會，完全由于日憲兵官長與英方警察談話中翻譯錯誤所致，該項聲明末謂天津租界當局均曾允與日方合作，取締抗日行動，日方深信租界方面能言行如一云云。

北方敵人之新花樣

走私之後竟自減稅

平傀儡公布擅改稅則　江海關華員宣言痛斥

【中央社香港二十二日電】外訊，滬江海關華員二十二日對偽臨時政府擅奪天津及秦皇島海關並擅改稅率事發表宣言，對王逆克敏等予以痛斥，並望政府嚴令該關華員全部撤退，而各友邦亟應採集體行動與有效制裁，以為[illegible]的有力支持云。

【中央社徐州二十二日電】津訊，北平偽組織所修改之稅則二十二日正式公布，其中對日貨進口者及日方需要原料由此間出口者，稅率均減至百分之四十左右云。

【中央社北平二十二日路透電】「臨時政府」宣布華北各港口由明日起，將按減低後之關稅稅率徵收，[illegible]

交通部　各司長發表

【中央社訊】交通部各司司長郵政總局局長及全國公路管理處處長聞已任命，茲分錄各人選如下，總務司長潘光迥，[illegible]，材料司長沈昌，[illegible]，人事司長沈立孫，財務司長[illegible]，郵政總局局長郭心崧，全國公路總管理處長趙祖康。

蘭州警報

【中央社蘭州二十一日電】敵機五架二十一日午一時四十分過平涼西飛，企圖襲蘭，此間當發警報，同時我機即起飛迎擊，敵知我有備，飛至靖遠即行折回，至二時半解除警報。

反正偽蒙軍　開赴前方殺敵

【中央社臨汾二十二日電】確息，前自綏東附近反正來歸集中某地之偽德王所屬[illegible]兩部全體官兵，已經我某軍事長官加以適當之編制及配備，開赴某方殺敵云。

星期論文

日本經濟上危機之解剖

陳博生

日本經濟界元老池田成彬近發表一文，申論其經濟危機，謂日本已至有史以來空前之難關，全國人民應有忍受未來艱苦之準備。其言之最扼要者，莫過於謂：「日本所耗於戰費者必巨，政府除發行公債以求彌補外，則無他法。惟發行公債時，尚須顧及物資之平衡，必須維持。平衡一失，則破滅隨之」。又謂：「日本必須有銷售公債券之把握，然後始可發行公債，否則即有通貨膨脹、公債跌價之危險，將遭遇戰後經濟之苦境」。查自昨年七月七日暴敵在盧溝橋挑釁以來，時逾半載，而敵在經濟財政上所暴露之弱點，讀池氏之論，已可窺見一斑。茲姑就其所最感困難者，略述一二，告我國人。

九一八事變以還，日因在國際上陷於孤立境遇，不得不整頓軍備，冀可增強其軍事的實力，以謀挽救外交上之不利。昨年議會所通過之陸軍六年計劃三十萬萬圓，及海軍五年計劃二十萬萬圓，其尤著者也。惟日本歲出預算，當中日甲午之役，其總額僅八千餘萬圓，昨年歲出預算，增至二十九萬萬圓。四十四年間，幾增四十倍。尤以最近五六年來，其增加率尤速。日本國富雖亦逐年發展，惟人民租稅負擔力之增進，遠不如歲出增加之速，故一部分歲出，不得不依賴公債，以資彌補。最近數年，即在無事之時，而每年所發行之「赤字公債」，亦恆在十萬萬圓左右。故其財政專家恆以濫發公債為憂，老成持重如高橋是清亦曾倡百萬萬圓公債，即可亡國之說，以警「軍備高於一切」之論者。今據其統計，則截至昨年底止，公債已達一百十八萬萬圓以上。倘高橋尚在人間，則其焦慮又何若耶。自對我開始侵略戰爭後，昨年前後兩次所通過之戰費，共二十五萬六千餘萬圓，其中僅一萬四千餘萬圓取諸增稅，餘則悉以公[illegible]

恐怖中之南京

暴敵焚掠未已

拒絕外記者往視察

【香港二十二日下午九時發專電】滬訊，日官方發言人昨在招待外記者席上斥字林西報評日軍在京暴行，認爲惡意的誇大內容，無從證實，兼且汚蔑日軍名譽，英國孟却斯德衛報記者當與日發言人發生辯論，謂南京暴行消息均可證明，該發言人語塞，外記者請現對南京形勢繼續作詳明報告，發言人不允，外記者又請招待外記者赴京視察，亦被拒絕，又駐滬紐約時報記者信件有被折痕跡，當詢問日發言人對郵件是否施行檢查，日方亦承認。

【中央社香港二十二日電】南京訊，自本年一月一日起，南京日軍侮辱美旗事，共有十五次之多，每次皆係侵入美國教會，以武力擄去中國少女，美德僑民之財產損失最大，日軍除搶刼外，且將房屋燒燬，英人財產損失尙小，僅英商□安仁公司被焚，公司內所有存酒皆被飲盡，南京被日軍佔領，迄今已達三十九日，但仍有許多地方大火尙在燃燒中，恐怖之時期仍未渡過，所有商業區均成廢墟，除野犬紛出覓食外，絕無人跡，現除難民區外，全城已成空城云。

【中央社香港二十二日電】航訊，滬市及留居南京之中外慈善家鑒于南京難民十餘萬人食糧問題嚴重，乃于二十一日下午在滬成立南京國際救濟會，推顏惠慶、施肇基、顏閱森、羅培德爲名譽會長，屈文六、畢牧師爲會長，聞蘭氏已商准滬國際救濟會，撥欵十萬元，並向各界募得五萬元，匯京應用。

1938.1.23《新華日報》 恐怖的南京城

金鄉嘉祥我軍出擊

我克富陽後敵防線後撤

東戰場形勢

敵兵罹瘴癘張譽勢 我游擊隊驚破寇膽

敵人兵力單薄

敵之種種暴行

敵機昨襲衢州

隴海路客車被炸未中 徐州蘭州有敵機肆虐

劉湘大殮 國府明令褒揚

平偽組織擅改關稅

敵輸華貨物稅率均減低 江海關華員發宣言痛斥

救濟京難民 滬設國際救濟

張羣主川 國府明令發表 川將領擁護抗戰

水火中的華北

是壓迫和戰鬥的交流

殺人無血的經濟侵略

漢奸組織在活動

華北同胞永在戰鬥中

軍政人員不得擅離

新華日報創刊 外敵不足懼 只要內部團結 林伯渠

恐怖的南京城

大火卅九日未熄

上海又一暗殺案 楊心正被擊斃 傳與漢奸活動有關

蒙軍兩團反正參戰

我騎兵襲擊井坪鎮獲勝

寺內到平

張道藩談戰時教育方針

僑委會號召華僑響應國際援華會

川省設造幣廠

通訊 長沙文化界的大團結

武紓生

恐怖的南京城

大火卅九日未熄

（中央社香港廿二日電）南京訊、自本年一月一日起、南京敵軍侮辱美僑事、共有十五次之多、每次皆係侵入美國教會、以武力擄去中國少女、美德僑民之財產損失最大、敵軍除搶刼外、且將房屋燒燬、英人財產損失尚小、僅英商賴安仁公司被搶、公司內所有存酒皆被飲盡、南京被敵軍佔領、迄今已達卅九日、但仍有許多地方大火尚在燃燒中、恐怖之時期仍未渡過、所有商業區均成廢墟、除野犬紛出覓食外、絕無人跡、現除難民區外、全城已成空城。

1938.1.25《申報》 紫金山下殺人競賽

敵機十二架肆虐 昨晨首次襲宜昌

在郊外監獄附近投彈十餘枚 死平民四十餘人！

連續綁平民

津敵軍特務團 並組白俄鐵十字軍 隨時代敵綁架外僑

敵接收未果 上海市銀行

一定縣清苑境 一般大肆燒殺

留英公費生

利用廢年

香港之今日與明日

市政建設孟晉軍事防備周密 過客相接於途富地紳富南遷

戰時動態

漢市民教館 各部工作均極緊張

金融工業救濟

水上遊警犯

抗敵宣傳

殺人競賽 紫金山下

嚴立三節視事

鄂僉保安處長 昨召各團長開會 指示今後整理訓練事宜

婦女聯合會

立體時代

流離播遷

嚴禁不法徵兵

軍部再申前令 依法重辦不肖官吏

與火線實況

疏散授課

鄂省中小學校 依照教廳所訂辦法 在外縣設臨時分校

抗將戰受有上功賞

大批軍士

對世界宣言 國民外交協會

應認救債款

講演

紫金山下

殺人競賽

敵兵慘絕人寰

【上海通訊】密勒氏評論報頃載最近東京日日新聞載有通訊一篇，題爲「南京紫金山下」，述二日寇在我國，竟至以殺人多寡爲競賽，此兩日寇，一名向雄，一名野田，相約以誰先殺死一百人爲優勝。佔南京後，兩寇各執血跡殷然刀口已缺之刃，相見於紫金山下中山陵前，原文並載兩寇之對話，名向雄者說：「我已殺死了一百零五人，足下成績怎樣呢？」野田答：「我殺了一百零六個」，兩寇相顧大笑，野田以多殺一人獲勝，然究竟誰先殺滿一百人，無從決定，乃再約定，以殺滿一百五十人爲競賽，該記者並揚揚得意加以按語云：此兩「皇軍」又將繼續努力殺人矣！該報並將此兩寇照片刊出，似詡其兩人，此即「皇軍」之英雄！密勒氏報並稱：日軍暗殺，外國教士皆可證明，當日寇進佔南京時，未及逃出之我國難民，手無寸鐵，皆爲驅集一處，以機槍掃射而死，在日寇佔據區域，除被迫搬運物件者外，殆無所謂俘虜，皆一律殺死，即中國軍撤去武器，亦被殺死，難民區內之稍壯丁服者，亦皆指爲兵士，而被整批槍殺，如此暴行，可謂慘絕人寰矣。

1938.1.31《救國時報》 日寇的殘殺奸淫，絕滅人性！

價目（郵費在內）
法國及殖民地：每月六期三方，每季十八期九方，半年三十六期十六方，全年七十二期三十方
歐洲（英、德、意、瑞等外除）：每月六期四方，每季十八期十二方，半年三十六期廿二方，全年七十二期四十二方
英意美洲、南洋各地：每月六期五方，每季十八期十四方，半年三十六期廿七方，全年七十二期五十方
附注：凡美洲、南洋各國，國家郵費須另加，可以寄郵票

GIU GUO SH BAO
(P 1)
"Au Secours de la Patrie"
31 Janvier 1938
（第一版）
中華民國廿七年一月卅一日
HEBDOMADAIRE N° 150 - Le numéro 50 Centimes.

GIU GUO SH BAO
Rédaction-Administration
本社地址： 7, rue Commines Paris (3°) France
本社電話：Téléphone Archive 44-92
本社電報掛號：Chinpress Paris
本社收款處： Mr A. Moncel Ch. Postal Paris 1675-56

救國時報

第一五〇期

旅法參戰華工總會鳴謝啟事

☆旅法參戰華工總會勸募救國義捐第二次名單

以上義捐共四千一百九十五方由駐巴黎總領事館轉匯中央政府

王慶元先生經手於中華民國廿六年十月十九日交

旅法參戰華工總會啟

社論

紀念「一二八」六週年

一九三二年「一二八」的淞滬抗戰，是我中華民族在「九一八」以後，為求民族生存與解放而進行對日抗戰的第一次嘗試……

為「停止內戰一致抗日」而奮鬥，為實現反日民族統一戰線而奮鬥。這一奮鬥的目標，今天已經是開始勝利的實現了。自「七七」盧溝橋事變發生後，……

要訊

津浦路上我軍仍阻住寇軍之進攻

△寇松井司令急電乞援，東京說無兵可調

△我北方及江浙皖等省遊擊戰爭更加開展

據倫敦泰晤士報載：日寇早就想從南北兩面夾攻我軍沿隴海線一帶以徐州為中心之陣地，可是兩個星期以來，由於我軍將士的忠勇抵抗，寇軍毫無任何進展。……

沿津浦路

津浦路南段我軍扼守臨淮關一帶，蚌埠亦有我方重兵集結。……

江浙戰線上

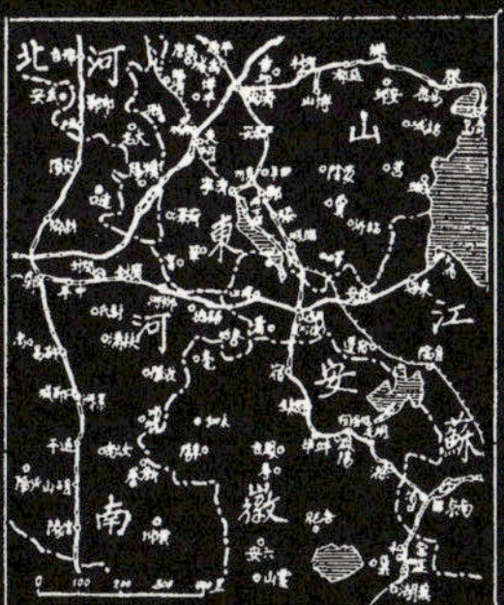

南方

紀念「一二八」六週年 全國民眾加緊抗戰動員

上海二十八日電，全上海民眾在日寇鐵蹄之下，以悲憤而堅決的意志，紀念「一二八」抗戰的六週年。……

日寇的殘殺奸淫，絕滅人性！

我海內外同胞誓必堅持抗戰到最後勝利，為人類除此妖魔！

多行不義，必自斃！

國內輿論一致贊成懲處溺職將領

多行不義，必自斃！

日寇的殘殺奸淫，絕滅人性！

我海內外同胞誓必堅持抗戰 到最後勝利，為人類除此妖魔！

日寇蹂躪的地方，眞是人間地獄！

上海一月份自元旦起至二十五日止，我難民同胞就死了九千九百人，其中七千五百是兒童。南市半成灰燼，到處死屍狼藉，竟非人世！南京有難民二十萬，杭州也有三萬，衣食俱無，醫藥更是談不到。外人慈善機關想去救濟，也被日軍阻止。

倫敦每日電聞晨郵報香港通訊員詳述日軍在南京杭州的獸行。某外國教士目擊寇軍在南京屠殺我同胞，在二萬以上，我女同胞被其強姦者奚止千百。某旅館裏，有一個小孩腹上受了七個刺刀傷而死，一個婦女被二十個寇兵輪姦後，喉間又受重傷。三個寇兵輪姦兩個小女孩，一個十三歲，一個十一歲。丈夫想保護其妻子，都給刺刀刺了。

南京另一位外國教士寫道：三百個中國人被驅入一池中，然後被日軍以機關槍掃射，不留一個。又一次，寇兵把一大羣中國人關在茅屋內，放火燒屋，又是一個不留。又一次，一羣中國人被迫於二十分鐘內承認藏有武器，然後把承認者一個個槍斃。

金陵大學組織了一個維持委員會・這個委員會主席寫信給日本大使，信中敍述道：「金陵大學農科，恰巧在日使館隔壁，農科校舍上高懸着美國旗，可是日兵仍然闖進來，搶劫殺人強姦等等，無所不為。圖書館中有難民一千五百人，日軍官兵相率闖入，當眾強姦婦女」。

這個委員會主席於一月十七日又寫信給日使，說道：「就在你的使館旁邊，恐怖暴行層出不窮。昨晚，日兵屢次來要索女人及金錢，並以刺刀相迫務。我們的一個職員就被用刺刀刺死。圖書館中許多婦女被強姦。學校的美籍職員也被日軍官毆打。我也被酒醉了的日兵從床上拖起來。我們不解，為什麼你近在咫尺，竟熟視無睹？」

十八日他又寫道：校內情形比城中其他地方要略為「好些」了，可是這所謂好些是怎樣呢？聽罷！他寫道：「昨晚一個小孩被刺刀刺死，而另一個則受了致命傷，八個婦女被侮辱了。一個職員被毆打了。秋山的隊伍到此附近駐紮，更是火上加油。凡日軍所到之處，沒有一個人，沒有一個房屋，可以倖免於難。我寫這封信時，日兵正在進行「檢查」，這就是挑選婦女來強姦」。

這位金陵大學主席最後寫給日使的一封信中說道：「今日午後就在你們大使館大門口，日兵在強姦婦女」。

又據上海密勒氏評論報載，不久前日寇日日新聞曾登載南京通訊一則，其中便是如此絕滅人性的事實！兩個日軍官，甲和乙，作殺人記錄的比賽，以殺一百人為目標。十二月十日兩人在紫金山約會，血刀在手，相顧獰笑。甲說：「我殺了一百零五個人。你呢？」乙答：「我殺了一百零六個人」。兩人哈哈大笑。可是他們無法證明誰先殺滿一百人之數，於是重約繼續比賽，以殺一百五十人為目標。吃人的魔鬼，還沒有這樣兇殘！

英文平津時報登載這樣一個調查統計：河北西部十五個村莊，共一九一三戶，十分之九的居民已經拋棄了田廬財產，逃到內地去了，或加入遊擊隊去了，被殺死或「失蹤」的共二百六十人，其中六十三個女子，二十個兒童。這個統計實在是代表河北省一般的現象。

英文平津時報又繼寫道：「河北省鄉村中出現了第八路軍的代表，有組織有計劃地來活動。某次，他們到了一個縣，就把從日軍繳來的槍枝武裝了當地的農民，組成了遊擊隊。當地的警察也加入了遊擊隊」。該報謂，河北一省就不下二十縣是在第八路軍直接影響之下。

海內外同胞們！

你們看到了這些日寇獸行的紀載，誰個不義憤填膺，奮然而起，恨不得親報其仇！讓我們大家再一次認清，日寇如此殘殺奸淫，是我中華民族不共戴天的敵人，也就是世界人類正義的死敵！誰不願意看見自己的父老子弟，任日寇屠殺，自己的姊妹妻女，任日寇奸淫，誰就該起來更堅決積極地擁護抗戰，一致堅持到最後勝利，為我民族爭生存，為我無數萬死難同胞復仇，為人類正義除此妖魔！

平津時報所載，我第八路軍在河北的奮鬥，便是一個英勇的模範。我海外僑胞更應於積極參加抗戰動員之外，努力宣佈日寇獸行，使全人類共同起來剷除妖孽！

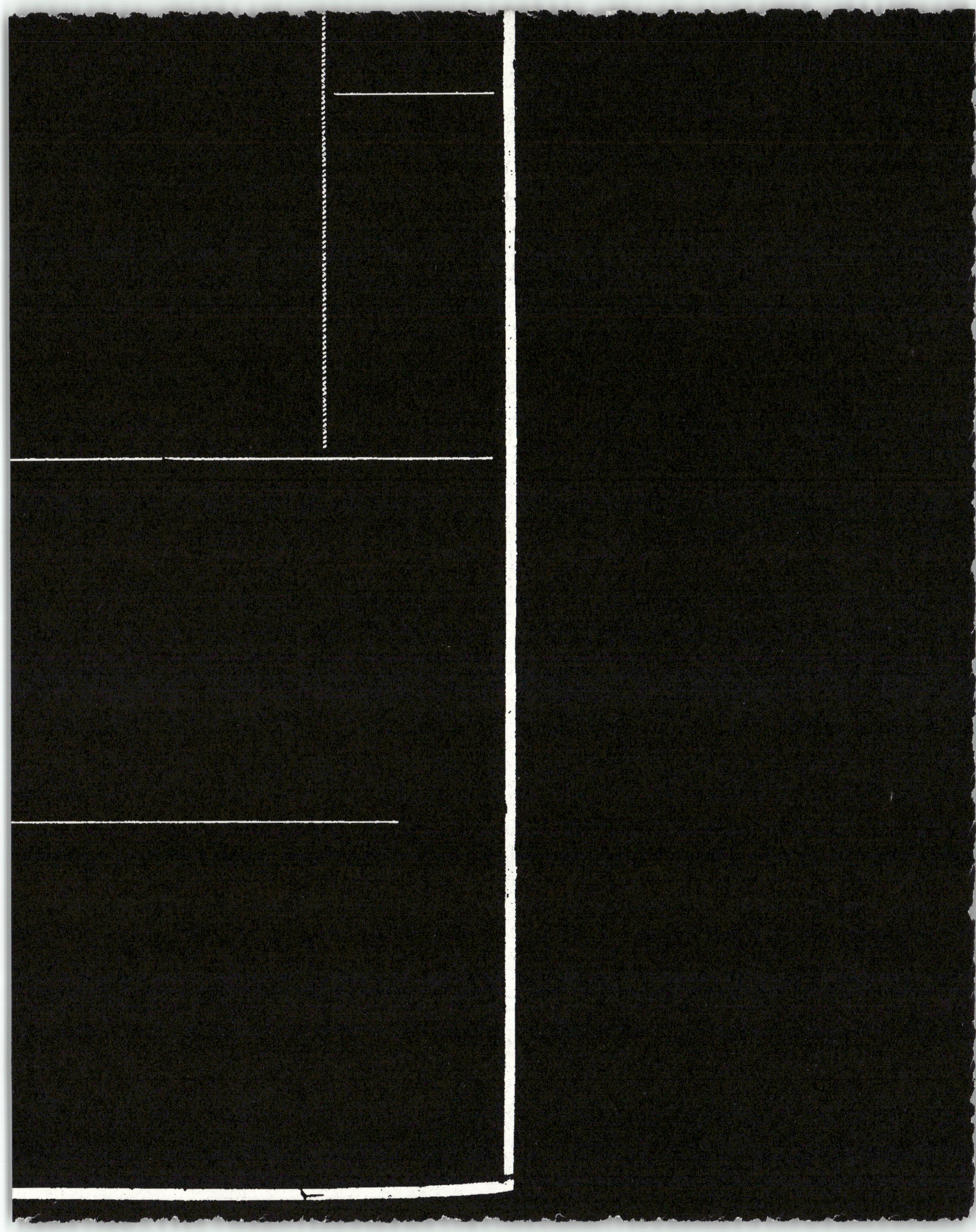

1938.2.2《大公報》 南京仍不安

池河西岸我軍反攻

戰況激烈異常淮河橋自動破壞

津浦北段沉寂我嚴防敵擾右翼

【徐州一日下午十一時發專電】津浦南段戰事連日激烈異常，三十一日改守河西新陣地後，仍與敵繼續激戰，敵賴其優越武器，以大炮猛射，對一的目地，動輒轟百或千餘發，飛機同時投彈掃射，破壞我工事，但我勇猛將士，以一當百，前仆後繼，氣不少衰。一日砲聲飛機聲機槍聲步槍聲竟日未斷，明光之敵又向大王山增援，繼續北犯，我已增調生力軍南下防堵，又池河鎮一地失而復得得而復失者凡數次，已成拉鋸式戰事，一日蚌埠之商用電報電話均不通，但蚌埠並無事，津浦路客車開至南宿州為止，我為鞏固戰局，已另由某處調生力軍南下增援。

【宿縣一日下午十時發專電】蚌埠附近之淮河鐵橋，已經我軍自動破壞。

【徐州一日下午十一時發專電】我某高級長官親在前方督戰，一日上午十一時，有敵機一架飛鳳臺偵察甚久，高度在三千公尺以上。津浦北段戰事沉寂，我敵仍在兩下店相持，右翼在蒙陰以北，有局部接觸，左翼濟南仍在我包圍中。

【徐州一日下午九時發專電】據探報，敵由青島連日登岸者甚多，圖在經台濰青石兩公路犯我隴海東段及津浦右翼，我已嚴防。

【中央社徐州三十一日電】敵自三十日三十一日兩日犯我池河西岸失敗後，又在各線增援，計永寧集、蔡坊、仁和集三處增各種雜合兵三千，池河鎮增步兵三千，馬家崗、三和集共增步兵三千，即我池河西岸全線各軍一日晨開始向敵大舉反攻，戰事極為激烈，鐵路正面小溪河附近亦發生接觸。

侵皖之敵

圖北窺定遠並南犯巢縣

【中央社六安一日電】侵皖之敵，係以南京為根據地，滁縣、全椒……

……

【中央社臨淮關三十日電】軍息，三十日下午二時，我某軍孫團長率兵兩營，分向定襄智村西邢村前進，並以一部向定襄之敵攻擊，敵稍行抵抗，即由南門退出，以坦克車掩護，用汽車載日軍，向忻縣退去，該團於當日下午五時收復定襄。

蕪湖附近

敵時砲擊我陣地

我游擊隊在杭活動　昨炸斃敵憲兵司令

收復後之廣德城

淒慘萬狀

暴敵殘酷亘古未有

中央社記者之視察報告

南京仍不安

敵迫安全區民衆回家

孤島同胞

無心過舊年

易紈士

松井恫嚇伍德海

說日本對英要嚴重衝突

並主張立即攫奪我國海關

【上海一日路透電】英人伍德海創辦主編之遠東評論，二月份已於今日出版，其中發表一文，為敵將松井對伍氏之談話。據松井談稱：「關於本國內部之生長與發展，日本之應向中國圖謀開拓……實為不可避免之事實。……」

社評

新加坡的會操

滬日僑開會

對工部局董事人選　要求日人增至五席

德籍顧問

貢獻頗多

新英使

明日由印度來華

上海一炸彈

在蘇使館秘書宅發現

敵艦窺虎門

被我擊退

敵機偵粵未投彈

行政院會議通過

程潛任河南主席

調整軍政附屬機關　寧夏省府局部改組

軍法執行總監

鹿鍾麟繼任

唐生智辭職照准　鹿昨已到部視事

北平與冀東

偽組織合流

喜多監視下王池在平簽字

【中央社徐州三十一日電】津訊，北平冀東兩偽組織決定於二月一日合流，王克敏、池宗墨兩逆已於三十日上午十一時在平，由喜多監視之下，將規定辦法簽字，此次合流辦法，偽冀東防共自治政府僅在名義上撤銷，凡過去冀東對外如與日鮮人所定之一切合同仍繼續有效，冀省改為四道……

南京仍不安

敵迫安全區民衆回家

【中央社上海一日海通電】有某國際救濟委員會委員新自南京乘美艦蜜蜂號返滬，據稱：南京秩序至今尚在不安狀態中，日當局雖稱曾極力恢復原狀，惟至今南京之情形距恢復原狀之時尚遠，日軍似不受其長官之管束，致發生案件多起，中國人民在安全區內者現有二十萬人，日前日軍當向彼等致送哀的美敦書，謂彼等苟不于本星期前離區回家，則區內之店舖均將被迫閉門，且禁止在區內售賣糧食云，人民對此均表不安，因彼等均不願由安全區歸家，任日軍蹂躪也。

1938.2.7《大公報》 一筆血債

敵陷懷遠我正反攻

定遠之敵有改向北運動模樣

【徐州六日下午十一時發專電】敵佔我蚌埠後，由定遠西進，圖犯我壽縣，並企圖渡淮河北侵，但我陣地鞏固，官兵奮勇，迭予敵重大打擊，六日敵由毛灘集及蚌埠鐵橋分兩路渡河，均被我軍擊退，定遠縣西犯之敵，與臨淮關北犯之敵，亦均經我大軍擊退，我生力軍紛紛增援前方，且我某部由側面抄襲敵之後路，敵甚恐慌，三二日內我即開始反攻。

【徐州六日下午十時發專電】六日晨淮河南岸之敵，利用小汽艇分兩路強行渡河，一路百餘人在毛灘集偷渡，當經我守軍用機槍掃射，斃敵過半，殘敵仍退回南岸，一路三百餘人，由蚌埠鐵橋附近強渡，經我軍將敵小汽艇擊沉四艘，敵落水及被我擊斃者甚多，餘亦退回南岸。

【徐州六日下午十時發專電】定遠以西永康鎮附近，六日自晨迄晚，敵我激戰八小時之久，結果敵被我擊退十餘里，但仍據點頑抗，我正猛攻中，敵連夜增援，預料戰事將更趨激烈。又電，由定遠西犯之敵，計步兵五百餘人，騎兵七八百人，大砲坦克車甚多，因各路遭我猛烈截擊，六日傍晚已暫停前進，由明光・鳳陽北犯之敵，其先頭部隊越過永康鎮，蚌埠及臨淮關北犯之敵我已派重兵堵截，亦未得逞。

【徐州六日下午九時發專電】門台子附近於六日到有敵裝甲車與汽車五十餘輛，載小汽艇及渡河材料甚多，又敵高級司令部設鳳陽東關，我軍數千人由高塘鋪，興隆集向前推進，襲擊定遠敵之側面，六日晨起與敵血戰十三小時，雙方傷亡均重，敵因受此痛擊，未敢積極北犯，似非再大批增援不可，六日蚌埠臨淮關敵焚燒民房，火光沖天，迄晚未息，觀其情形，似恐我軍夜襲。

【中央社徐州六日電】懷遠之敵現已增至千餘人，正趕築防禦工事，並于城南山腰裝設砲位，似欲作其在北岸之根據地，我軍北路已進渦河北岸，及渦河淮河之會口，西路亦已繞至懷遠之側背，對懷遠已形成包圍之勢。

【中央社徐州六日電】津浦南段戰事六日仍分兩路進行，一路隔淮河對峙，一路相持于定遠迤西之線，敵高級司令部設鳳陽南門，居中策應，六日淮河陣線，東起五河，西至懷遠，均開始有砲戰，而懷遠之敵尤有增加，懷遠為淮河北岸一重要據點，東北可通固鎮・宿縣，西北直達渦陽・蒙城，西南則聯鳳台正陽，勢已成為我敵必爭之地，該地附近即將展開血戰，至定遠迤西之敵，現仍與我相持于濟洛河一帶，定遠敵之主力據報六日已停止西進，有改向正北運動模樣。

【徐州六日下午十一時發專電】蚌埠飛機場現有敵機三架，敵在淮河南岸架設大砲，其砲兵觀測所設於蚌埠會興麵粉公司樓上。

【中央社六安六日電】敵偵察機二架于六日上午八時五分由東飛至合肥，旋一架向霍邱飛去，一架向六安飛來，各偵察一週而返，十時許，敵轟炸機九架飛壽縣一帶轟炸，損失不詳。

【徐州六日下午十一時發專電】津浦北段正面左翼仍沉寂，右翼敵佔我濟寧縣城後，我某部已分路向前推進，堅守據點，防敵竄擾。

我軍再度反攻蕪湖

灣沚魯港相繼克復

富春江敵圖偷渡南犯

餘杭富陽昨皆有戰事

【中央社青陽六日電】六日雪後初霽，我軍再度開始反攻蕪湖正面之敵，我軍某旅六日晨渡河，抄出石硊鎮敵軍陣地之後，該處敵已腹背受敵，又西距蕪湖十五華里之魯港，我部隊亦同時反攻，敵以猝受攻擊，當即退出魯港市街，在附近山上之陣地負隅頑抗，又蕪湖以南二十五華里之竹絲港，我軍亦向敵出擊，一面則由灣沚方面之我軍猛出芳山鎮，由右面攻擊蕪湖，現各部隊均到達指定地點，即將與正面部隊聯絡，夾擊蕪湖。

【中央社六安六日電】敵在蕪湖宣城，以灣沚為聯絡線之據點，四日我已將灣沚克復，因此敵之聯絡線遂被切斷，敵乃又向繁昌猛攻，冀壓迫我左翼，解宣城之危，但我宣城及繁昌方面各部均奮命抵抗，現仍與敵激戰中。

【中央社淳安六日電】軍息，富春江北岸之敵，三日來突增至萬餘人，錢塘江大橋及返智橋附近，各泊有敵軍擄之民船三十餘艘，察其動向，似有偷渡過江向我南岸進犯企圖。

【中央社金華六日電】我軍六日下午九時二十五分猛襲反攻餘杭時，雪覆大地，敵山砲失去目標，僅以機槍盲射，我軍奮勇由青山鋪猛攻，下午十時，餘杭西門已被我砲毀，敵勢不支，在東門以機槍掩護向杭州方面退卻，委棄輜重甚多，我軍旋繞城北奪佔東門，因恐城中佈有地雷，在搜除中，我軍未便大部進逼，乃固守東門，向杭州拱宸橋推進。

【中央社金華六日電】六日侵晨雪霽，午夜雪降，大地積雪已盈四寸，下午三時，我游擊隊在富陽北五里之新橋鎮活躍，殺敵哨兵十二人，我軍由青雲橋與陸家村聯絡反攻，會師于太平橋，突攻富陽西門，經敵憑城垜以機槍密射，歷兩小時，消耗子彈不可勝數，我軍再度渡太平河，均以水流湍急，未達而還，傍晚，槍聲漸疏，夜來當有戰報，但新登方面可聞密集槍聲。

【中央社金華六日電】我軍今日下午十時又從青雲橋向富陽逼進，已過太平橋，兵臨富陽西門，下午十一時仍在相持中。

【中央社金華六日電】軍訊，敵連日佈置之結果，為杭（州）富（陽）公路一帶紮三聯隊，設司令部于轉塘，紮二千人，杭州雲棲至餘杭紮一聯隊，共一萬五千人，均有防空及其他機械化配備，由□團長鈴木指揮，設司令部于袁家橋，指揮餘富兩部，並在平民教館儲藏大量彈械，杭富路一帶工事多已完成。

平漢正面之敵

昨一度試探

飛機助戰被我擊退

晉中收復祁縣城

【中央社新鄉六日電】平漢線敵軍增加後，近日屢向我陣地擾擊，六日上午十一時，安陽敵軍砲兵復又向我湯陰以北寶蓮寺一帶陣地開始轟擊，旋有騎兵三十餘名向我衝鋒，同時並有飛機四架協同作戰，投彈二十餘枚，與我軍激戰一時餘始退，又敵機一架，六日上午十一時許，由安陽飛新鄉上空偵察，約一時餘始飛去。

【中央社徐州六日電】冀境我游擊隊及民團甚活躍，凡離開鐵路線，均非敵勢力所能達到，僞省署雖發表若干縣長，但均不敢赴任，冀東保安隊一隊開抵保安後，即有一連反正，敵僞極感棘手，敵現派大批軍隊，企圖頑抗，現在霸縣附近有游擊戰，津郊新郊鎮亦不時有我游擊隊出沒，津敵軍運日有大批軍隊南運。

交城附近 敵我激戰

【汾陽六日下午四時發專電】由汴開抵清源之敵，携砲十餘門，現在該縣屬之古交鎮一帶與我□路軍對峙中，我□路軍六日晨在交城屬之火山磁窰溝與敵激戰數小時。

【汾陽六日下午一時發專電】敵五日由汴向清源增兵千餘名，駐於三二日內西犯文水・交城屬之古交鎮・羅山村及祁縣屬之子洪口，五日均有接觸，除古交之敵退回交城外，其他各地均無變化。

【汾陽六日下午十時發專電】交城六日又增敵二百餘人，並開到大車一百輛，均載子彈，敵似有由大東道進犯企圖。

【中央社臨汾六日電】軍息，我某隊出發于祁縣游擊以來，曾先後與敵軍發生戰鬥三次，最後一次在上月三十日，戰鬥最為激烈，結果予敵以重創，我軍共計斃敵十四名，奪獲太陽旗兩面，五色旗一面，以及宣傳品甚多，敵軍二百餘名，經此打擊後，由祁縣城內秘密遁去，祁縣城當被我軍完全收復（按祁縣在平遙北五十里）。

崞縣原平 游擊捷報

【太原消息】第□路軍□部來電，□我王旅一部四日在崞縣原平之定襄莊附近伏擊敵汽車十餘輛，敵援步兵二百餘人，即被我突然猛烈襲擊，正激戰中，又由原平開來火車一列，滿載步砲兵，下車增援，我又猛襲，激戰至下午五時，敵向原平潰竄，我尾追至原平附近，敵據工事，槍砲徹夜未停，是役斃敵百餘人，獲機關槍兩挺，步槍二十餘支，日本旗兩面，文件及軍用品甚多，毀汽車六輛。□彭城鎮之敵七百餘人，附砲二門，三十一日拂曉向西王莊進攻，我韓支隊一部配合游擊隊及磁縣保衛隊，與敵激戰三小時，將敵擊潰，敵向彭城回竄，我傷亡十餘人，磁縣縣長田裕民亦負傷，□磁縣河底鎮之敵千餘人，附砲三門，三日晨進襲□縣河底間之桑牛鋪，我韓旅一部與敵激戰中云。

粵海沿岸砲戰

敵圖在中山登陸未逞

廣州解嚴連日破獲間諜機關

【香港六日下午四時發專電】六日晨六時五十分，敵艦三艘率武裝漁船數艘，突由伶州駛龍穴山，發三十餘砲，向虎門要塞猛轟，我還擊，戰四十分鐘，敵艦一艘中彈重傷，餘艦不敢戀戰，掩護傷艦逃去，又七時二十分敵艦五艘，及武裝漁船十餘，向中山崖口發砲，並派漁船數隻，載水兵三百餘，以飛機一架掩護，企圖登陸，我伏敵至中渡，密集射擊，敵傷亡甚重，未得逞，廣州戒嚴後，連日嚴懲破獲間諜機關三起，捕漢奸數十人，搜出國旗密碼，欲於敵機轟炸時，在市區放火，現奸謀敗露，市面安定，廣州六日起解嚴，據外輪公司息，虎門有七日起開放說，各外輪準備復航。

【香港六日下午十一時發專電】六日下午一時，敵艦三艘再攻虎門，被我擊退，下午三時廣州虎門電話不通，詳情未悉，又敵犯唐家灣不逞，轉駛後環，發砲猛轟，亦被擊退，我無損失。

【廣州六日下午七時發專電】敵機一架今晨飛寶安觀察各地，十時亦有一架飛來偵察，敵艦今日再犯虎門，凌晨有三艘發砲，經我還擊後，即退，又下午一時再度轟擊，亦被我擊退，寶安方面亦有四艘發砲，向我西鄉區轟擊，經我迎擊後退去，中山崖口方面亦有敵艦五艘發砲亂轟，並驅敵兵三百餘企圖登陸，被我擊退，是役敵死傷甚重。

【中央社廣州六日電】六日上午七時二十分，敵以巡艦五六艘及武裝漁船一艘，艇有水兵甚多，進擾崖口，旋為防軍發覺，發砲向敵轟擊，敵以我軍有備，旋即退去。

【中央社廣州六日電】六日晨侵擾唐家灣之敵艦，已於下午三時停止開砲，向東南方海面駛退。

【中央社廣州六日電】中山縣電話，敵艦數艘六日上午八時許，砲轟唐家灣之際，突派出水兵六七百人，乘武裝漁船，侵擾唐家灣東北之淇澳島，同時並向中山縣屬香洲地方發砲多響。

社評

反侵略運動

在中日戰爭經過半年之久的今日，因日本軍隊的殘酷兇暴，及中國軍民抵抗的英勇，犧牲的慘痛，已引起世界的不安與同情。全世界愛好和平的人士，都很憤慨的反對日本的侵略，很真摯的為中國作聲援。抵制日貨運動及工人不合作運動，普遍出現於世界各重要地方。最可注意的是，國際和平運動大會特定於本月十一日起在倫敦舉行「世界援助中國及反日抵貨運動會議」。國際和平運動大會，於一九三六年九月在比京白魯塞爾開第一次世界大會，大會的主席是英國國聯同志會會長薛西爾爵士。這個和平運動標揭四大綱領：（一）遵守條約；（二）縮軍；（三）鞏固國聯，加強對侵略之反抗及建立真正的集體安全與互助；（四）在國聯機構內設立一永久之委員會，以改善國際情勢，消除足以引起戰爭之原因。這四點，是世界和平秩序的要點。現在的遠東局勢，日本的一切舉措無不與之相反，而中國便是世界和平秩序遭受摧毀的前哨。現當中國對日抗戰的嚴重階段，得見這個和平大會特別舉行「世界援助中國及反日抵貨運動特別會議」，我們實引為無上的安慰，將更加奮勇，抵抗並打擊世界和平的破壞者。

我們中國為響應這個大會，自昨日起，迄十二日止，舉行反侵略運動宣傳週。昨天是宗教日，全武漢基督徒在聖保羅教堂舉行「國難祈禱典禮」。千百個中外人士屏息為殉國將士及難民默哀，同聲合唱「中華自由」，千百個喉嚨合成一個聲音，為被侵略的國家祝福，為人類的公道正義呼籲。這聲音，不僅發自這千百個人，它實在代表着世界一切愛好和平擁護正義的人們的心情。倫敦的反侵略大會即將盛大舉行，中國的反侵略戰爭正在勇猛進行。在這時期，我們中國人，執戈守土的要勇敢的抗戰，告訴世界，中國軍人是願意為捍衛祖國反抗侵略而犧牲的。在後方的要刻苦工作，盡力助戰，告訴世界，中國人民是無疑無貳的一致與強敵搏鬥着。我們堅定意志，發揮力量，告訴世界，全中國人決不屈服，決不投降，決為國家的自由，世界的和平奮鬥到底。我們將以這種精神，抵抗強敵，衛護國家，並安慰世界上一切愛好和平的人們。

在這個見地上，我們願奮力打擊殘暴的侵略者，並願竭誠接受一切同情的援助。國際聯盟是世界共戴的和平機構，連年因遭受日本侵略行動的打擊而黯然無光，國聯行政院理事會最近重申前議，請各會員國各別的予中國以援助。這決議，無論在實際上如何無力，在精神上是反侵略的，毫無疑義的指出公道正義的方向。中國是在衛着這方向掙扎着，世界上一切擁護和平的力量也必繼續走上這方向來！

一筆血債

京敵獸行目擊紀

以下是一位從南京逃出的戰士所寫，在京被俘時親眼見到的事實。可以想見敵人滅絕理性的獸慾，和江南一帶受難同胞的慘狀！這一筆血債，我們不能忘記，我們一定要向敵人取償！

我元月初間才從滁縣附近逃出來，去年十二月二十六日以前，我一向留在南京，並且有十多天一直被扣留在敵營裏。

偉大的南京，從去年十二月九日到十三日，在砲聲，炸彈聲，黑烟與紅焰中，毀滅了，陷落了。

我本是×××隊通信營的小×長，十三日沒有走得及，於是在一家沒人的屋子裏被俘了。那時我沒被殺掉，是因為我已換了便衣，只獨個一人，並且沒有在街上，偶個敵人要找水伕，這樣我才被押走了。走在街上，滿是難過，路上東一個西一個，都是我們同胞的屍體，我不敢多看，偏又不自主的偷眼細看，那裏還能看得清楚！多半都是一塊血肉棉衣在一起模糊着，肚皮被扒開了，小便也割了去，後來我才知道，敵兵把割了的東西，賣給浪人，還很可以得幾個錢呢！

後來走到一所還略微像樣子的院子裏，門口貼個白條子，也不曉得上面寫的是什麼，另外還掛了一面太陽旗。裏面還另外有幾個同胞，袖子上帶着一塊白布，布上面有些記號，不久我也帶上一個，這就是我們的護身符，有了這個護身符，我又在南京停了十多天，沒有遇着危險，在二十六日敵軍又往江北開拔，那時一個敵兵拔出手槍，預備給我來個臨別紀念，真是我的命好，忽然最初俘獲我的一個偵官佐，給他打了個招呼，攔了攔手，於是又把我帶到江北滁縣附近，到那裏他們途上擄得的一個十二三歲的女孩子，沒幾天就死了，還是我把她埋了的。那天晚上他們把我關在屋裏，又出去擄女人了，我才得破窗逃出，幸虧他們還不是正式作戰隊伍，所以我能免死逃出。

被俘的那天下午，整整擡了半天水，說也奇怪，敵人有張地圖，上面有些圖圈，誰知道那就是水井的位置，自來水當然早斷了，可惜我們沒有把水井都塡住。第二天早晨我又被迫去擡□水，一個敵兵趕我把水抬到後院裏，又叫我往屋子裏送，我不明白，他就又踢我又打我，等我明白了，我只好往屋裏送，我方才走進去，便一眼看見了兩位女同胞擁着一條被子，躺在那裏，兩個滿臉橫肉的「皇軍」官佐，一個人穿了一件女衣在對臉淨笑。我很快的放下水桶，昏着腦瓜子走出來了，我幸虧條條是中國人，還沒得是這位女同胞的家親或朋友！後來我見得太多了，才知道可憐的女孩子們，就在大白天，也那能穿衣服呢！

又是一天，敵人伕伕滿同我熟了，午飯後，他笑得大張着嘴，露着牙齒，拿一張照片給我看，上面明明是大江，水裏滿了浮屍！這不用說又是敵海軍和空軍對難民攻擊的戰績了。

一批女人趕進來了，她們的父兄，丈夫和兒女，那當然不用說了，黃昏時分，我見兩個裸體女屍被拖了出去。不分白天和夜晚，總是聽到哀號和嘻笑。

日子我還記得很清楚，因為我是在渡日如年，十六號那一天，我們要搬了。這次走到街上，黑烟紅焰，仍然沒有斷，同胞的屍體可實在多得可怕，特別多添了許多裸體女屍，有的很可以看出是反抗暴行，才被敵軍順勢來個剖腹，手臂上，都是傷痕。十個總有八個是肚子破着，腸子擠到外邊來了，還有幾個母親和血污的胎兒一齊。他們所以裸體的原因也很簡單，她們活着的時候，皇軍還不准她們穿衣服，死了不給她們開刀破肚就是好的，還會把衣裳給她們穿上嗎？這些女屍的乳部，[illegible]

[illegible]

海關問題

談判停頓中

海關當局否認重開

稅收仍存滙豐銀行

【香港六日下午十時發專電】滬訊，海關當局否認與敵方重開談判之說，據談，該項談判陷於停頓，迄已兩月，海關當局前此曾與敵方作數度非正式談判，意見始終未接近，因海關方面對於維護整個海關行政一點爭持甚力，決不屈服，北平僞組織擬改稅則事，海關華員已嚴予駁斥，海關當局正密切注視其發展，又江海關收入現仍存滙豐銀行云。

【中央社上海五日海通電】據此間所得可靠消息，日本當局與各國外交代表間業經開始中國海關問題談判，然未獲得任何進步，日軍司令松井即將離此間日本領事，不准對外國作任何讓步，須悉海關當局並未依照廣田意旨，將關稅收入繳存日本正金銀行，而仍在英滙豐銀行之手，即英法兩國決然反對將關稅收入移交日本銀行，美國對于此點態度亦極冷淡，但堅決主張在關稅方面維持門戶開放政策，任何日貨不得享受特殊待遇，其對海關完整與連庚子賠款在內之外債担保問題應予尊重一點，亦毫不讓步，故整個談判已成僵局，如果此種困難不能打破，則任何協定均難成立云。

駐日使領館 全部人員返國

【中央社東京五日路透電】此間中國大使館所餘職員，已定七日午乘加奈大皇后號郵船返國，日本全國中國領署人員亦將同行。

綏西我軍

切斷敵西進孔道

【中央社柳林六日電】由包頭至伊盟杭錦旗，原有公路一道，敵謀打通該路，經伊盟，進窺我寧夏，我□軍發覺，即積極防禦，曾在包西八十餘里處之趙家梁圪地帶與敵發生遭遇戰，我已將該地收復，切斷敵西進孔道。

敵人攫奪北方鐵路

將組「華北交通公司」

【中央社東京六日路透電】[illegible]

滬敵經營 內河航運

【香港六日下午十一時發專電】滬訊，[illegible]

松井赴杭

【中央社青陽五日電】[illegible]

孫元良抵漢

【中央社訊】陸軍第□□師長孫元良，于日前經由徐州鄭州抵達漢口。

的是什麼，另外還掛了一面太陽旗。裏面還另外有幾個同胞，袖子上帶着一塊白布，布上面有些記號，不久我也帶上一個，這就是我們的護身符，有了這個護身符，我又在南京停了十多天，沒有遇着危險，在二十六日敵軍又往江北開拔，那時一個敵兵拔出手槍，預備給我來個臨別紀念，眞是我的命好，忽然最初俘獲我的一個官佐，給他打了個招呼，擺了擺手，於是又把我帶到江北滁縣附近，到那裏他們途上擄得的一個十二三歲的女孩子，沒幾天就死了，還是我把她埋了的。那天晚上他們把我關在屋裏，又出去尋女人了，我才得破窗逃出，幸虧

一筆血債

京敵獸行目擊紀

以下是一位從南京逃出的戰士所寫在京被俘時親眼見到的事實。可以想見敵人滅絕理性的殘暴，和江南一帶受難同胞的慘狀！這一筆血債，我們不能忘記，我們一定要向敵人取償！

我元月初間才從溧縣附近逃出來，去年十二月二十六日以前，我一向留在南京，並且有十多天一直被扣留在敵營裏。

偉大的南京，從去年十二月九日到十三日，在砲聲，炸彈聲，黑烟與紅焰中，毀滅了，陷落了。

我本是×××隊通信營裏的小×長，十三日沒有走得及，於是在一家沒人的舖子裏被俘了。那時我沒被殺掉，是因為我已換了便衣，只獨個一人，並且沒有在街上，偏偏敵人要找水伕，這樣我才被押着走了。走在街上，真是難過，路上東一個西一個，都是我們同胞的屍體，我不敢多看，偏又不自主的偷眼細看，那裏還能看得清楚！多半都是一堆血肉棉衣在一起模糊着，肚皮被扒開了，小便也割了去，後來我才知道，敵兵把挖了割了的東西，賣給浪人，還很可以得幾個錢呢！

他們還不是正式作戰隊伍，所以我能免死逃出。

被俘的那天下午，整整抬了半天水，說也奇怪，敵人有張地圖，上面有些圈圈，誰知這圈就是水井的位置，自來水當然早斷了，可惜我們沒有把水井都填住。第二天早晨我又被迫去擔臉水，一個敵兵讓我把水提到後院裏，又讓我往屋子裏送，我不明白，他就又踢我又打我，等我明白了，我只好往屋裏送，我方才走進去，便一眼看見了兩位女同胞掩着一條毯子，躺在那裏，兩個滿臉橫肉的「皇軍」官佐，一個人穿了一件女衣在對臉淨笑。我很快的放下水桶，昏着腦瓜子走出來了，我幸虧僅僅是中國人，還沒得是這位女同胞的家親或朋友！後來我見得太多了，才知道可憐的女孩子們，就在大白天，也那能穿衣服呢！

又是一天，敵人伙伕漸同我熟了，午飯後，他笑得大張着嘴，露着牙齒，拿一張照片給我看，上面明明是大江，水裏飄滿了浮屍！這不用說又是敵海軍和空軍對難民攻擊的戰績了。

一批女人趕進來了，她們的父兄，丈夫和兒女，那當然不用說了，黃昏時分，我見兩個裸體女屍被拖了出去。不分白天和夜晚，總是聽到哀號和嘻笑。

日子我還記得很清楚，因為我是在渡日如年，十六號那一天，我們要搬了。這次走到街上，黑烟紅焰，仍然沒有斷，同胞的屍體可實在多得可怕，特別多添了許多裸體女屍，有的很可以看出是反抗暴行，才被敵軍順勢來個剖腹，手臂上，都是傷痕。十個總有八個是肚子破着，腸子擠到外邊來了，還有幾個母親和血污的胎兒躺在一齊。他們所以裸體的原因也很簡單，她們活着的時候，「皇軍」還不讓她們穿衣服，死了不給她們開刀破肚就是好的，還會把衣裳給她們穿上嗎？這些女屍的乳部，不是被割了去，便是被刺刀刺得血肉模糊，這明明是「皇軍」對於已經死了的女人還要再來一番侮辱！這次我到了一個學校[illegible]，並且還有一百多個被俘的士兵和老百姓，都被當然不會[illegible]活他們，就在十六日那天下午，武裝同志一批一批的被剝了衣服，[illegible]屋子裏，天哪！我真不曉得「皇軍」還會用錐子！他們用錐子和針向我們同志身上直刺，直刺成了血人，被那同志有時叫罵，怒視，他們會連眼睛也刺[illegible]

[illegible]

[illegible]

1938.2.9《大公報》 敵軍獸行自畫供狀

皖北昨日無大戰 平漢敵兩路南侵

江南我軍反攻各路有進展

蕪湖近郊血戰盛傳克復說

【徐州八日下午十一時發專電】（一）八日早我某部與敵之騎步砲混合兵二千餘人在能仁寺及閔家附近接戰，敵以飛機助戰，相持三四小時，我軍奮勇異常，卒將敵擊退，斃敵二百餘，我傷六十餘人，（二）劉府之敵八日向我陣地猛烈攻擊，一小時後我援軍開到，將敵擊退，斃敵三百餘人，我傷亡甚微，（三）七日上午九時我機三架飛蚌埠轟炸敵軍，投彈千餘枚，敵傷亡甚重，（四）七日午長淮衛發現敵軍百餘名，經我軍抄襲，斃敵數十名，殘敵潰散，（五）懷遠方面之敵二千餘人，八日忽大部撤回淮河南岸，現該城內僅餘敵一二百人。

【徐州八日下午十時發專電】八日上午，我敢死隊一隊，每人各持手溜彈若干，夜襲右翼鳳陽附近之山唐、劉家、柳家一帶敵軍陣地，我軍到敵營後，一擁而進，敵軍均由夢中驚醒，恐慌萬狀，我軍即以手溜彈向敵猛炸，敵營起火，敵四散潰逃，我擊斃敵二百餘人，毀敵汽車二十輛，我敢死隊均安全退出，傷亡甚少。

【徐州八日下午十時發專電】敵艦三艘連日以大砲向日照城內及右[illegible]所轟擊，共發百六七十砲，我死傷平民十餘人，毀房六七所，日照情形混亂異常，傳敵將該處漢奸煽惑，發生暴動，我縣長面[illegible]方面發生衝突，我海軍陸戰隊司令[illegible]已派員前往調查。

【中央社六安八日電】蚌埠被敵佔據後，津浦南段戰事已另入一階段，其最可使人注意者，㊀敵是否由懷遠攻歸德，包圍徐州，㊁敵是否攻取合肥，以庇護津浦南段，據一般觀察，敵爲打通津浦線，攻取徐州，乃其必行之企圖，[illegible]

【中央社徐州八日電】我淮河北岸大軍[illegible]，我軍八日晨由臨淮關方面渡河出擊，已繞至敵背，[illegible]

[illegible]

清豐激戰中

安陽敵探進

【新鄉八日下午十時發專電】平漢線之敵，近日調度甚忙，企圖南犯，早可判明，七日下午，大名方面之敵，約一千名，坦克車十餘輛，大砲二十餘門，並以飛機掩護，犯我南樂，我某部迎擊，激戰甚烈，相持至晚，八時，我爲戰略關係，放棄南樂，退守清豐，八日晨八時，敵復增援進犯，我作戰最力之保安隊改編之某師在清豐與敵血戰，迄晚仍相持中，我已增援，星夜趕往助戰，[illegible]平漢正面八日亦有接觸，安陽之敵，約二三千人，向南進犯，與我守軍在安陽南十餘里七里店發生激戰，[illegible]迄八日晚，我仍守七里店以南陣地。

[illegible]

東線之鳥瞰

敵僅守據點

【中央社六安八日電】蕪湖附近七日整日槍聲甚烈，蓋我反攻部隊業已抵達該處，與敵發生激戰，[illegible]附近敵汽油庫被我縱火焚燒，熊熊火光，隔河可睹，又蕪湖近郊飛機場亦被我克復，我反攻部隊現正乘勝挺進中。

[illegible]

社評

英美日海軍問題

[illegible]

川軍在山東前線（二）

長江

（二）辛酸的幽默

[illegible]

武漢昨空襲

職業學校亦落彈死傷八人

宜昌郊外被投彈

【中央社宜昌八日電】敵機九架八日下午二時十分來襲宜昌，在近郊投彈多枚，均落荒地，無何損失，二時十五分始向東北方面飛去。

【本市消息】昨日下午[illegible]時餘，據報有敵機三十餘架，分兩路向武漢飛行，防空部先後發出空襲緊急警報，[illegible]

昨日行政院會議

川主席兼保安司令

[illegible]

蒙陰之役

[illegible]營長殉職

[illegible]

敵軍獸行自晝供狀

松井下令維持軍紀

南京居住區一部開放

【中央社上海八日路透電】[illegible]

滬日人公開走私

私糖允斤每担僅十元

正式糖商皆無法營業

[illegible]

粵海敵艦仍活動

昨圖在香洲登陸未逞

淇澳島敵有一部撤退

敵機昨又炸粵交通線

[illegible]

王大使謁美總統

[illegible]

新任河南主席程潛視事

昨到開封即日接任

[illegible]

國葬劉湘

[illegible]

敵軍獸行自畫供狀

松井下令維持軍紀

南京居住區一部開放

【中央社上海八日路透電】日軍昨日在南京某廣場舉行被難士兵追悼會，由松井訓話，令各長官嚴守紀律云，松井此次發表演說，顯因外間對于日軍暴行續有報告，並有嚴刻之批評，此間人士頗加以評論，認爲松井此舉，實爲日本歷史上空前之事，松井于演說中，詳述日軍對於此次中日戰事之決心，全體士兵官長當勉力維持軍紀，俾外間謠言得以平息，列席聽訓各級長官內有皇族朝彥親王，現任南京日軍司令，據日本大使館發言人宣稱，謂南京已有市民十萬人，自難民區回至「南京自治委員會」規定之兩區內居住，（按「自治委員會」近劃分南京爲五區，）自一月十六日至二月四日，有一〇•一一五戶，共五〇•四四六人，紛紛回至第一區內居住，自一月十三日至二月四日，有一二•七九六戶，共四五•七四六人，回至第二區內居住，現留在難民區者，約有一五〇•〇〇〇人，其中一部份因居留無所，故仍留在難民區內，南京第三四五三區現仍未開放云。

1938.2.9《新華日報》 鬆井承認敵軍獸行

津浦南段我軍反攻

我收復考城前鋒逼近蚌埠
北段敵犯蒙陰潘營長殉難

（中央社六安八日電）蚌埠被敵佔據後、津浦南段戰爭、已另入一階段、其最可使人注意者、一、敵是否由懷遠攻略德包圍徐州、二、敵是否攻取合肥壽縣以庇護津浦南段、據一般觀察、敵爲打通津浦線攻取徐州、乃其必有之企圖、敵過去作戰、均採迂迴包圍策略、此次進攻徐州、或又將採取此一戰術、然是否如此雖不可必、但敵在正面與側面同時用兵、可無疑問、其側面一路、亦必不容放棄、敵近日在懷遠以西活動、即含有此種意義、至合肥壽縣二處、係皖中要地、且與津浦南段相平衡、敵是否進攻、乃時間問題、故我于敵未攻之際、業已飭……向前挺進。

（中央社徐州八日電）我淮河北岸大軍、刻已佈成堅強陣綫、頃據今週外消息、我軍八日晨、由臨淮關方面渡河北擊、已減至敵背、刻已將其切成兩段、惟軍方尚未證實。

（中央社六安八日電）與蚌埠成直綫之要點之考城、八日被我克復。

（本報徐州八日專電）津浦南段、自我軍反攻後、懷遠被我包圍、定遠復有被我軍克復說、故我極佔優勢、昨日我軍向蚌埠進攻、已克復離蚌埠卅里之高地、刻正向蚌埠進攻中。

（中央社六安八日電）津浦南段無戰事、前昨二日、突然轉寂、因敵我兩軍、均在一面積極增防、一面佈置陣地、預料自全椒至懷遠、綿延三百餘里、將展開皖中過去未有之大規模血戰。

（中央社鄭州八日電）五日敵進犯蒙陰時、我某軍營長潘潟文率部奮勇應戰、在□□江郊、負創殉職。

東線捷音

蕪湖戰事順利

竹絲港車站被我佔領
我猛襲當陽敵退城外

晉北我軍獲勝

平漢線游擊隊迫近大名

反侵略運動宣傳週 今天第四日「農工日」

專載 抵禦外侮與復興民族（四）

蔣中正

敵機

廣州　新鄭　甯波

松井承認敵軍暴行

武昌裕華紗廠工員 歡送傷愈將士殺敵

延安邊區工會 聯絡各地工界

全國各界反侵略週

宜昌　西安

國際反侵略中國分會

南昌

兒童日

長沙臨大學生 反對學校遷滇

香港

馬菲兩地華僑 倡募長期月捐

敵在廈門施行恐嚇

昨行政院會議

全國戰時教育協會籌備會

十餘團體百餘學者參加發起

敵機卅餘架襲汴

死二人傷八人毀房屋數間

更正

日至二月四日、共有一二，七九六戶、共四五，七四六人、回至第二區內居住、現留在難民區者、約有一五〇，〇〇〇人、其中一部份因居留無所、故仍留在難民區內、南京第三四五三區、現仍未開放。

松井承認敵軍暴行

（中央社上海八日路透電）敵軍昨日在南京某廣場、舉行死亡士兵追悼會、由松井訓話、令各長官嚴守紀律、松井此次發表演說、顯因國際對於日軍暴行、續有報告、並有嚴厲攻擊、倫敦人士加以評論、認爲松井於演說中、要求全體士兵官長、當勉力維持軍紀、俾外間謠言、得以平息、列席[illegible]訓各級長官內、有皇族朝彥親王、現任南京敵軍司令、又據敵大使館發言人宣稱、謂南京已有市民十萬人、自難民區回至南京偽自治委員會所規定之兩區內居住、（按偽自治委員會近劃分南京爲五區）、自一月十六日至二月四日、有一〇，一一五戶、共五〇，四四六人、紛紛回

1938.2.13《大公報》 敵軍信義掃地

日閣通過英美覆文

美總統請追加軍費預算
大海軍案可望通過議會
法增造軍艦將與義國相等

美孤立派仍活躍

反侵略宣傳週 文化日宣傳大會
邵部長宣讀提出兩項概念 會後遊行情形熱烈

敵軍信義掃地 蹂躪南京難民區
姦淫擄掠並屠殺無辜 馬市長函國際委員會 請向敵嚴重交涉制止

暴敵宣戰之空氣
閣議迭次會商仍未決 近衛等暴露侵略步驟

蘇代辦失踪案

羅國實行君主專制

全國戰時教協會
昨召開成立大會 選舉理事通過宣言會章 改造教育意見書亦發表

所謂媾和條件

攫奪經濟權益

敵頒大赦令

改造意見

川軍在山東前線（三）
長江

施行要則

德宣傳部闢謠
謂政府變動無政治意味 軍部與黑衫隊並未衝突 英法報紙均在德邊境被扣

港海內我帆船被擊 四艘焚燬
水手一部失蹤

駐蘇德使返國

昨歡宴許大使
武漢留日同學

難民墾荒

來函照登

邵毓麟
昨謁蔣委員長 報告日本政情

敵動員案
日內提議會討論

短評

豫北戰緊

這兩天，豫北形勢轉緊，這當然是敵軍見津浦線難攻，故轉攻平漢。根本上，平漢線自保定之役到今，始終無硬仗。這兩月來，只因敵軍不來攻，而維持現狀，現在大軍來攻了，若非集中士氣旺盛的我軍，前線當然可慮。以過去經驗及軍事常理，斷不能坐守一線，一定要多方面以攻為守。津浦平漢，實際上是一個戰場，怎樣活用軍隊，互相呼應，是目前的緊要問題。

悼榮宗敬先生

榮宗敬先生，為紡業麵粉業巨擘，在幼稚的民族工業界，其貢獻不為不大。現在他在無錫上海的事業，大半毀了，而敵人於摧毀其工廠之外，更欲脅其參加偽組織，他離滬去港，就為拒絕敵人，乃訃聞傳來，竟已於前日死去。

私人事業，與國家絕對同其運命。此次暴敵侵華，摧毀我多少事業，而榮氏的犧牲，恐怕最大。其得病，一定因刺激過重而然，至於拒敵脅誘，毅然去港，這在有事業資產者，特別是勇敢可欽。今聞訃耗，誠不勝悼惜之至。國家勝利之日，即一切民族工業復興之年，政府與國民，在戰後一定要扶持此次殉國受害的一切私人事業。關於此點，榮先生可以瞑目！

敵軍信義掃地
蹂躪南京難民區
姦淫擄掠並屠殺無辜
馬市長函國際委員會
請向敵嚴重交涉制止

【中央社訊】南京市長馬超俊，以敵軍在京蹂躪我人民，慘狀至慘，國際委員會曾與敵人商訂劃定難民區等各種辦法，乃復完全違反，敵此種暴行，實屬滅絕人道，馬氏特函國際委員會主席艾拉培，總幹事費爾生兩君，轉向日方嚴重交涉，茲錄原函如下：南京難民區國際委員會主席艾拉培先生，總幹事費爾生先生，並轉全體委員先生均鑒：逕啓者，去年十一月下旬，日軍向南京威脅之際，承示旅京友邦人士以人道立場，倡議設難民區之議，當經市府轉向本國最高長官請示同意，復經貴會與日方當局幾經往返電商，于十二月一日根據日方當局託由上海饒神甫之覆電，作最後決定，該覆電日方明白允諾，該區內若無軍事需要上之抵觸，則日方願勉為尊重該指定區域，于是京市難民區在貴會熱忱組織之下，始行奠定。抑熟知日軍于入據南京之後，竟在難民區內，屠殺非武裝之民衆二萬餘人，其士兵以殺人多寡為競爭，並姦淫十一歲至六十歲之婦女，本年一月二十六日，美大使館秘書愛理遜君之被日兵毆打，即緣金陵大學農具售品所中國婦女被姦三次之事件而起，是日方違背鄭重之諾言，蔑視國際之信義，惟知逞兇殘之獸慾，絕無人類悲憫之同情，豈獨有史以來未有之暴行，抑為文明國家莫大之恥辱。近更聞難民區內二十萬人之糧食菜蔬及醫藥品，均已告罄，貴會屢請各方輸入接濟，而日方拒絕不允，直欲將我二十萬無辜難民陷于餓斃絕境，聞之曷勝悲憤，為此函懇貴會，請根據日方去年十一月一日託由上海饒神甫之覆電，向日軍嚴重交涉，務使區內食糧等得到接濟，以延續難民之餘生，而完成貴會神聖無上之使命，不勝翹首感盼之至，南京市市長馬超俊叩。

1938.2.23《大公報》 敵獸行迭出

艾登辭職原因
與首相外交政策相左
義德滿意法國感失望
各方擁護艾登國會或將改選
哈立法克斯暫兼代外相職務

【中央社倫敦二十一日路透電】昨日下午下院開會時，前外相艾登偕首相張伯倫出席報告辭職經過，當彼等步入會場時，各方咸報以彩聲，艾登及外交次官克蘭波爵士入席時，各方歡呼達一分鐘之久，反對派亦有喝彩者。艾登稱：由彼個人及由政治之立場觀之，彼之辭職實是一悲痛之事，事實上無人願離去其友人及同僚，但有時個人之政治立場，必須高於一切。至於彼此次辭職之原因，係對於英義談判是否應立即開始之爭執，彼個人深信，由義大利對國際問題之態度觀之，此時不應與之開始談判，對于英義之關係言之，此次係義國反英之宣傳，對于成立國際間之諒解，實有防碍。且在英義談判以前，西班牙問題亦應有相當進展始可，英國所需要者，並非空虛之諾言，而爲實質之表現。此外目前對于國際之義務，頗有不加以尊重者，英國對此，應堅持其立場，（衆報以歡呼）對方須表示須立即開始談判，否則即無談判之機會，但由英國之立場觀之，在所有之困難未消滅前，在準備未完成前，不能即率然開議。但此並非彼要求辭職之唯一原因，數星期前，對於某外交政策之決定（與義無關），彼即與首相張伯倫意見相左，此種相歧之意見，均屬於根本問題，並非限於前途之問題及實施之方法。政府中之意見，應早日予以統一。再有一點，即英國目前希望與人妥協之心過於熱烈，而事實上，他人實應向英國要求諒解，英國絕不應因外界之壓迫而示屈服云云。（衆大鼓掌）外交次官克蘭波爵士繼發言，稱彼之政見與艾登完全一致，故彼亦連帶辭職。義國對於應作之事一件未做，若此時與義開始協商，並非對于和平之貢獻，實等於英國受脅而投降云云。（衆大鼓掌）

【中央社倫敦二十一日路透電】艾登辭職照准後，政府頃任命樞密大臣哈里法克斯勳爵暫行兼代外相職務。

【中央社倫敦二十一日哈瓦斯電】工黨每日民聲報載稱：英國商部已與義國磋商秘密協定，俾由英國以巨款貸予義國云。

國內外反響

【中央社倫敦二十一日路透電】各國外交界對艾登辭職事，均有不同之反響，義方以爲艾登久已爲義之敵人，惟德國有關方面稱：艾登之辭職與德與事件不無關係，柏林方面認德方對艾登之辭職，實無足惜，因艾登對德同持偏見，往往於事實未證實前，艾登即責以德義二國，今艾登既去職，英國若不願離間德義二國，則英德關係即可得而改進。國聯方面認艾登之去職，實不必驚異，而一般認英政策與國聯盟約精神有衝突之人士，亦未必反對艾氏去職。法國方面則深表失望，因一般法人均認艾登爲法國及和平之好友也。然法有關方面，仍覺艾登之繼任者所取對法之政策，必與艾氏所取者相同云。

【中央社倫敦二十一日路透電】各方對於外相艾登之辭職，咸認或將引起相當之反響，艾之下野，在國會中擁護政府份子及內閣間或將發生重大裂痕，將來竟致促成國會改選亦未可知，英之自由黨及勞工黨，亦頗以艾登爲是，若該兩黨果能擁護艾登，則英政府之政策必大受影響時，不得不從事國會之改選，聞蘇格蘭部大臣伊利亞及農漁部大臣馬利森，均擁護艾登，同時邱吉爾亦贊同艾登之主張，故一般保守黨人多不以改變艾登所採之政策爲然云。

【中央社倫敦二十一日路透電】泰晤士報二十一日社論云：事可預料而可恃者，政府之目的，不致因外相辭職而有根本上之更動。惟當局今將以艾登覺其不能給予之一種信念，從事企圖證明民治國與獨裁國間是否有達成諒解關係之可能性云。每日郵報稱：全國聞艾登辭職爲之一駭。蓋其所行之政策，使國內爲之不寧，使國外爲之惶惑者也。每日捷報謂：張伯倫欲在吾人時代奠定和平，故願以實際的方法告成之。每日電訊對艾登之辭職，不勝惋惜，惟謂英義兩國間之廣大鴻溝，如實其非不能彌補，則當從速予以消滅，仍稍延緩。每日民聲報謂：艾登，對墨索里尼而犧牲其職矣。新聞紀事報謂艾登已取勇敢重要之步驟矣，因爲常識與公道而堅定不移，其之政策，將維持英國威望於高崇之地位，首相之政策，則將使英國所餘之威望淪於泥淖也。

譴責政府案

【中央社倫敦二十一日路透電】工黨業已向下院提出譴責政府案。該議決案稱：此次外相艾登被迫辭職之經過，下院深爲惋惜。現下院對于英王顧問處理外交事務之方法，已喪失信仰。關于艾登辭職一事，下院將繼續舉行辯論，至明日爲止。工黨提出之譴責案，將于明晚舉行投票。

【中央社倫敦二十二日路透電】英國阿比西尼亞問題協會會員內有大批保守黨黨員，該會頃電張伯倫，要求本屆英國議會舉行自由投票，決定英國承認義大利征服阿比西尼亞問題。

【中央社羅馬二十一日哈瓦斯電】義大使格蘭第今再度與英首相張伯倫進行談話後，此間各報發表論調稱，以爲雙方當在短時期內開始正式談判。至談判程序，則在去年十一月間即已有所接洽，大抵不外：㈠承認不列顛帝國與義大利帝國在精神上享有平等地位。㈡解決阿比西尼亞與英埃蘇丹暨英屬索馬尼亞之邊務問題。㈢討論英義兩國在地中海上所保有之地位。㈣關於雙方在回教各國所進行之宣傳運動成立協定。㈤關於地中海安全問題，雙方在軍事上交換情報。㈥討論西國內亂不干涉問題。此外關於英外相艾登辭職事，義中政界人士咸皆表示滿意，但官方在英政局澄清之前，均保持緘默。

英義將開始談判
不干涉西亂成立折衷案
雙方先在倫敦交換意見

英相所提折衷方案

工黨輿論抨擊政府

義國停止反英宣傳

英相電法總理
維持兩國關係
對國際問題仍會同處理
法外長延見美蘇兩大使

敵總動員案
昨日提出議會
近衛親自出席說明理由
將設國家總動員審議會

敵在皖南獸行

劉尊棋

西國民軍

江海關稅收

敵獸行迭出
五百解除武裝軍士
在京慘遭蹂躪殺害
活埋·淹溺·鐵烙·火焚

蘇聯紅軍二十週年紀念
最高委會頒布特赦令
並頒給獎章以資紀念

非常時期新政設施

法國防部長籲請國民合作
促進工業生產加强國防
正設法維持歐局之均勢

敵衛國團員

英法商奧國問題
法建議兩國發表共同宣言
奧內閣令禁一切示威游行

蘇聯船被日扣留

劉湘靈櫬

蘇探險家

英愛談話

回民救國協會告西北各將領

短評

美國與歐局

蘇聯建軍二十年

國府命令

美大使

新加坡漁船

敵獸行迭出

五百解除武裝軍士

在京慘遭蹂躪殺害

活埋·淹溺·跌斃·火焚

【中央社訊】暴日在南京之獸行，除報載者外，昨復聞屠殺已解除武裝之我國軍士約五百餘人之慘案。緣去年十二月十三日，敵軍入南京城內，即將未退出之我軍解除武裝，除役使苦工，復予槍殺外，尚有五百餘人，未予殺害，異想天開，掃射砍殺，活埋淹溺之不足，竟將此五百餘人驅至司法院，以機關槍對準，強令各登司法院四層屋頂，逕則以機槍掃射，各士在槍口之下，被迫跳樓，而高牆豎立平滑，多半途踣斃，敵引以為樂，餘雖登屋頂，敵乃縱火將院全部房屋付之一炬，此五百餘士均以身殉，敵之殘暴無人性，在京各國使領館人員中有經目睹者，均斥為野蠻獸性，聞有數十軍士因知難倖免死，等是一死，多掙扎挺身搶奪武器，或咬住敵耳部或腿部，以致被踢斃或刺死，然敵寇中亦因之有數人中流彈或耳際流血致死云。

1938.2.23《新蜀報》 我被俘士兵 寇肆意慘殺

黃河天險寇難飛渡

博愛失陷寇續向晉南猛犯

長治血戰昨午未已

【漢口二十二日午後十時五十五分發專電】由平漢綫南犯寇達三師團、係分三路進犯、左翼爲倉木黑田等部、正面爲大川長木坂谷等部、右翼爲宮崎坂西細木等部、現寇又調津浦路北段部隊集中豫北、圖大舉渡河、進犯隴海路、寇將香月刻駐安陽、土肥原在新鄉指揮軍事、據外籍某軍事家觀察、謂蔣委員長早有以最精練兵力開平漢綫作大決戰之決心、因此、倭寇欲渡黃河天險、進窺中原、必步拿破崙在滑鐵盧一役之後塵、慘敗至不可收拾、黃河鐵橋我已自動破壞、開封以北、我配有重兵、寇決難飛渡、

【漢口二十二日午後十時五十二分發專電】沿道清路西犯寇、廿日由焦作分窺常口柏山我陣、旋與博愛我守軍發生血戰、我以博愛無險可守、於當日晚重創寇軍後、撤守沁陽、寇進據博愛、於廿一日向晉南猛犯、我晉邊守軍現扼晉城南部板川嶺大口村馬牢關天井關一帶險要阻寇北進、原武寇趁平漢路與修武寇會合據武陟後向沁陽進犯、在沁河沿岸徐堡鎮內部一帶與我激戰中、

【臨汾廿二日午後二時零九分發專電】晉寇大舉圍攻長治、我已增軍應援、長治近郊血戰、迄廿二日午未已、

【中央社臨汾廿二日電】我軍在右翼長治方面之情況、除廿一日在關村鎮有戰事外、未有變化、我軍仍固守原陣綫、俟援軍增到、即將協同出擊、

我軍迫近太原　寇軍極度恐慌

【中央社臨汾二十二日電】敵在晉西自佔據我大麥郊爲其據點後、西之石口、南之雙池鎮、先後亦陷敵手、已成鼎足之勢、西出可犯磧縣、南進可侵汾西、我軍當局爲挽此局面、除一面加緊陣地戰外、一面將運用運動戰術、刻已有某某部開往敵之側背、隨時予以襲擊、牽制敵之前進、茲悉我某部現已進迫太原城郊、在距太原十餘里之某地集中、待機進攻、敵在井留守兵力甚薄、故極恐慌、

【中央社臨汾二十二日電】晉西之敵、廿一日有步騎砲聯合部隊約六七百人、向我石口（隰縣北七十餘里）陣地猛犯、一時血戰展開、初則槍砲互射、繼則肉搏衝刺、嘶殺之聲山谷爲震、敵陣地雖無法施展其機械化部隊、惟藉其飛機掩護轟炸、我方頗受牽制、鏖戰至整日、復有一部增到加入攻擊、石口陣地終被突破、但此役敵方傷亡甚重、現我軍退集某某等地、

【中央社臨汾廿二日電】晉中正面我軍、於今晨由盤石開始向敵反攻、我部係劉師某某兩團、分兩路出擊、一路攻壽陽兩路鎮（盤石北三十里）、一路攻發棠鎮、（盤石東北四十里、盤石北六十里、）因我出兵神速、敵不及防範、甚爲慌亂、我更集中兵力向敵陣地猛攻、經八小時之酣戰、敵不支潰退、我軍於一日間追出六十里、靜昇鎮兩渡鎮均告收復、我北路某團已到達發棠鎮、是役斃敵約二百人、現我士氣旺盛、正乘勝向敵追擊中、

我游擊隊活躍　濮陽城已收復

【漢口廿二日午後十時五十二分發專電】張××、石××、孫××等部、由平漢路兩翼抄入寇軍後方、張部刻在清豐南樂一帶游擊、向大名寇軍進攻、石孫兩部現在晉冀邊與×路軍及各地義勇軍取得聯絡、積極活動、涉縣師縣有克復說、

【中央社鄭州二十二日電】據前方電告、我丁口口部於撤出濮陽縣城後、即潛伏於該縣附近、十七日夜乘敵不備、進擊濮陽敵軍、收復該縣、是役計焚毀敵汽油千餘箱、餅乾大米千餘包、奪獲鹹干菜麥皮鹹魚等食品甚多、並捕獲偽維持會長程子明、偽警長丁無摺等漢奸六名、當即就地正法、

【中央社徐州二十一日電】津訊、平漢沿綫保定石家莊附近、及高陽望都新樂等地、均有我大批游擊隊活動、平漢車現僅通於長辛店、平津間敵偽防衛甚嚴、

莒縣情況不明

臨沂日照轉緊

我游擊隊進襲濟寧車站

津浦北段寇調偽軍作戰

【中央社徐州二十二日電】交通界息、莒縣縣城情況不明、電話二十二日亦被阻不通、又據軍息、莒縣、日照、臨沂、情勢現趨緊張、

【徐州二十二日午後九時發專電】津浦北段寇增偽軍作戰、計劉桂堂程國瑞方永昌張濟樂各部共二萬餘人、參加右翼南犯、其由諸城南犯莒縣圖窺海州者、已被我擊潰、退守北杏村、由臨朐進犯者、已被我沂水守軍擊潰、退守臨朐、[illegible]

【中央社壽縣二十二日電】軍息、㈠濟寧之敵、以步騎砲聯合部隊六七百人、二十一日衝至安居鎮、被我包圍、當可設法殲滅、㈡豫皖界黃河以北一帶敵人、二十一日備船隻甚多、有渡河南犯模樣、我現已嚴重監視中、

【中央社徐州廿二日電】我游擊隊、十八日襲擊濟寧車站之役、激戰達十小時後、以敵增兗州坦克車七輛助戰、我被迫退回原陣、是役我某連長爲國殉難、并傷亡士兵十餘人、[illegible]

令駐曲阜長清部隊一部、轉向濟寧活動、河田部隊由鄒縣向濟寧反攻、因之濟寧附近戰事自十八日起益趨激烈、終且由巷戰進爲野戰、戰區并已發展至濟寧西南安居唐家口一帶、陷二十日侵入安居梁莊附近之敵、已有步兵七八百、坦克車十八輛、侵入王莊西木橋、馬房屯附近、亦有敵步兵六七百、砲十餘門、坦克車十餘輛、當日我某部即分向該敵進攻、經激戰竟日、我敵遂成運河對峙狀態、又唐家口二十日一度被敵佔領、旋即奪回、是役我傷亡三百餘人、敵亦傷亡在三百以上、馬（廿一）敵半攻長江口方面又與我激戰、尤以馬（二十一）下午二時戰況最烈、我傷亡四五百人、營長二員負傷、敵傷亡更甚於我、並聞是役我并奪獲敵野砲四門、戰車三[illegible]

桂當局決續訓練

大批補充兵

財部准維持桂鈔

【漢口二十二日午後九時四十分發專電】桂當局決續訓練大批補充兵以備調用、[illegible]

【漢口二十二日午後九時四十分發專電】桂[illegible]

蘇保安團　夜襲張八嶺

【中央社清江浦廿一日電】蘇保安總團某某兩團、前再次奉命向津浦綫南段之敵襲擊、該部奉令後、即對盤據張八嶺沙河集等處之敵、實行夜襲、在猛烈砲火下、勇敢挺進、當將張八嶺沙河集市街佔領、激烈巷戰、隨之發生、并將鐵道破壞多處、惟殘敵盤據碉堡及車站站房、負隅頑[illegible]

閻令各軍　奮勇殺敵

【中央社臨汾二十二日電】閻司令長官頃通令第口戰區各部隊云、此次戰事、影響全面作戰甚巨、如有奮勇擊敵、攻佔名城重地者、予以重獎、其畏縮不前者、予以嚴懲、決不寬貸、此項辦法、并已呈請蔣委員長電令照准[illegible]

津浦南段

連日無激戰

大樹街桑家澗上寇有接觸

寇渡淮北犯企圖實現

【漢口二十二日午後十一時五十分發專電】淮河兩岸我與寇軍仍在原陣地相持、寇對淮南北部、暫無大舉進犯能力、洛河東岸寇雖時時強渡、與我發生劇烈之河川戰、惟一經我軍迎擊、即行逃回、寇軍企圖在阻我西岸守軍渡河、進擊鳳陽蚌埠等處寇軍、我對該面寇除嚴重監視外、並準備渡河進擊、期與沿鐵道右翼及池河進取之我軍、協同將淮南寇全部包圍聚殲、

【中央社壽縣廿二日電】敵二千餘附有騎兵二三百名、砲十餘門、由池河西進、廿日在天長集與我別動隊接觸、戰約三小時、敵敗退、

【中央社壽縣廿二日電】定遠南老人倉一帶、連日均有激烈戰事、廿日晚敵一隊來犯、我即予以堅強之抵抗、至深夜敵被擊退、廿一日晨敵步兵多名、又向我老人倉陣地攻擊、並配以騎兵運合活動、同時又有砲隊發砲轟擊、我某團沉着迎戰、結果敵未逞、兩役敵我均有傷亡、

【中央社壽縣廿二日電】淮河南岸戰事、除全根之大樹街定遠之桑家澗、懷遠之上窰三處有激戰外、其他各處多爲小接觸、上述各處[illegible]

【中央社徐州二十一日電】津浦南段、連日無激戰、我敵均嚴陣以待、距小蚌埠附近吳家庵、有敵百餘名、二十一日晨向我陣地進攻、我軍沉着應付、俟敵衝入警戒綫內、我英勇將士各躍出戰壕、以手榴彈及刺刀與敵肉搏、敵軍雖戴鋼盔并服鐵甲、但被刺傷炸斃者六七十名、殘敵當狼狽竄向淮河北堤、我未窮追、又臨淮關西之王家渡、有敵百餘名、二十一日渡河佔據河北岸之王莊、又長淮衛方面、亦爲敵渡河北上之渡口、二十一日亦在往返運泡彈、俟後北上之企圖、已成泡影、

我被俘士兵　寇肆意慘殺

【中央社漢口二十二日電】去年十二月十三日敵軍侵入南京城後、即將未退之我軍解除武裝、除役使苦工、復予槍殺外、尚有五百餘人未予殺害、敵異想天開、擬射欣殺、活埋掩溺之不足、竟將此五百餘人驅至司法院以機槍對準、強令各攀登司法院西層樓屋頂、高踞樓頂平滑、多半滾跌斃、敵引以爲樂、餘雖攀登屋頂、敵乃放火將該院全部房屋付之一炬、此五百餘軍士、均以身殉、間有數十軍士、因知難苟免、多掙扎徒身搶奪武器、或咬住敵耳部或腿部、以致被擊斃、或刺死、然敵適中亦因之行數人中流彈、或身墜落流血致死云、

我軍進駐鄂旗

阿拉廟事件獲圓滿解決　寇機場已予摧毀

【中央社榆林十九日電】綏西伊克昭盟、鄂多斯旗、阿拉廟、前因日寇來旗調修飛機場、并設立特務機關、致空氣一時頗呈緊張、茲悉、該旗喇嘛章文軒司令、鑒於日偽不時騷擾、自覺終非國家之福、特偕金課武雲章、前赴晉謁口路軍副總司令鄧某、請求派兵進駐該廟、藉資鎮撫、現鄧氏以章司令擁護中央、深明大義、至爲嘉許、除飭某旅騎兵、於十四日午進駐該廟、並將日寇飛機場予以摧毀外、至阿拉廟附近數十里內、亦由我某師某某等部分別駐防、至此全國屬日之鄂旗事件、已告圓滿解決云云、

蔣廷黻　昨飛漢述職

【中央社成都二十二日電】駐蘇大使蔣廷黻、回國於二十一日由昆飛抵蓉、廿二日晨乘原機飛漢述職、

滬寇檢查郵件　尚未實行

【中央社香港二十二日電】滬訊、前傳日方將於二十日起檢查郵件、但迄二十一日下午五時止、日方尚未派員到郵局檢查[illegible]

三灶島民被寇殘殺　寇艦又攻虎門

【中央社廣州廿二日電】今日上午十一時十五分粵海外新駛來敵巨型巡洋艦一艘、會同前日被擊敗之敵艦兩艘、攻我虎門、猛發百餘砲、敵機一架并飛翔要塞上空助虐、但我守軍沉着應戰、歷時約五十餘分鐘、卒將敵艦擊退、

【中央社廣州二十二日電】廿二日晨中山縣屬三灶島附近海面、停泊敵艦六艘、島上仍駐有敵水兵六百餘名、對島上男女漁民、殘殺姦淫、無所不至、

【中央社廣州二十二日電】軍息、廿日下午二時有敵艦一艘、駛鎮海東南之穿山附近、向岸上發砲轟擊、同時三山北側亦到有敵艦三向山砲擊、共毀我民房廿餘間、斃我居民三人、

滬法租界發現　第六顆人頭

【中央社香港二十二日電】滬訊、滬法租界亘福路善鐘路轉角、二十一日夜十時許、又發現人頭一顆、是爲人頭案之第六起、由該頭推測死者年約二十歲、作平頂式髮、臉小、且有白底黑字之字條、貼髮上書明（小野）二字、究於爲何人、尚無人知悉、

行政院　昨開例會

【中央社漢口廿二日電】二十二日行政院第三五一次會議、出席各部會長、主席孔祥熙、議決案件共四十餘起、茲錄其重要者如下、㈠任命李江、梁敦厚、武誠相、爲山西省委、并以王懷明兼財政廳長、㈡任命時子周爲軍事委員會[illegible]、㈢任命程潛兼河南全省保安司令、㈣派「阿拉坦瓦齊介」「巴音多爾濟」二員爲蒙旗宣慰使[illegible]

我機飛汾陽　痛炸寇軍

【中央社漢口二十二日電】航空界息、我空軍某隊於二十一日下午兩時許飛往汾陽西南大青郊及汾陽南門外一帶、轟炸敵軍及其官機、當我飛至西南大青郊外時、發現有敵步騎兵大隊正向前進發、乃環繞高空、向低飛集中轟炸與掃射、敵軍倉皇四奔、死傷極重、四時半許、又飛至南門外佑若、見有敵軍坦克數十輛、名、及敵軍坦克數十輛、在地面活動、我軍均向目的物猛烈投彈與掃射、彈火起處襲敵里、敵軍損失奇重、我機安返防次、

于右任遇寓　被寇憲兵搜査

【中央社香港二十二日電】滬息、敵便衣憲兵於今晨往靜安寺路靜安別墅于院長右任住宅搜查、并告于院長之戚友據入太云、室內之物不許移動、否則槍斃、在敵便衣憲兵華於前日會同公共租界巡捕、前往該處搜查、并將樓氏夫婦帶往捕房盤問數小時之久、

社論

突破第二期抗戰的危機

就最近戰爭的形勢看來、敵人不論在津浦綫上或平漢綫上的軍事、都沒不以控制隴海、平漢兩綫、造成一中原大會戰的形勢爲目的。在近日敵人像以津浦綫軍事不易得手、又紛紛把津浦、兵力調向平漢綫、加緊攻襲、我陷丹邱、陽武、開封可聞砲聲外、看敵人的佈置、似將於最近用全力攻下鄭州、以期牽制我隴海及徐州的部隊——若眞如此、那麼敵人所預期的黃河長江間的中原大會戰、就完全實現了。

敵人之所以急切地要求這戰略的會戰、自然想利用他犀利的武器、對我作一大規模的殲滅的決戰、這形勢一來、自然是對我絕對不利的、因此在目前我們應用全力注意於徐州、合肥、開封、鄭州諸點的戰事、若對這幾點、能：一、以此數地爲必守的軍事的據點。二、對他的軍事據點取攻勢的挺進、使用運動戰中的「對進戰術」、牽制他的側翼突入。三、敵人慣對我作兩翼迂迴、甚至採取遠距離的迂迴戰略、我不防使用外翼迂迴與側擊、使其處迫我軍撤退的狡猾技倆、無所施展。——這樣一來、不獨可轉平漢綫的被動軍事形勢爲主動、至少也可打擊其以速戰速決爲目的的大會戰的野心、而第二期抗戰的軍事危機、也可突破、武漢就安全了。所以我們應視上列諸地的保衛戰爲第二期軍事中含有決定意義的戰役。

爲了突破這第二期抗戰的危機、我們願以下列二點、供獻於政府之前：

一、迅速完成軍事以外各方面的總動員、如外交、政治、民衆動員等、加強我們反攻的力量。

二、加緊新的戰爭力量的培植、如新軍事工業的建立、新正規軍的編練、新軍事交通的改進等。

——只要第二期抗戰的危機能突破！隨着我們抗戰力量的充實成長、繼着就是我們對日本全面反攻的第三期抗戰、但這正有待於我們第一期軍事的切實努力。西班牙普通人民的迅速武裝、迅速建立軍事需要、居然能打敗久經戰行的叛軍、這活生生的歷史、正給了我們以非常深刻的教訓、我們也正要迅速建立起一切、以期應付這最困難的第二期抗戰軍事啊！

鄧錫侯抵漢　定日內謁將請示

【中央社漢口廿二日電】鄧錫侯廿二日由前方抵漢、定日內謁蔣委員長請示、稍留即返防、

張羣范川表示願斡旋川事

【成都昨日午後二時發專電】張斯可多賢、劉亞修專員、今晨由蓉乘歐亞機飛漢公幹、

[illegible]

時人動向

包立德　【中央社香港廿二日電】世界和平大會代表包立德、廿一日晨由港飛漢、

詹森　【中央社漢口廿一日電】詹森定廿三日下午一分赴漢、□各難民收容所參觀、慰問我被難同胞、

克拉克　【中央社香港二十二日電】滬訊、英大使克拉克乘德國郵船來滬、原定二十一日晚抵埠、旋因氣候惡劣須二十四日始可到[illegible]

兵戰與學戰

白崇禧

我們知道人類必須鬥爭才能生存、最初是人與獸爭、以後是人與人爭、中國最先祖黃帝戰勝蚩尤。以後到秦始皇、漢武帝、唐太宗、我們祖先是開疆闢土、披荊斬棘、到宋朝由統一而偏安、由偏安而亡國、到明朝又亡於滿清、辛亥革命才推倒滿清、建立民國、到現在二十多年、國內因爲軍閥混戰、所以國家始終沒有進步、以致又遭遇外寇的侵略[illegible]

往不如中學生、這是因爲大學生是經濟環境較爲優裕的學生、生活都比較舒適、又因爲在中學沒有軍訓根底的原因、廣西學生施行軍訓是在九一八以前、從民國廿年春天、廣西中等以上學校一律施行軍訓、初中到三年級集中軍訓、高中一年級也集中軍訓、大學到三四年沒有軍訓、完全研究專門學術、比如學土木工程的就要研究爆破和軍事土木工程[illegible]

中學畢業的學生要有下士的能力、高中畢業要有排長的能力、大學畢業要有連長的能力、學生所以要施行軍訓就是「寓兵於農」、寓將於學」的意思、如果完全用專門的軍官學校訓練軍事人材、在平時恐怕沒有那麼多的兵可領、所以難免失業、這種人得不到職業一定要擾亂社會的秩序、在一般的學校裏面訓練軍事人材、當戰時可以充作預備軍官、在平時可以從事各種文化事業[illegible]

、他們說立正稍息樣樣動作太呆板、其實不是的、這種制式教練是養成軍人服從的精神、口令一下即有奔出前於前而目不瞬的氣概、又有一些青年對於背誦操典條文覺得太沒有意思、其實操典上每一個條文都是歷來軍事家血的經驗的積累、但是我們不僅是能念能背操典上的條文就算了事、我們要在於能夠應用、有人說學軍事的人腦筋就要呆板、其實不是的、比如一個人指揮幾十萬的大軍作戰、一面要看地圖、一面要聽電話下命令、往往勝敗就在這幾分鐘之內決定、[illegible]

從容的運用自己的腦筋、你看學軍事的人腦筋靈活不靈活、廣西在最初施行軍訓的時候、有好多有錢的學生都跑到平津京滬等處去讀書、當時有好多朋友來信告訴我這種現象、我給他們回信告訴他們說這正是我們實施軍訓的成功、那些到外省讀書的學生往往是腐化的、我們國家不需要這種青年、廣西學校在過去每禮拜有六小時打球、後來換了六小時軍訓、當時有好多人不同意、他們都以爲不打球就不能令青年的身體活潑和健全、我說不要緊的、你們[illegible]

制的、我說講求體育有三個原則、一個是要普遍、一個是要經濟、一個是要適用、打球的選手往往是少數人活動、實施軍訓是全體學生都參加的、你說普遍不普遍、打球又要很多的運動員、專要場地、球場子、又要買運動器具、拿多數人的金錢來養少數的運動員、這是不合理的一種現象、實施軍訓化錢極少、也不用什麼設備、你看經濟不經濟、打球打得怎樣好也不能把中國的國際地位提高、我們受軍訓可以用打倒侵略我們的敵人、你看適用不適用、當時他們才沒有話說、後來九一八事變發生、反對的人就漸漸的少了、現[illegible]

再講一講學戰、對外作戰兵戰固然重要、但是學戰也是同等的重要、我們知道人類最初鬥爭所用的武器不得是用木棍棍、後來才知道用弓矢戈矛、再以後才知道用槍砲、最先是用前膛槍、以後進而用後膛槍、最初是用單發的槍、以後又用連發的、最初的砲是用生鐵鑄成的、從前面裝藥托托大小的鐵塊作砲彈、最初砲的口徑很小、在歐戰的時候德國攻比利時用四十二生的口徑大砲、中國古代水戰用樓船、現代用汽船、起初用艦艇在海面作戰以後用潛艇在海底作戰、最初是平面的戰爭、現在加上空軍[illegible]

戰、所以現在國際戰爭往往是工業國戰勝農業國、因爲工業國的科學發達的關係、日本明治維新以後、陸軍是學德國的、海軍是學英國的、空軍是學法國的、現在日本用的飛機還是法國型的、中國自己不能夠製造武器、拿大量的金錢自海外購買、而所買來的物品當然不是上好的、比如購買飛機、我們在一九三六年購買、而買來的一定是一九三五年式的、我們在一九三五年購買、而買來的一定是一九三四年式的、這好像中國教拳術的人一樣、他自己會十套拳、他只教給人家五套[illegible]

每日展望

桂省訓練補充兵

抗戰七月以來、在軍事上我們受到了局部的嚴重的失利、是無可否認的事實、那是因爲我們是用血肉和日帝國主義機械化的部隊去進行戰爭、犧牲當然是很大的、據委員長的報告、死亡已達卅萬之多。我們抗敵部隊、這樣大量的傷亡、如不積極加以補充、是會影響抗戰前途的。我們應當趁決戰還未有勝敗的時候、很快的建立起幾十萬以上強有力的軍隊、新的武裝、是當前迫切的任務。所以桂省當局、大批訓練補充兵、我們認爲在抗戰中起非常大的作用。希望其他各省亦能仿效這些辦法、把精力供獻給國家！（二十三日晨四時三十五分、

回民救國協會　上書陝各將領

請預定根基防寇來犯　並發揚回民護教精神

【中央社西安二十一日電】中國回民救國協會、以倭寇有侵西北企圖、頃特發表告西安將領文、請積極籌劃抗戰到底、以維護國家民族之生存、原文要點、㈠抗戰過程中、我以最大犧牲、換得不少教訓、此後爲由教訓中取得最後勝利之時機、西北軍事當局、應利用時機、派員赴各戰區、實施考察、俾能有成竹爲國效命、㈡西北爲未來軍事根據地、關係重要、應趁現尚未與敵人接觸之前、秉承中央詳細籌劃、何物應補充、何處應加強、須定根基、以策萬全、㈢長期抗戰、須軍民打成一片、以收分工合作之效、西北回民衆多、原有組織應速組織民衆、發揚回民護教精神、起而衛國、並回民曲解流俗之誤會、當與漢民有無形之隔閡、此乃亡清挑撥手段之餘毒、西北當局應曉以大義、善爲解說、使回漢兩族治爲一爐、發揚民族抗戰實力、

我被俘士兵
寇肆意慘殺

【中央社漢口二十二日電】去年十二月十三日敵軍侵入南京城後、即將未退之義軍解除武裝、除役使苦工、復予槍殺外、尚有五百餘人未予殺害、敵異想天開、擬射砍殺、活堵掩溺之不足、竟將此五百餘人驅至司法院以機槍對準、强令各攀登司法院內附樓屋頂、高騎脊立平滑、多半途跌斃、敵引以為樂、餘雖攀登屋頂、敵乃放火將該院全部房屋付之一炬、此五百餘軍士均以身殉、間有數十軍士、因知難苟免、多掙扎捷身搶奪武器、或咬住敵耳部或腿部、以致被踢斃或刺死、然敵逃中亦因之有數人中流彈、或身墜落流血致死云、

1938.2.24《南寧民國日報》 古今中外所無之敵在京獸行

南寧民國日報
中華民國二十七年二月二十四日 星期四 第二版

西戰場我軍由正太同蒲兩路急進
我逼近太原敵陣大亂
南犯之敵大受牽制有回師增援其根據地之勢
靈石附近我猛攻敵陣收復靜昌等鎮殲敵數百
津浦南段我肅清淮北殘寇北段濟甯斬寇千餘

廣州漢口廿二日晚專電：我軍某某等部，已由正太同蒲兩路急進，直趨太原，與敵發生激戰，另某部逼近太原東郊，與正會同蒲始攻擊太原，敵後方陣地大亂，南犯部隊大受牽制，聞敵以後防空虛，有回師鞏固其根據地之勢云。

臨淮關懷遠之線我全恢復
冀境我克復定縣新樂等地

津浦北段正面敵受重創
倭寇連日蟄伏不敢蠢動

濟甯我奪獲戰利品甚多
寇屠殺城內民衆二千餘

平漢線我軍收復濮陽城
燬敵汽油千箱斬獲無算

虹溪鎮我軍奮勇抗暴敵
蕪湖我游擊隊予敵重創

寇機四十餘架分批犯粵
投光彈及炸彈各十餘枚

三敵艦犯虎門發炮百餘
我軍沉着應戰寇終敗退

倭寇暴力下之上海租界
又發現人頭人手案

國際同聲援助我國努力抗戰
希望大家振作起來加緊努力向前奮鬥
抗戰期間每個人一天應該做兩天的事
林主席在國府紀念週中報告

一致抵制日貨

對暴敵的憎惡

救濟我們傷兵

就要自己反省

倭國政黨發生內鬨
示威份子被捕去百餘

古今中外所無之
敵在京獸行
迫我軍士五百餘人登屋頂縱火焚燬
有數十人挺身與寇鬥死傷多人

西子湖邊淒涼滿目
倭寇蹂躪杭州慘狀
民衆被寇姦殺勒捐劫掠

中國回民救國協會
發表告西北將領文

粵服務團組
下鄉輔導隊

用個人時間

世界上講公道

能攀登者輒又縱火焚屋均以身殉
有數十人挺身與寇鬥寇死傷多人

中央社漢口廿二日電：暴日在南京之獸行、除報載者外、昨復聞屠殺已解除武裝之我國軍士約五百餘人之慘案、緣去年十二月十三日、敵軍侵入南京城後、即將未退出之我軍解除武裝、供役苦工、復予槍殺外、尚有五百餘人、未予殺害、敵異想天開、掃射屠殺、活埋掩溺之不足、竟將此五百餘人驅至司法院 以機關槍對準、強令各攀登司法院四層樓閣屋頂 違則以機槍掃射、各軍士在槍口之下、被迫攀登者 高牆壁立平滑、多半途跌斃、敵引以為樂 餘、雖攀登屋頂、敵乃縱火將該院全部房屋付之一炬、此五百餘軍士、均以身殉、敵之殘忍無人性 在京各國使館人員中有經目睹者、均斥為野蠻獸行 聞有數十軍士、因知難苟免一死、多掙扎挺身搶奪武器、或咬住敵人耳部、或腿部、致被蹂斃、或刺死、然敵寇中亦因之有數人中流彈 或耳墜流血致命云、

古今中外所無之
敵在京獸行

1938.2.28《申報》 南京痛語（一）

武昌金水農場慘案 政院令嚴緝兇徒

陳振先身後蕭條孔院長賻五千元

嫌疑犯已拿獲五人

撤退華中外僑事 法蘇將不置理

英國已提出覆文

僑民一切損害日應負責

監督易人

江漢宜昌兩關

法衆院通過信任政府案

滬敵撥貼封

南京痛語（一）

腥風血雨中

敵任意屠殺同胞死難五萬人

「慰安會」出現漢奸毫無心肝

房屋被焚

民衆死難

陷後滬商界 購救債成績

附月間五百餘萬元

成都素描（二）

石灰街道十九斜曲 辛食豬牛數字驚人

一行的問題

一講究吃喝

美警廳破獲 洩漏軍機犯

紅髮婦冒充軍官 假國務卿亦被捕

出征軍人家屬優待辦法

國府核准公佈

英愛談判

前途難樂觀

官兵匯款 概免收費

海外宣傳團 明日出發

江北樂土

避難者紛至沓來 村莊中無不人滿

房租陡增但米價甚低廉

敵據封邱 姦淫民婦

女生被害卅餘人

游擊隊（廿八） 恨水

（二）用鮮血來洗這羞恥

（三）空手夜襲大王莊

何安美司令

港婦女會代表

包立德飛港

追悼錢亦石

設武漢分會

幸南京淪陷，當時城內外都起了火，陵園新村的房屋，殺先化爲灰燼，城內夫子廟，石壩街、東關頭，烏衣巷無一完宇，貢院街自第三局至海洞春菜遊映，首都大戲院至樂園均付一炬，建康路西段被焚，東段較好，市政府房屋雖未遭火，亦多拆毀。中華路自雨花台至內橋盡成焦土，白下路朱雀路間斷被燒，太平路爲南京最繁盛商業區域，今則斷壁殘垣，盡成瓦礫。盧妃巷亦付於火，延燒不久，中正路大華大戲院爲首屈一指的戲院，爲炸彈所毀，中山東路自新街口至大行

腥風血雨中

南京痛語（一）

敵任意屠殺同胞死難五萬人

「慰安會」出現漢奸毫無心肝

〔本市消息〕陷落後的南京，遭敵軍鐵蹄的蹂躪，同胞們受盡了苦難，一切情形，雖然報紙上略有一鱗半爪的記載，但是總沒有比較詳細的敘述，本報記者昨天晤到了方自二月十日歷盡艱險由南京間道逃滬的陳君，談到南京的情形，他當時覺得一部血淚史，不知從何說起，他爲着偉大的南京流淚，爲着死難的同胞悲憤。現在把他所說的經過，錄在下邊，這樁血債，這種恥辱，會使我們後方的同胞毅然的負荷起這個報仇雪恥的責任來。

首都有爲炸彈轟毀，未被延燒，財政部經濟委員會鹽務署原址及四家巷一帶，房屋倖存，中山門左右店舖被焚，國府路炸彈損毀亦有多處，中山路自新街口起至華僑路止，兩旁飯店被毀，國貨銀行附近一部被燒，新都大戲院附近被延燒二十餘幢，自華僑路至海軍部原址，各機關司法院被焚，外交部一部分被毀，首都飯店倖存，鐵道部後進損毀，莫愁路，上海路，瑯琊路一帶有爲炸彈轟毀，有倖存，水西門亦有劇烈延燒，商店大部被焚，北門橋浮牛渡之坍，成賢街南首較好，北段亦多遭火劫，下關惠民橋以及沿江邊車站附近，商店住戶，盡成焦土，尤爲悽涼。所有昔日的情形，都已蕩然無存，即幸而房屋未被火焚，所有器具物件，都被敵軍和漢奸幾次洗劫，十室十空了。

民衆死難

難民都是受殘酷的。總以是因爲沒有交通，沒有旅費，有廿萬左右的人，與城同殉，其中有的是由京杭國道，有的是由京滬路退出的難民，到了南京，不及走避，當時國際救濟難民會竭盡了很大的力。但是敵軍的兇殘，是以屠殺爲能事的，直到二月初，死難的同胞，大約當有五萬人，其中被敵軍姦污而死的婦女，亦佔不少。現在竟有所謂「慰安會」的出現，是敵軍迫令組織，專爲搜捕婦女供敵軍姦淫者，所謂「慰安會」的主持人，就是金陵大戲院的喬鴻年，他本來是夫子廟的無業游民，染烟癖很深，以前是住在平江府的，該逆雖然甘心做漢奸，可是那裏能夠填滿敵人的慾壑，倘若是在那裏做敵蹄下的奴隸。

1938.3.1《申報》 南京痛語（二）

第一兒童保育院將在川覓址創立
蔣夫人指撥開辦費一萬元
先試收難童五百名

敵機昨炸襄樊
另一批飛宜昌投彈

日懲凶賠償
滬德僑被砍案
岡本訪德總領道歉

英失踪軍用機

方超繼長漢市警局

英民衆團體要求不助義國

衛生署計劃
組一百防疫隊
赴各縣工作
顏福慶將赴滇籌備製造血清

蘇同鄉登記

救濟失業

腐爛人頭

成都素描（三）
市內罕有高大樓房
太陽是月不易常見

木架平房

終日濃霧

斬逆野心不死

內政部將設會研究戰時內政
分民警地政衛生禁煙等組
部次長爲正副主委

滬敵給養車過法租界遇阻

非常時期嚴處誣告

封美棧房美總領抗議

「腥風血雨中」南京痛語（二）
出現的漢奸都是無賴
外僑仗義苦心救難民

載鬼一車

公道不泯

敵軍慌張

游擊隊（廿九）
（三）空手夜襲大王莊
恨水

中國抗戰以來金融保持穩定
香港匯豐銀行舉行股東會
主席美士堅之報告

漢廣播電台新訂節目

三月十二日追悼忠魂
漢市各界籌備舉行大會
省市黨部紀念總理逝世

簡訊

春耕生產運動後日開宣傳會

申報啓事

敬啓者本報自民國二十六年十二月十五日在上海因環境關係自動停刊後即於民國二十七年一月十五日在漢口復刊茲爲適應華南人士及海外僑胞需要起見自三月一日起在香港另刊港版特此啓事即希公鑒

申報館謹啓

總館　上海漢口路三〇九號
漢口分館　湖南街二十三號
香港分館　鑾成街七十九號

腥風血雨中

「南京痛語」（二）

出現的漢奸都是無賴 外僑仗義苦心救難民

賊鬼一車

無恥漢奸，甘為走狗

，僞維持會的名單，已見發表，聽說湯山陶廬主人陶錫三是預定做主持人的，可是到二月初還說是在病中，沒有公然出現，現在是由孫逆主持，前江蘇省議員的王逆叔之，原是無賴，在新姚家巷開福新生旅館，本來是不安分的，現在是自稱為警察局長，電燈自來水到一月中旬，勉強修理了，電燈廠是由一個不知來歷的李逆慶福在維持，一切的魑魅魍魎，可以說都是原來不能在社會上託足的，這批漢奸，也常常受敵軍的凌辱，真不知是何居心。現在市面上沒有什麼人，日用品更是沒有的了。

公道不泯

留京外僑在南京救護難民，是十分熱心的，在鼓樓金陵大學金陵女大鼓樓醫院等地方，救了不少無辜的同胞，但是也不能免於敵軍的暴力侵進去強姦或捕人，敵軍幾次毆打外僑，而他們毫不畏縮為難民設法，這種基於人類正義的同情援助，我中華民族自很感佩。曾經有一次有兩個難民，為着生活被逼，去領了敵軍的所謂通行證，後來這兩個人因為不能維持生活，到鼓樓去見一位辦理救濟的美僑，那位美僑仗義的說：「這裏都是沒有通行證的難民，他們的痛苦，較你更深，中華民國是必定復興的，你們去領什麼通行證，丟盡了臉，你們既能領到通行證，那就請發通行證的救濟你們罷」。這番話，我們聽了，真是熱血迸裂，不知道這兩個人聽了哭笑不得，將如何的痛心慚愧，美國駐華大使館鄧君，奔走救濟，幾次為敵軍毆傷，而鄧君始終不懈，真是難能可貴。

敵軍慌張

敵軍進城後，將他們預備好了的日本旗，和所謂五色旗，插在鼓樓氣象台上，焦土街市上也由敵軍去掛日本旗，這種恥辱，我們粉身碎骨，永遠不會忘記的，可是隔不了一星期，城內傳說中國的英勇飛機，將來南京轟炸敵軍，他們便一起把旗幟倉皇拉下，到現在還是不敢到處掛旗，在二月初又傳中國便衣隊已進襲城郊，一時敵軍又慌張將難民區域，嚴加監禁，蹂躪殺戮，又不能免，不幸留在南京的難民，不知經幾多次的姦淫燒殺，真是靡有孑遺了。

以上這些還是二月初的情形，當然也只是所知道的一小部分的敵軍暴行，現在成什麼景象，還無法知道，可是我們從外人公正的電訊，和敵軍在上海扣留發出記載敵軍橫暴的電訊，種種方面看來，我們想像中，也可以知道南京是已成為「人間地獄」一「強盜世界」了。（完）

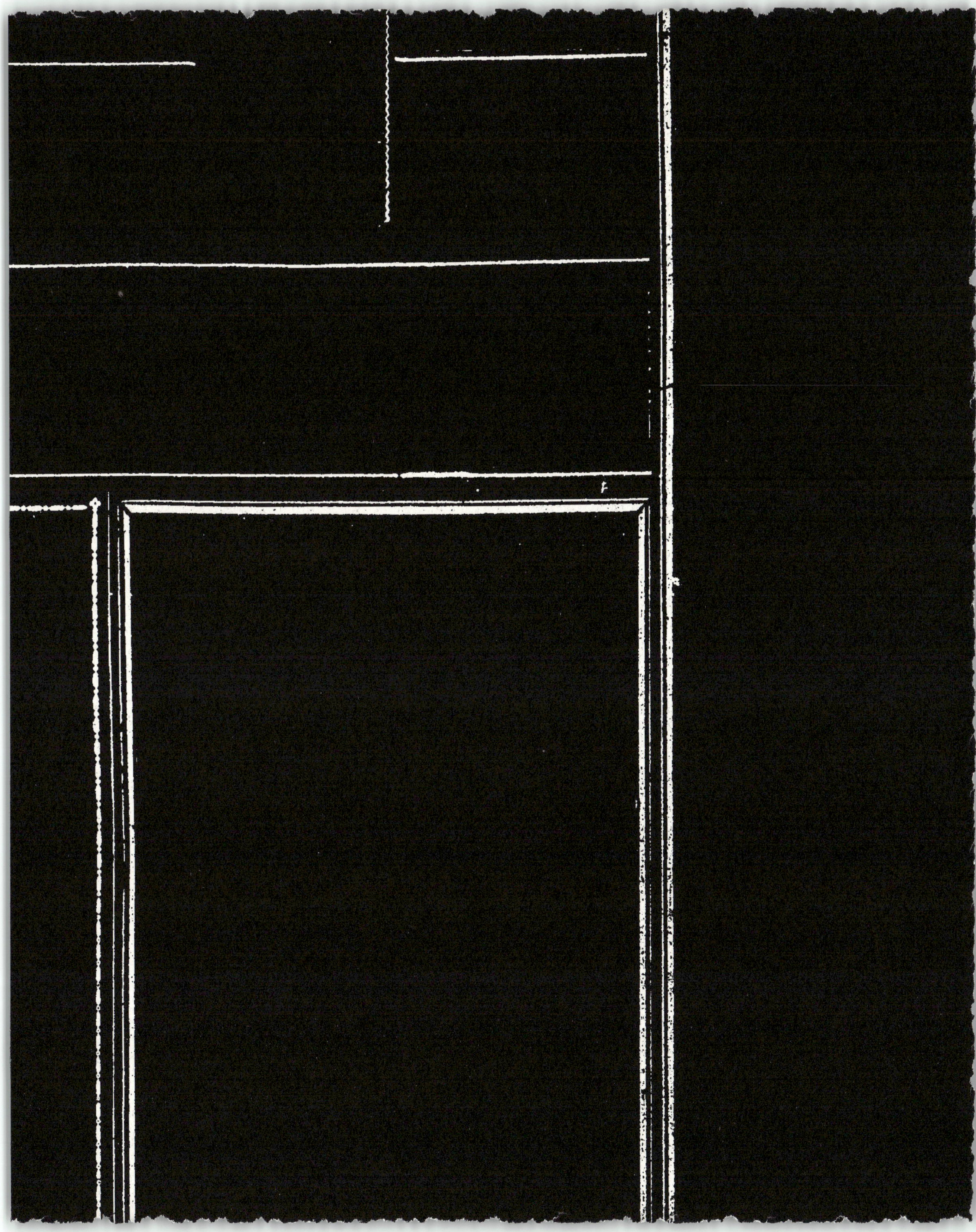

1938.3.4《新華日報》 京蕪敵軍暴行

我生力軍繞道進逼新鄉
博愛一帶戰事頗烈
平漢鐵路線我游擊隊活躍

（中央社鄭州三日電）平漢線連日雖無大接觸、但我各部暗中益活動、除某某等部積極向道口滑縣汲縣（即衛輝）推進外、傳我某部生力軍、已繞道進逼新鄉近郊、左翼博愛一帶、我武裝民軍近極活躍、三日在縣城附近與敵接觸、戰事頗烈、溫縣附近之敵、連日遭我游擊隊及民軍之攻擊、頗爲恐慌、我某部游擊隊、三日在溫縣西北、亦與敵發生激戰、竟日未息、該處敵軍、三日在黃河北岸施放汽球、向我南岸窺察、同時敵軍炮兵、於三日午隔河向我鞏縣孝義等處發砲卅餘響、我無大損失、敵人此舉、顯係防備我軍渡河襲擊。

（中央社北平三日路透電）敵軍近對我游擊隊在平漢路一帶活動、及時常破壞該路交通、極感焦慮、本星期一日、有敵運輸車一列、在石家莊南出軌、每夜常有鐵軌被毀者、故敵軍已不由平漢線運輸、由平運太原之供給品、均由公路經張家口及大同運晉。

（中央社洛陽二日電）平漢沿線敵軍侵入豫北各縣後、其主力大部、向西移去、一路沿博晉公路北犯、侵據晉省東南、連日在晉城附近、與我軍激戰甚烈、一路沿道清路西犯、在濟源以西山地、與我某軍鏖戰數日、廿六日晚、敵攻陷我窰門口陣地後、復向西北方面進擾、現與我軍在晉南垣曲縣交境之重山中激戰、情況依然劇烈、據對邱孟縣之敵、僅小部份數十人沿河巡視一週即去、豫北除鐵路公路沿線各城鎮分駐有少數敵軍外、其餘各縣、多無敵蹤、一切均由我民衆自衛力量維持、至各地敵軍、亦完全爲警戒性質、尚無積極南擾模樣、其作戰重心、已移至晉南、故豫北情況、刻又轉趨沉寂、又晉省戰事我軍在臨汾附近與衆約三師團之敵血戰數晝夜、終因傷亡過多、迫不得已、乃移守臨汾以南陣地、現仍在劇戰中。

（中央社鄭州三日電）豫北來人談、侵佔孟縣之敵、日前召開聯保會議、選擇區長三人、內有一人、原係壯丁隊長、素富愛國思想、乃假與敵週旋、暗中召集壯丁多人、乘敵不備、在葛村附近、襲斃敵多名。

（中央社鄭州三日電）平漢左翼武安涉縣一帶、我孫部游擊隊、連日破壞敵方公路、並襲擊敵軍運輸汽車、敵軍損失甚多、敵軍因感交通常斷、近在各重要地點、派兵扼守、並于運輸時有裝甲汽車隨行保護。

（鄭州三日電）黃河北岸溫縣附近之敵、三日早七時起向我鞏縣與孝義車站以大炮猛擊、並升輕氣球指揮、直至下午三時止、共發七十餘炮、孝義車站損失較甚、封邱之敵、現正在南門外積極修築飛機場、並迫令當地民衆爲其服役。

（中央社北平二日合衆電）豫省目此間消息、因我軍之活動、最近更加活躍、常在各處實施轟炸、致敵方在保定……台及北平南苑等處上之……直門等車站方面、辦公之各職員、均搬進城內、數週以來、鐵道及車站等、遭受我軍之空襲者甚多、尤以我方游擊式之轟炸爲烈。

英報評論晉省戰事 敵雖猖狂最後必敗

（中央社倫敦二日路透電）孟卻斯脫指導報論晉省之戰局、謂我軍之失利、並非謂敵軍困難從此結束、敵方對于此點、亦早知之、晉省與各處之農民、經當局之訓練與組織、將繼續游擊戰、必使日軍疲于奔命、卒歸失敗。

（中央社洛陽三日電）沿豫晉邊地西犯之敵、突破我王屋山一帶陣地後、復向西進、一日與我軍在垣曲縣城附近發生激烈戰爭、敵以大砲猛轟該縣縣城、並派飛機多架、向該城投擲燒夷彈甚多、全城悉被焚燬、我軍乃放棄該城、向西轉進、現與敵在該城以西對戰中、至晉南戰況、此間尚未接到正式報告。

（中央社西安三日電）三日接晉西前方電、確息、日前犯黃河東岸軍渡及磧口之敵、現已悉數向北退去、有往興縣哥嵐撲擾、又盤據離石縣境柳林鎮之敵、僅有二三百人。

敵艦擾龍王廟受挫
京杭國道我軍予敵重創
我軍乘勝迫近宣城東門

（中央社廣德三日電）宣城之敵、連日來經我攻擊後、受創甚鉅、我軍一部且已迫近東門城郊、現宣城東門外已無敵蹤、敵因恐我攻入城內、已將城東門用磚石堵塞、另據報、城西之爛山鋪孩子山一帶、敵步砲兵正掩護、強迫徵用之我民夫、趕築工事。

（中央社蕪縣三日電）繁昌三山鎮江面、廿六日午有敵兵艦三、砲艦三、小汽艇卅餘隻、載敵二三千人、向龍王廟我軍進攻三次、皆被我擊退、斃敵四百餘、獲戰利品甚多、敵捨用小汽艇逃去。

（中央社青陽二日電）自敵在三山鎮登陸之後、我敵在蕪湖方面之最近形勢如次、我軍當面自荻港守橫山橋銅山鎮橋石硊鎮桃木渡、以及右翼隔青弋江守夫子關蟆魚溝之線、一二兩日因天雨、我敵雖有小衝突、但無大激戰、敵日來部隊之移動、頗形忙碌、似在從事於陣線之整理、至其主要陣地、則在白馬山三山鎮之老山、以及灣沚之老虎山、關於其兵力之估計、三山鎮一聯隊、石硊鎮竹絲港一聯隊、灣沚一聯隊、至其蕪湖後方亦有一聯隊、是以總計敵兵力不下一個師團、敵前在三山鎮舊縣一帶江面登陸、在鞏固蕪湖敵軍根據地、惟其兵力究屬有限、決不敢長驅深入、而其弱點亦多、我軍不難乘機反攻、敵殘前在南陵散發荒謬傳單、搖惑我人心、一面則在攻陷地域、施行殘酷政策、挨戶抽調民夫、實施十家連坐法、稍有不遂、立遭殺害、至於奸淫擄掠、猶其餘事。

（中央社孝豐三日電）軍息、我某某軍配合游擊隊、自上月廿五日晚以來、在杭州附近之良渚勾莊拱宸橋及京杭國道一帶活動頗爲得手、付數度與斃敵軍、予敵重創、並據某游擊隊報告、杭州東北之喬司鎮附近之人民、連日來被敵慘殺者、達五百餘人、民房亦多被焚燬。

蔣夫人 電世界基督徒 爲我抗戰祈禱

（中央社訊）蔣夫人宋美齡女士、昨（三日）電全世界基督教徒云、敬請諸君於世界公禱日期內、爲中國祈禱、中國爲抗戰而遭受犧牲、決不致虛糜、且因而奠定合理的與永久的遠東和平。

上海雜訊
敵方檢查郵件

週息、二日午後、敵方招待外報記者稱、支加哥每日新聞訪員提出質問云、檢查郵件事、何日實行、檢查員已到達否、外人函件是否檢查、據答稱隨時可以開始、無須自日本派員前來、外人函件關於商業或關於個人私事者、可不必檢查、各記者乃云、商業與私人函件、非經檢閱、何由知之、發言人……

巴納號艦案 美向我國致謝

[illegible]

史貫一殉職

[illegible]

敵機墮黃浦江

[illegible]

我空軍轟炸泊粵敵艦
虎門有砲戰敵艦不支逃去

[illegible]……以我空軍猛烈轟炸、行近洋面敵艦、幾全部他駛、計南澳泊敵巡洋艦一艘、汕頭海口泊敵巡洋艦一艘、無特殊舉動。

神父赴港募捐

[illegible]

偽稅局征統稅

[illegible]

我游擊隊抵津郊
到津敵軍增援 津特三區電話線被切斷

[illegible]……電亦不通。

（中央社徐州三日電）津敵偽一日晨已將特三區電話線完全切斷、電話局派員交涉、……

李宗仁將軍談
津浦戰況與政治設施

陸詒

我們舉國團結一致的民族抗戰，發展到目前這一個階段，已經有了新的轉捩點！這顯示在今天的第×戰區內，已經有了獨立自主性的運動戰發展，政治上，也有了傾向開明革新的趨勢，動員民衆起來自衛衛國，也有了工作的開展。當記者抵六安的當晚，滿懷着興奮與崇敬，去拜訪第×戰區司令長官兼皖省主席李德鄰先生。

李先生具有平民化的作風，好客而健談。除了辦公時間以外，任何外來的賓客，就是幾個在中學裏面念書的學生也好，他總是很誠懇很謙虛的接談。因此自他到任以來，座上客常滿，頓使六安這地方，充分呈現出活躍的氣象來。譬如動員民衆，肅清貪污，刷新政治等等工作，莫不在極活躍緊張的氣氛下，開展起來。

記者曾與李氏作兩次的長談，又曾和他同車。所談內容雖然極廣泛，也極繁雜，但綜合起來，仍不外乎下列數點。

他認爲戰爭打到目前爲止，敵人已由處處主動的地位，逐漸轉變到了被動的地位了。而在我們方面呢，恰恰相反的，已經轉到能夠自主的優勢地位。過去敵人可以依靠其優越的火力，來集中地突破我們一點。現在敵人在我們遼闊的內地作戰，決定勝負，已不在優越的集中的火力，而在雙方奇妙戰略之運用。試以津浦戰局來說吧，敵人日日夜夜想打通，結果打了快兩個月，依然此路不通。而且在這次戰役中，敵人的消耗也極大。過去、個戰役中，總是敵人死得少，而我們傷亡大。可是這次淮河戰鬥，以及津浦北段我軍反攻兩下店戰役中，敵人的傷亡，比我們更大。這是由於津浦戰役中，我們除了在鐵路正面，堅守戰略支點的陣地而外，一方面更以強大的兵力，在鐵路的東西兩側，隨時進行攻擊包圍的運動戰。拉住了敵人的兩腿，使過了淮河的敵軍，仍不能不回到南岸來，作被動的應付。

敵軍在蘇皖一帶，作長期的拉鋸式戰爭，不但是消耗，疲憊，一天一天的增高，而且士兵在長時間的被動應付中，逐漸喪失了鬥志。敵軍在戰區的姦淫殺掠，一方面果然暴露了人類歷史上未有的野獸行爲，但在另一方面，他們除了姦淫殺掠而外，已無法維繫其煩悶厭戰的軍心了。敵人這種作惡的行，已預示了侵略者已經快到大崩潰的階段！

我們是哀兵哀民，在半年多的戰爭中，我們親歷了同胞被慘殺姦淫，田園房屋被焚燒成焦土，祖宗的廬墓，被敵人踐踏……這一連串的慘痛！在前線上與敵人廝殺的官兵，誰都殺得眼睛發紅，在此後大規模的運動戰中，我們的攻擊精神，將一天天的更會旺盛起來，要大規模的殲滅敵人，給予侵略者以致命的打擊！一方面我們要與民衆更緊密的配合起來，動員大量的民衆武裝，堅持在第×戰區，與敵人戰鬥到底！同時，爭取時間，準備更現代化的新軍隊，新的力量，在未來的主力戰中，一舉而殲滅敵軍！

關於抗戰中的政治設施，一切應以「與抗戰有利」爲前提。過去政治的腐敗黑暗，的確種下了牽連到軍事失敗的根源。安徽的政治，今後要大刀闊斧的刷新一番。消極方面，要剷除貪官污吏，土豪劣紳等等欺壓民衆的勢力；積極方面，則培養當地大批有救亡熱忱的青年，來做政治工作能力的幹部，使過去那種行政機構的腐朽敗的勢力，無法再寄存於今後的新安徽。抗戰，原來是一種偉大的考試，要洗刷掉陳腐的勢力，淘汰掉頑固而不進步的份子。同時也就在偉大的抗戰中，鍛鍊出一羣新的有力的戰士，來完成這個時代的艱鉅任務！

對於今後國內的政治問題，他極力主張，我們應走上「民主化」的道。反對民主，即是反對總理的民權主義。在神聖的民族抗戰過程中，他尤其堅持全國必須更以最大的努力，來鞏固和加強國內的團結，爭取中華民族之自由與平等。

津浦線我軍極活躍
張八嶺來安激戰
側擊奏効敵感不支退出陣地
偽軍黑高漢部三百攜眷反正

（中央社上海三日海通電）過去數日間、津浦北段、及淮河一帶之戰事、已有根本之轉變、敵方之報告、僅稱敵軍在津浦前線之陣線、並未變更、實在我軍在該處已極爲活躍、我軍向津浦路推進、猛烈側擊敵軍、並將敵軍驅回鐵路沿線、據此間今晨所得消息、蚌埠南九十公里之張八嶺、及鐵路東廿五公里之來安、均已發生戰事、敵軍對我軍之側擊、已感不支、現已放棄其佔領已數星期之陣地、被迫退出、敵方前傳敵軍已到達蚌埠北之固鎮、實則埠時淮河北岸已無戰事、而戰爭均在蚌埠南數公里之地域、該處現雖尚爲敵軍佔領、然我軍已出張八嶺及來安逐步進迫、我軍苟能在張八嶺完全突破敵軍陣綫、蚌埠與南京間之敵軍、即將被切斷。

（徐州三日專電）微山湖偽軍黑高漢率部三百餘人、攜眷反正、我部歡迎彼等參加抗戰。

（本報徐州三日專電）津浦南段、今日戰事沉寂、雙方陣地無大變動、津浦北段、各路情況如昨、西路方面敵之實力較強、又我游擊隊□□兩部共七百餘人、與我明光正規軍合作、活躍異常。

（中央社滕縣三日電）上窰一帶連日降雨、我敵雖仍隔河對峙、惟砲聲已較前稀疏。

（本報重慶三日專電）定遠方面在高塘舖池河上窰、每日敵我均有接觸、尚無大戰事。

我軍五度反攻濟寧

（中央社徐州三日電）游擊司令劉耀庭、三日因公來徐、當晚返防、承告上月率部反攻濟寧經過九次、據稱、上月十三日晚、余率部與民衆會同國軍、反攻濟寧、當在南關一帶、與敵發生猛烈巷戰、斃敵頗衆、敵受重創、退據城內待援、我爲澈底殲滅殘敵、又發選敢死隊百名、攜帶手榴彈、於十五日會同某團再攻濟寧、與敵血戰兩晝夜、至十七日夜、我進抵濟寧東站西貨房及糧蛋廠一帶、敵不支、紛紛向濟寧東北潰竄、我當將濟寧收復、十八日晨、敵援軍開到、復大舉反攻、並以坦克車四輛向南尋進犯、余乃率部與敵戀戰、濟寧失而復得者凡五次、後因彈盡援絕、余乃率部繞敵後方抗戰、並將濟兗間公路橋梁破壞、計此五役、我營長孫□資身先士卒、竟以身殉、士兵死傷百餘名、而敵尤倍於我、惟我預伏濟寧城內之便衣隊三十名、因彈盡援絕、僅一人生還、餘悉作壯烈犧牲。

（曹縣三日專電）山東省政府主席沈鴻烈氏、以孫桐萱部在魯西浴血抗戰、勞苦備至、特撥國幣四千元、以表慰勞之意、孫軍長已分別獎給出力官兵、並親到省府致謝。

（中央社徐州三日電）金鄉赤鎮及張家橋敵一日晨經我壯丁隊襲擊、當斃敵五六人、俘一二人、傷多人、敵退上饒村、二日晨敵又進至千人會、經我壯丁隊堵擊、敵退回縣城、又敵便衣隊一百餘、擬竄中興集、我嚴陣以待、射擊黃家庵之敵、一度擊開大馬廠、已與我壯丁隊接觸、一部東竄。

（中央社濟縣三日電）敵百餘人、廿八日在大馬廠被我某軍痛擊、當場斃敵三十餘名、敵即向東退回金鄉、一日黃昏、敵數百名由小集經曹安庵進犯、我軍已前往堵擊。

（中央社江浦二日電）廿六日敵約五百人、由揚州西門、沿揚六路向大儀集公道橋進擾、翌晨二時、我游擊隊由河東及卡子兩面予敵猛擊、敵以鋼砲機槍應戰、激戰至十時乃止、該敵約百餘、我方僅受傷二人、敵一部向橋西退竄、（中央社滕縣三日電）（一）金鄉土馬廠敵已他去、（二）永康鎮焦塘與龍王廟一帶之敵約二三千人、廿六日午後曾留在赤鎮張公橋附近、被我壯丁隊截擊、斃敵六人、俘一人、傷多人、敵退上鄭村、廿七日敵增至千人、又經我壯丁隊堵擊、退回定遠城。

（本報徐州三日專電）近日天津由津浦線運到敵飛機十九架、均係被我擊落敵後方者、現全送東局子修理。

鄧錫侯昨飛抵蓉
在渝稍留即飛蓉

（中央社重慶三日電）新任川康綏靖主任鄧錫侯、三日下午二時半、由漢乘機抵渝、顧主任、賀副主任、及許紹宗李根固等、均至機場歡迎、鄧在機場與顧賀略談後、即於下午三時、乘原機飛蓉、賀亦同行、鄧賀於下午四時廿分飛抵成都、鄧漢祥、潘文華、王纘緒暨黨政軍商學各界萬餘人、赴機場歡迎、下機後、鄧賀同車逕赴省府祭劉甫澄、於行禮後訪劉夫人慰唁、劉夫人請鄧迅就新職、率領川康各軍、在中央領導下、貫澈抗戰大計。

鄧賀發表談話 此行調整軍事

（中央社成都三日電）鄧主任錫侯、賀副主任國光抵省後、均發表簡單談話、鄧談、本人此次返川、決以公誠態度、秉承中央意旨、及川中各袍澤公意、切實奠定如何安靖地方、鞏固後防、繼續劉故主任抗戰遺志、增加抗敵力量、以把握國家和民族的最後勝利、至錫侯個人、亦求有利於國、有利於川、不計自身權位、川中袍澤、愛國愛鄉、不後於人、深信此後必能在委座領導之下、益加奮勉、盡吾川人力物力、貢獻國家、至於川中各軍官佐、均於革命有深長歷史、委座業已昭示、決不使一人失業、尤望仰體斯旨、安心供職、只要努力抗戰工作、錫侯決可保證、此次川籍官兵、在南北戰場喋血抗戰、業已鑄成光榮歷史之一頁、爲中外所贊許、苟能踏着先烈鮮血、繼續邁進、將來發揚光大、復興民族、希望甚多也、賀談、川中袍澤擁護中央、愛戴領袖、希望就主任川南領導、共同致力於抗戰、故中央特派鄧主任接任川康綏靖公宜、返川調整一切、川康軍事、尤爲行營職司所在、而本人亦奉命隨鄧主任來蓉、藉與此間諸袍澤商籌辦理、增加抗戰力量。

京蕪敵軍暴行
敵掠南京青年婦女運滬
蕪湖一帶村莊盡成焦土

（中央社徐州三日電）南京淪陷後、敵屠殺我民衆極慘、遺屍滿城、經紅十字會收殮、半月未畢、新街口一少婦、被迫不從、竟遭殺戮、盡剝衣帶、屍體殘缺、厥狀極慘、在京所有青年婦女、悉被搜掠載船運滬。

（中央社繁昌二日電）蕪湖一帶敵陣地附近、及其前方各村莊、均被縱火焚燒、盡成瓦礫、對我民衆、割耳挖眼、盡情蹂躪。

西戰場火綫下
同蒲工友奮起參戰

（本報特訊）自日寇三路進犯晉南隰汾告急後、同蒲路南段危急萬分、該路工人在總工會與鐵總領導下、均抱與路共存的決心、在敵機竟日掃射轟炸之下、他們沉着的機警的奔馳火線、努力軍運、雖日有傷亡、而精神益加振奮、該路二千餘青年工人、已準備於萬一日寇突破南段時、即將全部機車橋樑自動破壞、決不留給敵人利用、同時他們也決不過黃河流亡異地、到有車覆的時候就一齊加入鐵工武裝自衛隊、入山打游擊戰、車上張貼許多「反對逃跑過黃河」、「寧在山西犧牲、不到他省流亡」、「窮工友們！拿我們的血肉拚掉鬼子的頭」、等標語、侯馬鐵上、隨時可以聽到雄壯的如潮水般的歌聲、「工友們！大家一條心……我們並不怕死、不要全死……驅我們！我們不作亡國奴、我們要做中國的主人……」一個個雄糾糾的鐵工武裝自衛隊員、不時的巡邏市區、執行着「警衛」和「鋤奸」的任務、侯馬段附近一帶的橋樑涵洞、每晚均有自衛隊員武裝巡緝、他們服裝雖然欠整齊、可是精神却高昂緊張、過去他們赤手空拳在總工會及鐵委領導下、付破獲了晉南漢奸巨案、捕獲要犯數十人、閻司令長官嘉其勇、付獎千元獎賞、並贈「鋤奸先鋒」大旗一面、在這樣緊張最苦處境最險的同蒲鐵路的工友、表現出如此英勇的行動與姿態、值得我們向他們致最高的敬禮、聞該隊負責人之一馬次青因病滯□口、不日將應電北返領導參戰。

敵新兵反對來華侵略
在碼頭抗命與軍警發生衝突

（中央社香港二日電）我旅日僑胞、因不堪敵方壓迫苛待、二日又有一批二六三人乘柯立芝輪抵港、據謂敵憲警動輒無故拘捕我僑胞、嚴刑審訊、殘忍備至、日本人民對軍閥所爲、怨恨日深、日前入伍新兵離日來華時、在碼頭抗命、與軍警發生衝突、日本報紙被禁止發表、但已遍傳全國、人民對軍閥非常痛恨。

敵阻申報在港發行

（中央社香港三日電）敵方以大公報、申報等均將在港刊行、特由其駐港總領事向港政府提出抗議、要求禁止發刊、但聞港政府以中文報紙在港發行、只要遵守英國法令、無受第三國干涉之理由、聞已決定拒絕其要求。

京蕪敵軍暴行

敵掠南京青年婦女運滬
蕪湖一帶村莊盡成焦土

（中央社徐州三日電）南京淪陷後，敵屠殺我民衆極慘、遺屍滿城、經紅十字會收殮、半月未畢、新街口一少婦、被迫不從、竟遭殺戮、盡剝衣帶、屍體殘缺、厥狀極慘、在京所有青年婦女、悉被搜掠載船運滬。

（中央社繁昌二日電）蕪湖一帶敵陣地附近、及其前方各村莊、均被縱火焚燒、盡成瓦礫、對我民衆、割耳挖眼、盡情蹂躪。

1938.3.5《大公報》 京中氣象凄慘

豫北我軍連克要地
侯馬以北激戰甚烈
我有力部隊仍在晉南一帶擊敵

【鄭州四日下午十一時發專電】我某某有力部隊，仍在晉南晉城一帶奮戰中。

【鄭州四日下午十一時發專電】晉南敵續猛犯，我大軍在侯馬以北史村・蒜錦山一帶堵擊，激戰甚烈，垣曲方面則在虎澗相持。

【潼關四日下午十一時電】晉南戰事仍在侯馬以北。

【鄭州四日下午十一時發專電】我渡河某師部隊現已進至孟縣・溫縣一帶，我敵發生激戰，博愛・修武各地壯丁隊，紅槍會羣起響應，敵恐慌復退，佔晉城之敵現分兵侵高平，有繼續西犯模樣。

【本市消息】據潼關四日電，（一）晉中方面，我誘敵於汾河谷地而殲滅之計劃，大成功，（二）襄垣於二十七日夜經我某師某旅攻克，敵退潞城屯留一帶，（三）我□軍□團奮勇隊於二十八日襲擊陽縣城，與敵激戰數小時，於申刻將敵擊潰，收復陽縣。

【中央社鄭州四日電】我軍克復新鄉・汲縣（即衛輝）消息，此間當局迄尚未公佈，關于該地近況，亦未接到報告，對收復經過，尚難明瞭，惟據其他方面所得消息，我某部生力軍自奉命渡河北進反攻後，以神速之行動，於甚短期間到達指定地點，事前曾與我新鄉汲縣之游擊部隊取得密切聯絡，故能一鼓而克汲縣，再戰而下新鄉，聞新鄉附近四日仍有戰事，又我克復滑縣之某軍，與逼近濬縣之部隊，刻亦向前推進，期於最短期間殲滅□□路東側之敵。

【本市消息】第□息，（一）孟縣之敵召開聯保會議，選區長三人，企圖組織當地民衆，區長人選內有壯丁隊長一人，因憤敵之強暴行爲，遂召集壯丁，與敵在□村附近激戰，敵不及備，死傷甚衆，又遭我某部渡河部隊之奇襲，不支逃去，孟縣遂爲我收復，（二）平漢右翼，我某部渡河游擊隊連日克復長垣・內黃・滑縣・濬縣・道口・湯陰，刻向安陽圍殲中，又我正面渡河之游擊隊連日克復新鄉・汲縣・獲嘉・修武等要地，沿道清線西進之敵狼狽異常，聞平漢線敵之主將土肥原有被我某部在新鄉擊斃說，確否待證。

【中央社徐州三日電】博愛紅槍會，激于義憤，聯合多數同志，予敵以不意之狂擊，斃敵甚衆，該縣城遂爲我收復，殘敵紛向晉城方面逃竄中。

【中央社鄭州四日電】溫縣敵炮兵三日向我鞏縣孝義發砲時，其步兵亦在溫孟兩縣隔河分向我孝義及孟津東二十里之花園村射擊，經我軍猛烈還擊後，敵始斂跡，四日晨十時許，汜水對岸龍王宮發現敵步兵二三百名，附砲四門，戰車數輛，沿岸巡邏，午後又增來七八百名，戰車十餘輛，騎兵百餘名，似欲試渡模樣，我軍刻正嚴密防守中。

【中央社鄭州四日電】我軍克復長垣後，封邱之敵因感我軍威脅，現在縣城郊外設有鐵絲網及地雷，戒備甚嚴，四日午後有步砲聯合之敵數百人由封邱開往桑園，旋又折回。

【中央社□縣四日電】湯陰東南之道口，三日發現敵騎兵五六百，被我某旅擊退，斃敵甚多，並獲馬匹槍彈及軍服等物，我亦有相當損失。

溫孟敵軍增加 鞏洛形勢稍緊

【中央社洛陽四日電】黃河北岸之敵，突向溫孟兩縣增加後，鞏洛一帶，形勢較數日前似又稍見緊張，沿河防務尤爲重要，我某高級長官，三日親赴沿河防線巡視，指示防守機宜，嚴令各部加意戒備，記者亦於四日隨官兩赴孟津，視察沿河一帶情形，晨曉起行，越邙山而入孟津，抵縣城略息，即分赴各處巡視，城內街道，尚稱整齊，居民亦極安定，上月二十三日，敵砲兵轟擊城垣之殘跡，依然存在，北行不數里至大河之濱，河面極窄，水流甚急，沿河各處我均有堅強之配備，工事既固，兵力亦足，所有渡船現均移置岸上，統由官方管理，隔河北望，隱約可見敵之哨兵，我沿河防守部隊，士氣極旺，河岸哨兵，在風雨中，戍守警戒，精神尤爲振奮，沿河民衆現亦一致動員，踴躍協助駐軍，參加防守，軍民聯合抗戰，情緒至爲熱烈，據某長官語記者，北岸敵軍，爲敵第二師團之一部，在溫縣境內者，步兵約千餘人，砲十餘門，坦克車數十輛，現駐該縣之招賢鎮附近，昨日午前，對我孝義西北之裴峪渡口發砲數十，同時并升起氣球，在空中指示射擊目標，我官兵沉着防守，無甚損失，孟縣之敵分駐爲村・脊莊等地，上月一度砲轟我渡口及孟津縣城後，連日無若何動作，昨日午後三時，突又在和村對岸向南岸射擊，意在擾亂偵察，我防守官兵知其狡計，即予還擊，敵見我戒備嚴密，遂即遁去，至溫孟等縣，現均由敵方指派奸民充任偽縣長，日來將各縣存糧，幼童婦女，分批北運，壯丁及智識份子，未逃出者，悉遭屠殺，敵並組織不倫不類之團體，名新民會，強迫鄉民參加，並勒令懸掛日偽旗幟，孟縣偽縣長趙瑞被迫自殺後，敵又派漢奸李安甫繼任偽職。

津浦無大接觸 魯東一度緊張

【中央社徐州四日電】時因連綿，四日津浦南北段無大接觸，我敵仍在原陣地對峙，惟北段右翼臨沂方面，二三兩日曾一度告急，經我沉着應戰後，現局勢已趨穩定。

【中央社鄒縣四日電】盤據濟寧之敵，近日大部向兗州增援，安居鎮・嘉祥等處僅留少數防守，我便衣隊乘機向濟寧活動，敵甚感恐慌。

【中央社徐州四日電】盤據嘉祥城內之敵三千，附砲三十餘門，坦克車三十餘輛，昨日敵一部約五百餘，附坦克車數輛，由嘉祥開濟寧・馬頭口・嘉山莊・孟姑集一帶時，有敵小部隊，附坦克車數輛，向我襲擊，均被我擊退，又安居鎮之敵八百餘，砲二門，戰車兩輛，三日亦向濟寧方面撤退，又據確息，濟寧方面之敵，前被我圍攻，損失極大，敵指揮官已羞憤自殺。

留蓉各旅長 昨晚歡宴鄧錫侯
各報亦多著論歡迎

【中央社成都四日電】蓉各報對鄧錫侯此次返川主軍，四日多著論歡迎，留蓉各旅長劉樹成等四日下午四時，假沙利文飯店設宴，爲鄧洗塵，對其此次率軍抗戰，表示崇敬，賀國光・潘文華・王纘緒・鄧漢祥等被邀作陪，晚八時，始盡歡而散。

【中央社成都四日電】鄧錫侯所屬各部出師抗戰，屢挫敵鋒，蔣委員長四日電鄧嘉勉，電文略謂，該部將士忠勇奮發，苦戰經月，屢挫兇鋒，頗著勛勞，良用嘉慰，並望隨時激勵所屬，以竟全功云云。

社評
建軍與整軍

山西戰況，遠不如津浦，其理由甚簡，津浦線軍隊，戰鬥精神一致，而在晉軍隊之精神有差等之故。

中國長期抗戰，需要建軍，也需要整軍。或者可以說，不整軍便不能建軍。國家財政，當然艱難，而戰費將增加，今後艱難的軍費，其一部分須自整軍而來。且求取勝利，不僅賴兵量，必須講軍質，所以整軍就是建軍事業之重要部分。

我們籲請最高統帥部，必須一面作戰，一面整軍。整軍的目標，首重紀律，而紀律之義，可分兩解，一不擾民，二盡任務。這兩點，是軍隊的基本條件。換句話說，合此兩點，則爲有用軍隊，否則應加以整理訓練，而倘有終不堪整理與訓練者，應罷黜其部隊負責官長。

皖南皖北近日戰績之優良，全因軍隊紀律好，勇戰而不擾民。因此之故，人民爭着扶助軍隊，爲軍隊服勞。這就是我們最後勝利的基本條件。當然各戰場的優良部隊甚多，這裏說到皖南皖北，不過舉例而言。我們又同時想到後方，不只注意前線，因爲後方的秩序安寧，也十分重要。不論豫鄂陝甘川湘，凡離開鐵路的交通要道，必須確保安全，必須淸匪患，保商旅，這都是軍隊的任務，其任務之重要，與前線等。

綜合說來，中國建軍大業，須兩方面同進，即練新軍與整舊軍。練新軍方法，亦不只求快求多，必須重素質。因此不收編積匪，不濫編游擊隊。凡新成一部隊，必須既堅而純，如鋼鐵一樣。而整舊軍之方法，凡作戰有勞績的部隊，當然一律愛護，但必須責成其標準化。如不能達到上述不擾民及盡任務之兩種標準者，則應加以改造與訓練。

關於今後訓練軍隊，應技術與政治同重。關於技術者，茲不待論，關於政治者，則以爲必達到：每一士兵，不但了解抗戰任務，並且了解軍民關係之絕對不可分。凡軍隊，都是國家的武力，同時是人民的武力。由前者，所以爲國犧牲，由後者，所以爲民服務，特別還爲民服務的精神，應當是今後練兵之重要工作。推其是爲民服務，所以軍隊不但不擾民，並且積極的扶助人民。寇禍這樣慘酷，如敎導自衛，保護避難等事，都是軍隊主要的責任。其駐後方者，則維持交通，保衛行旅，照料過境難民，淸除近區土匪，這些事都與抗戰前途有絕大關係，所以應當責成軍隊之竇行。

敵寇萬惡，滅絕人道，被占領地的同胞，天天盼國軍歸來，而接近戰區的人民，則時時望國軍保衛。所以在今天，軍隊就是人民信仰的中心。可以說，在任何意義上，軍隊都是中華民族的代表，不但代表國家權力，同時代表民族精神。因此之故，國家一定要整軍建軍，要全軍標準化，要使全軍錄成一架繳底純鋼的機器，遇敵寇，都如秦山，如長城，對人民則如家族，如師友。這樣就準可禦寇，同時定能達到全民軍隊化，凡同胞壯丁，都要爭淸入伍，爭淸做軍隊後援。這樣，中國就要有無限的兵力，以求取最後的成功。

在上述前提之下，當然全社會對軍人，應當極力盡愛護崇敬之責。國家在可能限度內，儘量優遇軍人，社會各界也必須盡力扶助。特別如救護傷病，如撫郵陣亡官兵遺族，如慰問照料作戰將士家庭。這些事，國家辦，社會也辦。同時對於模範官兵，應有種種表揚的方法，而對於溺職軍官，也應要求政府有適宜的制裁。

中國最後勝利，要於不斷的進步與革新中求之，而建軍整軍，尤其是主要條件。我們崇敬爲國勞苦之全體國軍，但不能不祈禱國軍之隨時進步，特別崇各軍將士，自重責任，一致努力！

孤島遐思（一）

非非

浙北我收復德淸
蕪湖以西昨無戰事
敵艦上駛旋又退去

【中央社臨安四日電】餘杭方面我軍，自分兵兩路進擊以來，頗爲得手，襲擊餘杭正面之我軍，於一日繞至餘杭東南之閑林埠，向敵進襲，激戰二時餘，斃敵三十餘，在敵屍上檢得敵軍日記，悉該處之敵屬十二師團，另一路向北推進之我軍，自於一日收復潘板橋後，折向東北繼續挺進，在武康南十餘公里之彭公爺，與小部隊敵遭遇，敵被我擊毀汽車一輛，斃敵三名，當復搜索前進，於二日黎明抵德淸城郊，時城內敵軍甚爲惶恐，我即乘黑夜襲擊，敵於慌亂中咸向崇德方面逃竄，我乃於二日晨八時正式收復德淸，該城距武康僅十餘里，東距崇德三十餘里，現我正分向該二處進擊中。

【中央社繁昌三日電】蕪湖方面之敵於三日晨復向我石硊鎮一帶來犯，經我軍奮勇迎擊，激戰三小時，當被我擊斃敵兵二十餘名，殘敵分向鐵路線以東退去。

【中央社青陽四日電】敵艦二艘上駛至荻港附近，向江岸發砲轟擊，迄午後三時尚未駛去。

東南海防甚固 敵機昨未擾粵

滬敵濫捕我同胞
東方飯店三旅客被拘
立報館昨晚被炸 法租界街頭一彈

敵檢郵件 定今開始

【中央社上海四日路透電】據確息，此間日本當局將于明日起檢查滬上一切郵件，日方已派定郵件檢查員常駐郵政局總局。

上川鐵道 被敵接收

敵攫奪華北資源
將設會社壟斷一切
偽準備銀行開業難

【香港四日下午十時發專電】據東京消息，敵決大規模攫奪華北資源，對晉魯尤注意，決設國策會社，統制交通・電信・電業・鑛業・鹽業，其他許私人經營，交通事業由滿鐵承辦，而用興中公司出面，並設中日經濟協議會，以組合名義，而由平生釟三郎主持，另擬設華中國策會社，專辦航空・電機・水道等事業。

【中央社徐州四日電】津訊，偽組織之準備銀行，因中交兩行不參加，各商業銀行對之冷淡，短期內無法開業，而平津各銀行儲戶，因恐偽幣一日發行，其價格不能與法幣並論，故紛紛提取存款，預料將來偽幣即或發行，亦難取得信用也。

【中央社徐州四日電】津訊，平偽組織自將關稅減低後，日本浪人大肆走私，但此項貨物較前不同，例如不論進口貨物或當地出產，凡用東洋名義即可通行無阻，不納分文稅款，故偽組織各稅收機關所入殊無幾，財政上毫無辦法可言云。

【中央社北平三日合衆電】日兵因畏懼華方游擊隊之活動，禁止農人在北寧鐵路沿線五百碼以內種植高粱及其他高莖穀類，至於鐵路線附近之樹木，足以爲游擊隊之屏蔽者，亦均經斬伐或移植他處云。

英使將赴渝
覲林主席遞國書
定十五日離滬赴港轉往

……三月十五日偕其夫人乘輪赴港，轉赴重慶，向國民政府林主席呈遞國書。

泗礁島收復

【中央社鄞縣三日電】軍息，嵊泗列島之泗礁島淪陷敵手已久，經定海陳縣長派所長楊貴率便衣隊，秘密乘帆船往剿，已于二月二十八日將該島克復，並將殘敵及偽組織肅淸云。

宜興民衆 紛起抗敵

【中央社訊】頃有人自宜興某鎮來者，爲言蘇皖前線我情形，茲錄如下：一，沿途見我軍風紀極佳，軍民亦能合作。二，宜興……死及不願受汚而自殺者甚多，因此一般民衆對敵懷恨入骨，均紛紛自動反抗敵人，計殺斃倭寇數百人，現宜興難民齊集××鎮，秩序頗佳。三，宜興民衆多自動組織各種救亡團體，積極活動，以響應我軍云。

豫北擊落 敵機一架
駕駛員二人斃命

【中央社鄭州四日電】據報，林縣涉縣間我游擊隊某部於二十七日晨擊落敵若松飛行隊偵察機一架，駕駛員及藤井大佐兩人當即斃命，查該機係由安陽飛往太原，傳達命令者。

京中氣象淒慘
敵仍狂肆屠戮
每日百人以上

【中央社九江四日電】據由京逃難來潯者談稱，京中氣象，淒慘不堪言狀，敵日來雖充許……

京中氣象淒慘

敵仍狂肆屠戮

每日百人以上

【中央社九江四日電】據由京逃難來潯者談稱，京中氣象，淒慘不堪言狀，敵日來雖允許四鄉難民回城，但搜查綦嚴，不問皂白，即行拘捕，被慘殺者仍日在百人以上，太平街・新街口一帶商店仍多閉門，敵方商人乘機來京營業者宛如潮水，近在太平街一帶商業區域所開設之敵方商店，達一百四十家之多，大抵為旅館・飯店・咖啡館・酒館及妓寮，至日用商品店及化粧店亦復不少，但顧客皆為敵方軍人，而此項商人從前皆在漢口・長沙・宜昌各處經商者。

【中央社香港四日電】滬息，敵在京杭各地有禁止攜帶照片文件出境說，對英法教會牧師往來，尤為注意。

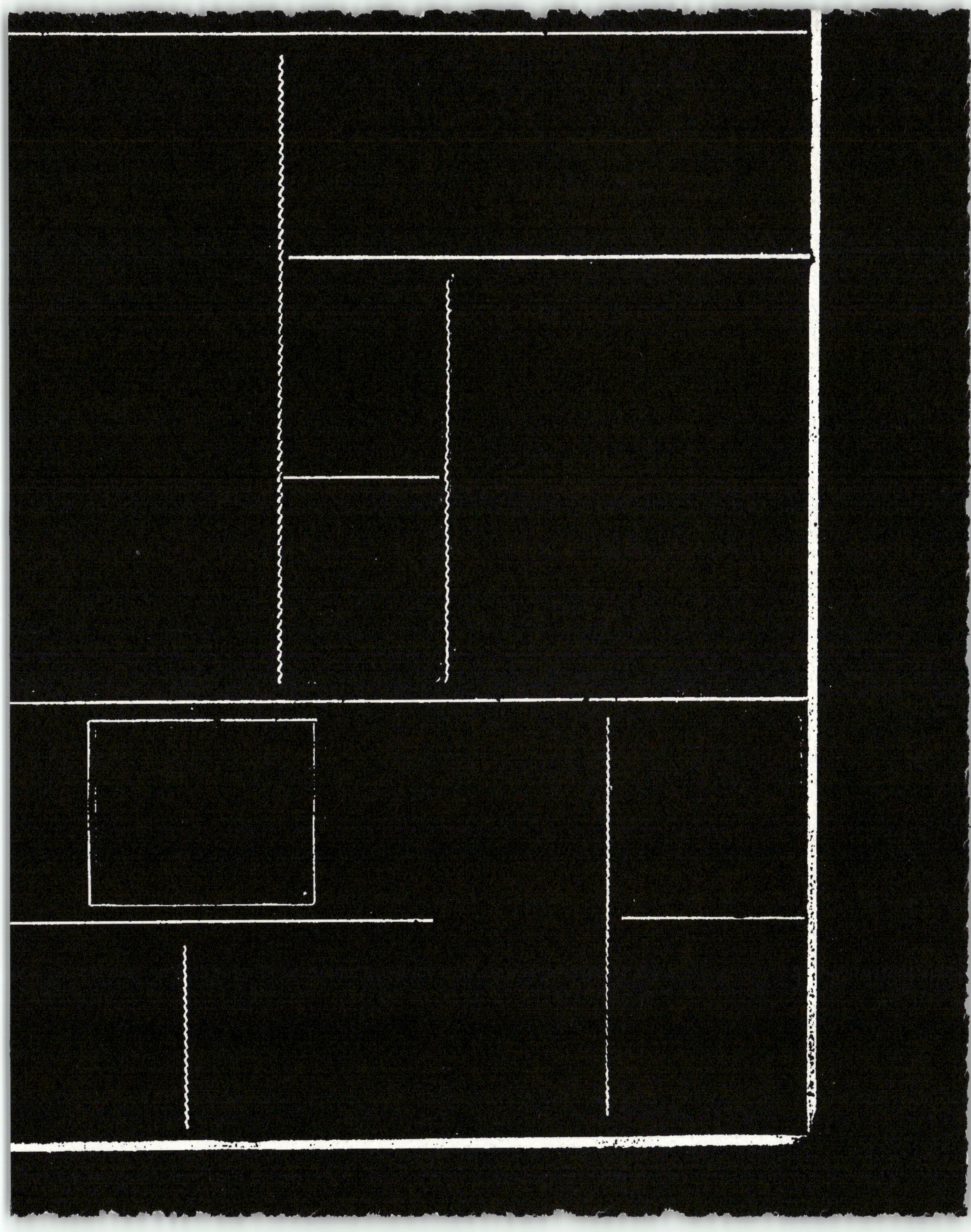

1938.3.5《新華日報》 南京氣象凄慘

襄垣隰縣相繼收復

側擊良馬鎮西犯敵我獲勝
晉南敵我在侯馬北激戰中

（本報漢口四日專電）一、晉中方面、我誘敵於汾河谷地而殲滅之計劃、漸次成功、二、襄垣於廿七夜經我某師某旅攻克、敵退至屯留一帶、三、我×軍×團某部、於廿八日襲擊隰縣城、與敵激戰數小時、於申刻將敵擊潰、收復隰縣、四、×部×團之便衣隊於廿七日夜在靈關定流村與敵之警戒部隊激戰兩小時、敵不支潰退、五、×部×團之一部由蔭城鎮向蘇店方面搜索與敵之便衣隊遭遇、斃敵十餘名、六、由良馬鎮西犯之敵經我×部兩翼側擊、斃敵三百餘人、獲炮二門、及機關槍數挺、七、我某部炮兵徒手新兵一部、僅攜少數手榴彈在堯店附近、伏擊敵之輜重隊、繳獲彈藥一萬發、其他軍用品無算。

（本報漢口四日專電）晉南戰事仍在侯馬以北激戰中、運城電報電話迄今晚仍不通。

（本報鄭州四日專電）黃河北岸沿道清路西犯之敵、與我仍在垣曲相持中。

（本報西安四日專電）昨日晉北之保德方面、發現少數敵人有渡河模樣、現長安市面如常、人心安定。

（西安快訊）據逃出之難民談、日人在綏將各商家所存皮毛糧食鴉片、及官銀局現金二百萬兩、掃數運至平津、商家貨物隨便給錢、但多不夠值、甚至有完全不給一錢者、均強迫運走、商家敢怒而不敢言。

平漢戰局益趨樂觀
道清沿線我克要地

行政院通令
維護工商企業

蔣委員長
電獎鄧部

敵懼我游擊隊
禁北甯沿線農民種植

林縣游擊隊
擊落一敵機

中華基督教徒
成立全國聯合會
六項使命注重抗敵救亡

南京氣象悽慘
同胞被敵慘殺者日以百計
京杭敵監視美法牧師行動

英大使
定期赴港轉渝

江南戰局穩定
敵犯石硊鎮被擊退
浙北我克德清塘棲

北平偽組織醜相
偽組織採三權分立制
設立新民學院教養奴隸

偽組織系統
漢奸大過官癮

奴隸養成所
設立新民學校

分贓起風波
潘余狗運亨通

我游擊隊進襲濟寧
敵損失甚重司令自殺
莒縣敵南犯臨沂被阻

南段昨無大戰
傳我收復鳳陽

粵學生會
電慰空軍將士

偽準備銀行擱淺
中交不參加商業銀行冷淡
敵浪人走私不因減稅終止

滬立報館被投彈
敵強佔浦東上川輕便鐵路
滬郵件今日起敵開始檢查

李儀祉
憂慮國事成疾

贛設參議會

法在西非
設潛艇根據地

反侵略總會代表抵漢
袁冠新先生在漢有數月勾留

南京氣象悽慘

同胞被敵慘殺者日以百計

京杭敵監視美法牧師行動

（中央社九江四日電）頃由京逃難來潯者談稱：京中氣象、悽慘不堪言狀、敵日來雖允許四鄉難民回城、但搜查甚嚴、不問皂白、即行拘捕、被慘殺者、仍日在百人以上、太平街新街口一帶商店仍多閉門、敵方商人乘機來京營業者、宛如潮水、近在太平街一帶商業區域所開設敵方商店、達一百四十家之多、大抵爲旅館、飯店、咖啡館、酒館、及妓寮、至日用商品店及化粧店、亦復不少、但顧客皆爲敵方軍人、聞此項商人從前皆在漢口、長沙、宜昌各處經商者。

（中央社香港四日電）滬息、敵在京杭各地、有禁止攜帶照片文件出境說、對美法教會牧師來往、尤爲注意。

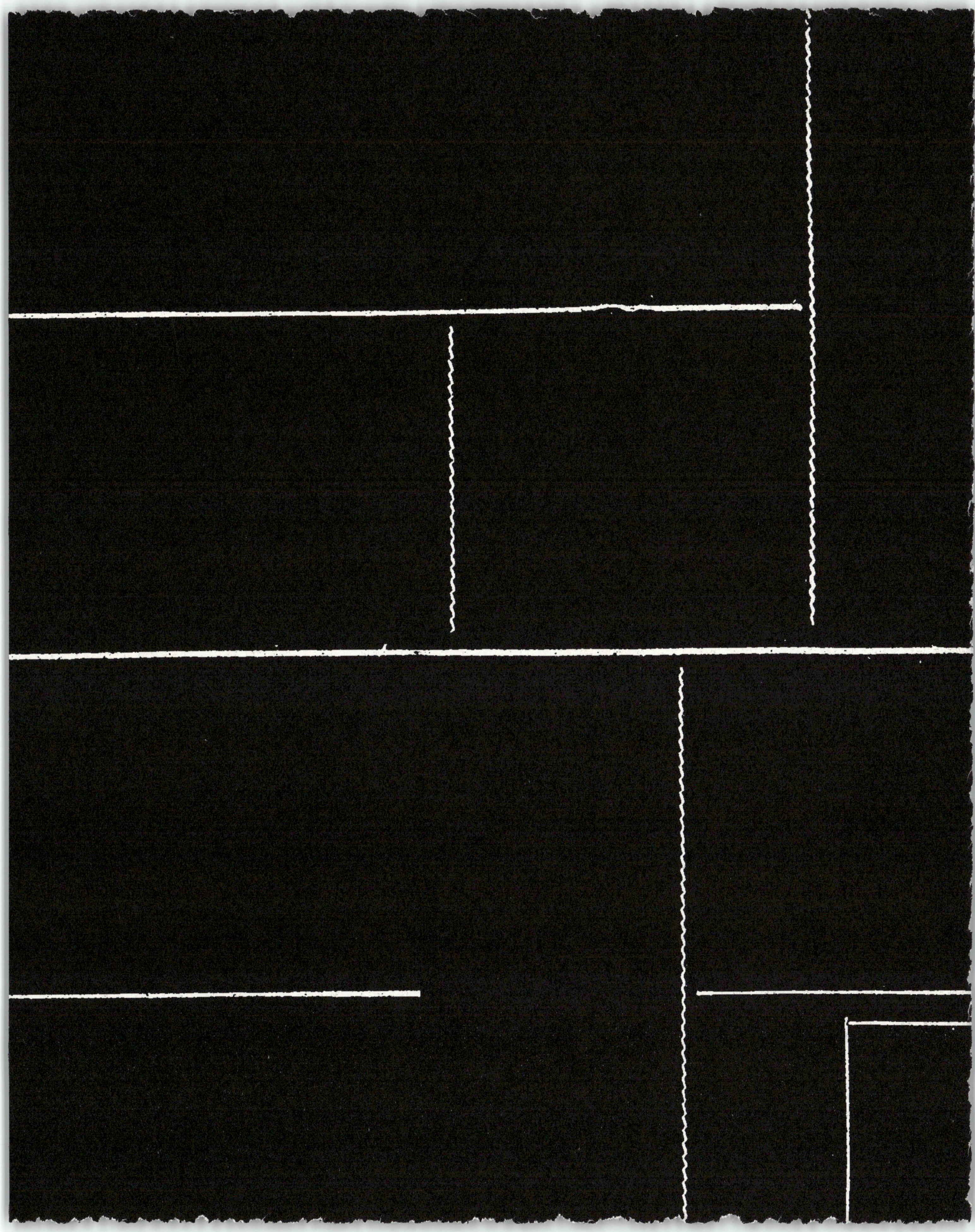

1938.3.9《新華日報》 日寇在南京獸行

我軍進擊敵側背
晉南敵軍極受威脅
進犯高平關之敵大部被殲滅
我抵抗夾擊敵圖潼關難得逞

汜水我軍開放水閘
渡河敵軍全被殲滅

周逆鳳岐伏誅詳情
周逆從寓所外出時擊斃
愛國志士行刺無一被捕

周逆罪大惡極 一死尚有餘辜

津浦北段形勢轉緊
臨沂兩下店有激戰
敵圖從正面右翼犯徐州
我張部收復魯邊吳橋縣

浙境我軍克長安
桐鄉濮院林莊繼收復
江南大雪未止前綫沉寂

怕我空軍襲擊 敵在平演習防空

李儀祉逝世

我空軍鬧中顯威
擊落敵機三架

綏西我軍捷報

我軍包圍懷遠
定遠敵被迫困守城垣
敵改攻略擬進犯合肥

我軍在德清擊毀敵汽艇

各地熱烈舉行「三八」紀念節

兩路員工發救濟費

德國藥品

漢奸該殺

敵人蹂躪下的濟南
強迫商家開市並審捕我同胞

行政院會議通過
青海省政府改組

日寇在南京獸行
屠殺軍民已達六七萬餘人
敵士氣消沉懼我空軍轟炸

擄捉之[illegible]良民衆、復設[illegible]
士者、每日必有數千、均押赴下關、使其互爲束縛、而以機槍掃射、不死者盆擲以手溜彈、或以刀刺迫入地窖

擄至[illegible]身裸體、公然[illegible]淫、迫將外國人士目睹[illegible]
[illegible]侮爲獸、悄然遁去、活不知恥、以是一般婦女、[illegible]入金大金女大收容、以[illegible]護、此後日間雖稍安、但一至天黑、鑽穴踰牆、仍來不免、或姦後架去、或一去不返、或雖返而已病不能起、故懸梁跳井者、日有所聞、最近有一五十餘歲之老嫗、遇敵欲強行非禮、有子二人、起而抵抗、竟合家被戕、此類事實、不可凡舉、可歎可泣、筆難盡述、據國際委員會友邦人士云、有案可稽者、已千餘起。（未完）

敵檢查滬郵件 對外謊稱不知

（中央社香港八日電）滬訊、敵大使館發言人頃在招待外國記者席上、宣稱英美兩國駐華大使館、曾爲各該國僑民[illegible]件受檢查事、[illegible]上滬[illegible]中的敵大使館提出抗議、美駐日大使館亦在東京方面提出同樣抗議、有即以檢查辦法、已否開始實行者、敵發言人答稱毫無所知、各國記者聞悉之餘、均極詫異。

日寇在南京獸行

屠殺軍民已達六七萬餘人
敵士氣消沉懼我空軍轟炸

（中央社訊）頃有某難民出京輾轉于二月十九日發函寄滬轉港、寄致其在港友人、詳述我首都陷落後日寇在京[illegible]行燒殺姦掠之獸行、窮兇極惡、慘絕人寰、留京國際人士、均憤慨切齒、並望我政府抗戰到底、日寇外強中乾已成強弩之末、勢必疲憊崩潰、茲將原函大意錄左

一、敵軍入城後之獸行情狀

十三日晨、敵大部入城、全市悲慘黯淡、陷恐怖狀態、初則任性燒殺、繼則到處姦掠、茲分項述之如次：

（一）殺　在下關方面不及退卻之吾軍、當場被殺者約有萬計、道路變赤、屍阻江流、被俘于挹江門一帶四千餘人、無飲無食、每日倒斃者恒四五百人、現在三汊河一帶被沉忠魂屍體尚不計其數、[illegible]、或誘處城山、聚而焚之、城內之各池塘及各空宅、無一不有反綁被殺之屍體、每處數十百計不等、綜計旬日之間、死者六七萬眾、遠方諸明末揚州十日、嘉定屠城、不是過也。

（二）燒　自敵軍入城之日起、縱火亂燒、日必十八處、初將所有高大[illegible]、除被其佔用外、殊已燒[illegible]、不能焚燬者、亦破壞之、[illegible]即普通民居、亦難倖免、弟曾親赴城南視察、自新街口迄中華門之房屋、百不留一、據聞其他各處、以建築簡陋、延燒尤甚、故現受德美人士保護而集難民區之二十萬民眾、多半已無家可歸、殊可憫也。

（三）姦　吾民族認為最恥辱最痛心疾首者、厥為姦淫、而敵竟不顧一切、除[illegible]

1938.3.11《新華日報》 日寇在南京獸行

救濟戰時流亡兒童

馬超俊等發起組織救濟協會
推出籌備委員進行救養工作

（中央社訊）馬超俊谷正綱等發起組織之中國戰時兒童救濟協會、昨日假座普海春舉行擴大籌備會、到會者百餘人、開會後由主席谷正綱報告舉行擴大籌備會之意義及籌備經過、次由于院長代表周利生、及周恩來、端木愷、陳禮江、漢口孤兒院院長□經□、國際反侵略大會代表袁冠新等相繼致詞、旋決議將該會組織章程草案、該會工作計劃綱要、及被災兒童救濟辦法大綱、交由常務籌備委員會辦理、次推出籌備委員會委員、籌備委員會常務籌備委員及湖北分會籌備委員（各項名單誌後）、最後決定於本月十九日下午二時、假漢市商會舉行成立大會、并決定該會自即日起暫在市黨部開始辦公、旋即散會、按該會分個人會員及團體機關會員兩種、除交納年費外、并須擔任捐助兒童教養年費、如每個兒童月需三元、則會員至少須每年出三十六元、供養一個兒童……

……（谷正綱）宋美齡（呂雲章）沈鈞儒、李達、李德全（李樸生）、吳開先、吳國楨、林康侯、林翼中、周佛海、周恩來、洪深、洪蘭友、沈冠生（馬超俊）（梁子青）、（梁寒操）徐堪、徐恩曾、徐闓瑞、（許世英）、陳誠、陳立夫、陳布雷、陳逸雲、陳碩慈、（陳劍如）、陳禮江、陶希聖、康澤、賀衷寒、賀衡夫、黃文植、黃仁霖、黃炎培、（彭國鈞）、張之江、張季鸞、（張道藩）、張厲生、（項學儒）、葉楚傖、鄒韜奮、董顯光、（潘公展）、（劉百閔）、劉叔模、劉健群、蔣作賓、盧作孚、蕭同茲、嚴立三、魏道明、顧毓琇、曹孟君等一百十七人、（二）上項名單中有括弧者及王崑崙、周利生、周恩來、賀衡夫、袁冠新、陳逸雲、沈冠生、徐闓瑞、陳碩慈、劉叔模等爲籌委會常務委員、（三）武漢分會籌備委員、嚴立三、吳國楨、黃文植、陳經畬、唐國楨、喻育之、黃吉亭、廖文英等三十九人、此外中央及地方各機關委員及重要官員、皆爲該會贊助人。

南洋僑胞

踴躍捐款救國

（中央社福州九日電）閩省政府去年派參議郭玉涔赴南洋勸募賑款公債、昨歸報告、在英屬募賑款一千餘萬元、公債一千三百餘萬元、月捐正在進行中、可得六十餘萬元、在荷屬募賑款五百卅餘萬元、月捐可得卅餘萬元。

中國工人抗敵總會

昨開首次籌備會常會

通過分配職務等要案多起

中國工人抗敵總會籌備委員會、正式成立以來、工作甚爲積極、頗得各地工界團體之熱烈擁護、昨日該會舉行首次籌備會常務委員會議……

武漢各界將舉行抗敵運動大會

十三日起分「新運」「抗敵」「建國」三天舉行

第三日節目

粵漢路英勇路工

孟繼貴殉難經過

宿縣教育人員

下鄉演劇宣傳

省市黨部

調整人民團體

暫行辦法

更正

日寇在南京獸行

屠殺軍民已達六七萬餘人
敵士氣消沉懼我空軍轟炸

（一）軍容　（二）紀律　（三）士氣　（四）掠　（四）外僑輿論

讀「怎樣展開農村救亡工作」以後

關於通訊員運動

私生活嚴肅起來

水深火熱之中，可以求得保護而稍得賑薪者，惟國際委員會是賴，在京各外僑，無一不努力救護吾民，與敵人爭執，因之受辱被傷者，時有所聞，而吾廿萬難民，得以救護，否則恐無孑遺矣，即最近自傀儡式之自治會成立後，被難民衆仍時向國際委員會哭訴敵人暴行者，日必四五十起，據聞均詳爲紀錄，轉播全球，而敵方才自感應付棘手，視國際委員會爲眼中釘，乃多方爲難，刻意阻撓，務使難民區解散而後快，但外僑絕不爲動，且更努力，此等精神，天人共欽，不僅吾難民奉爲萬家生佛也。

二、最近所得之敵情

（一）士氣　聞敵攻南京時士兵以爲城下後即可休戰返國，無如事與願違，鬆爲之懈，迨一月來吾空軍非常活躍，敵人大爲恐慌，其士兵係對人作手語，深懼吾機轟炸，又聞敵兵飽掠後，十二個部隊單位之營壁，滿佈城內，而尤於城北三牌樓城南國府路爲聚集之區。

（三）紀律　自稱文明而又係徵兵制度之國家，其士兵紀律之廢弛，一至於斯，令人夢想不到，其姦淫擄掠種種暴行，每有官長爲之首導，而士兵更無忌憚，且聞內部派別紛歧，常各不相容，如大使館方面之文治派與海陸軍人，固各行其是，即軍人方面，海軍與陸軍，老宿與少壯亦各樹門戶，時起衝突。

（四）外僑輿論

在京外僑，德美兩國約二十餘員，無不目敵方爲國際盜寇，世界公敵，是以將其暴行由軍艦電達本國，傳播世界，咸云敵人經濟已起恐慌，求助各國，亦無與應，增賦加稅，提倡原時，決不能持久侵略，若吾國抵抗到底，使其欲罷不能，必頹而復已。（續九日）

日寇在南京獸行

屠殺軍民已達六七萬餘人
敵士氣消沉懼我空軍轟炸

每多換穿吾服、向溷逃亡、被捉處死者甚多、此外因荒淫過度而病花柳者、亦屬不鮮、總之、士無鬥志、爲敵軍當前之一弱點。

（二）軍容　即此次敵人動員一百萬、服裝不足勢所必然、所見敵人常有軍裝不全、大衣俱無者、所穿衣褲亦破爛不堪、初入城時、因之除搜索法幣外、專掠被褥、奪人內衣及到處烤火、

（四）掠　敵人入城後、三五成羣、挨戶搜查、難民區內更甚、即各使館及外僑住宅、亦一視同仇、應門稍遲者、即槍射刀刺、先則專搶錢財、搜索身體、繼則翻箱倒籠、雖便桶地穴、亦必察看、不論日夜、每戶必搜查七八次、如是狂掠、計達兩旬之久、現雖稍戢、仍時有所聞、各官署如私宅之大件器物、則早已被運一空

1938.3.23《申報》 敵陷京時之慘聞

津浦右翼敵全力反攻
臨沂血戰我軍大勝
肉搏兩晝夜敵傷亡四千人
正面膠着韓莊敵無法渡河

（漢口二十二日電）據華方報告、中日兩軍在津浦路前綫大戰、戰况慘烈、日軍憑飛機大砲機械化部隊之掩護、沿鐵路南下、以期奪取徐州、聞其前鋒、取包圍戰略、已抵韓莊、華軍分爲二部、由張自忠龐炳勛二軍長統率之、現方向山東東南部臨沂附近之日軍猛烈反攻、希望迫近日軍左翼、保全徐州、昨晚華軍發出一公報稱、前二十九軍在張自忠將軍統率下、「在臨沂之北大勝、日軍死傷四千」華軍現正向北推進、直取嶧縣沂水、（路透社）

（上海二十二日電）津浦路前綫華軍仍在猛烈抵抗、運河以北之日軍、迄今未能越河南犯、日軍擬打破此僵局、竭力增强其砲火威力、致三十英里外之徐州、亦可聞砲聲、漢口中國當局、對於此次戰事、本頗憂慮、今則一變而爲樂觀、因前綫華軍、旣能堅持不懈、即可由側面向敵路進攻、使日軍不得不再行撤退、（路透社）

（徐州二十二日電）臨沂方面敵軍於十九日反攻、與我某軍在白塔解家莊及李家五湖一帶激戰、歷兩晝夜、各處浴血肉搏、斃敵甚多、敵仍猛烈向我進攻、我軍頻予敵以重大打擊、迄至廿日下午九時止、敵不支而退、戰况立即沉寂、（中央社）

（徐州廿二日電）津浦南段懷遠方面、我某部十九日猛力向卅里鋪之敵攻擊、敵旋增加至六七百、飛機大砲同時助戰、極爲激烈、我祇能以少抗衆、現正待援軍開到、繼續攻擊、現敵聯合各種兵力四五百、坦克車卅輛、由上窰路敗退、（中央社）

津浦南段戰况劇烈

（正陽關廿二日電）近月以來、敵在津浦南段始終在被動之地位、蓋我軍聯合民團、隨時隨地予敵以嚴重之威脅、凡敵所利用之公路、如定遠至合肥、鳳陽至定遠、蚌埠至定遠、懷遠至田家庵、無不被我破壞、因此定遠城、鳳陽、懷遠、溜河鎭等處、時被我包圍襲擊、最近敵恐在津浦南段被我完全肅清、故積極增援、以維持其佔領區域、但敵之兵力有限、我能逐漸使其消滅、敵必有崩潰之一日也、（中央社）

教、迨經過我部伏處時、突起激戰、我佔地利、斃敵極多、敵旋增加百餘、藉坦克車之掩護、運屍敗退、（中央社）

晉南展開大規模游擊隊
克復芮城殲敵八百餘
萬泉敵軍千餘遭我游擊隊完全解決
陽城一度收復我肉搏入城巷戰甚烈

（潼關廿二日下午十時電）竄擾芮城之敵八百餘名、連日被我軍猛勢痛擊、敵勢不支、廿二日上午向運城潰退、我軍於十一時收復芮城縣城、萬泉一帶敵軍千餘人、廿一日被我游擊隊完全解決、（中央社）

（鄭州廿二日電）我某部十五日晚襲擊東陽城之敵、我軍奮勇爬入城內、與敵巷戰甚烈、敵不支潰竄、陽城被我一度克復、十六日敵援軍增到、向我猛烈反攻、我退原陣地待機、（中央社）

高平敵二千名中伏　旅團長石黑被擊斃

（潼關廿二日下午十時電）旅團長石黑、率步騎二千餘人、廿日晚在高平附近、被我軍痛擊、敵死傷甚衆、殘餘即由西南向東潰退、曾在陷城焚燬敵屍六七百具、聞敵將石黑亦被我軍擊斃、屍體已運回愛、（中央社）

（西安廿二日電）軍息、敵某支隊長率部七百餘、於十七日由絳縣潰退、遁經陽城南董封鎭、被我某師强猛截擊、激戰一晝夜、斃敵三百餘、其殘部竄到陽城、屠殺良民百餘名、敵現狀甚恐慌、向濟化方面逃竄、我師正跟蹤追擊中、不難殲滅之、（中央社）

（漢口廿二日電）據華方報告、山西華軍、亦節節勝利、華軍已在數處渡河、圖逐殘餘敵軍、向太原方面潰退、（路透社）

江南我軍克復安吉
現在安吉以北對峙
敵圖進犯卒未得逞

（屯溪廿二日電）安吉一度爲敵佔領、現已於昨日經我軍奮勇收復、斃敵甚衆、現敵我在安吉以北對峙中、敵企圖進犯、卒未得逞、宜城廣德間之泗橋鎭、有敵三四百、被我軍包圍、全部擊潰、（中央社）

（上海二十二日電）日方前曾宣稱、有華軍二萬名、在廣德被圍、日軍之包圍計劃、已告完成、但並未提及華軍之死傷或被俘人數、可見華軍已突圍而出、（路透社）

京杭道上斃敵大佐

（南昌廿二日電）此間接司令自前方來電云、（一）東戰場方面自近兩月來、我游擊隊非常活躍、將敵之京滬、滬杭、京杭、蕪杭各交通綫、時常破壞、影響敵對日之北、（路透社）

我游擊隊實力雄厚

（上海廿二日電）據日軍總部、今日宣稱、日軍在太湖西南杭州西北一帶、費時一月、始將各地平靖、並佔回廣德軍國等小城云、按日軍總部、此項報告、無異承認上海附近與蕪湖一帶之游擊隊、勢力澎漲、並反證明華方報告、謂游擊隊克復多地之消息確實、查蕪湖一帶、與太湖西部之游擊隊、每隊逾數千名、統歸劉一調遣、又日方承認杭州蕪湖與南京之公路、仍被游擊隊截斷云

進抵張家口北
綏東進先鋒隊
晉北我軍渡河入綏
痛擊歸化以南敵軍

（北平二十一日電）山陝通省號稱化傳來訊息、該省仍有激戰、華軍在山西省西北兩渡河後、即向歸化兩之日本駐軍進攻、華軍稱、此役敵人損失奇重、又據同一消息、華軍游擊隊由其包頭以西之根據地出發、迭次進襲內蒙各地、其東進之先鋒隊、已抵張家口之北、（路透社）

我夜襲湯陰敵軍
一度收復菜園村
斃敵一百餘人獲彈藥馬匹甚夥
敵由安陽調來援軍我更撤待機

（鄭州廿一日電）我某旅十七日夜襲擊湯陰菜園附近之敵、敵據村落頑抗、經我軍奮勇、當將菜園村收復、待至天曉、敵由安陽調來大批援軍、我軍遂向東撤退、待機夾擊、是役斃敵百餘、獲彈藥馬匹甚多、我軍亦傷亡六七十名、岳寨堂寨敵與當地紅槍會發生激戰、敵被擊斃甚多、（中央社）

（鄭州廿二日電）沿平漢綫敵軍調動頻繁、廿日廿一日南日敵約三四千人、分批從新鄉經陽武開往封邱一帶、並陸續前進、沿途平民慘遭殺戮甚多、（中央社）

（鄭州二十二日電）據報連日由西撤至新鄉之敵、約三千餘名、因開封東行、傳安二十一日有由河曲渡源方面退來之敵、附馬砲車約五百餘輛、俱有沿公路由博愛調新鄉模樣、（中央社）

孫科遍歷蘇法將赴倫敦
擬以個人資格訪英政界人物

（巴黎二十一日電）中國立法院長孫科、今日由蘇斯科抵巴黎、擬在此勾留三日、孫氏向路透社訪員稱、彼離巴黎後、將往倫敦一行、以個人資格、往訪英國政界人物、然後由倫敦回國、（路透社）

敵在大連捕我同胞多人
指有共黨嫌疑

（徐州廿二日電）津息、大連方面因受共黨嫌疑之華人、被捕者甚多、北平至承德間鐵路、已修至古北口、於廿日通車、唯平敵軍、多潮至平漢綫、新由東北被來幣日青年兩列車、皆不滿廿歲、現赴通縣訓練、平市遍到防空器具甚多、（中央社）

航空委會爲求組織統一改組第十四轟炸隊
原有外籍機師八人或調他隊或充教官

（漢口二十二日電）中國航空委員會、已下令解散中國空軍中之「外國義勇隊」、該委員會發出公報稱、「爲求組織統一起見、第十四轟炸隊、已加改組、該隊原有各國機師八人、其曾受正式軍事訓練者、將調往他隊任職、或充航空學校教練、」（路透社）

我機數十架飛蕪炸敵

（屯溪二十一日電）十八日晚我空軍一大隊、飛往蕪湖轟炸敵艦、該區敵艦受傷者頗多、現均逃往下游、據蕪縣以上已無敵艦十、九日晨我機數十架、又飛往蕪湖一帶、轟擊敵軍集合處、大行轟炸、敵死傷極衆、殊屬心勁搖、（中央社）

華北外銀行拒與僞行往來
必要時準備停業
煤油商態度一致

（東京廿二日電）據天津報告、日方新近開辦之聯合準備銀行所發出之鈔票、共轄通用、因津地各外國銀行支行、俱反對接收該種新票、並聯同宣佈、倘被迫强用、各支行唯有結束營業、又各外國煤油公司、如三達與德士古等、亦有宣言、若外國銀行結束時、各煤油公司、定必停業、聞各外國銀行、實行拒絕與聯合準備銀行來往交易云（海通社）

滬工部局向敵要求
歸還虹口區域
恢復戰前狀態置國際管理下
否則將拒絕部份接受敵方要求

（漢口廿二日電）滬日方前曾要求增加工部局日方代表名額、並准日增加公共租界行政人員與於本週要求、工部局業於上週週末發出國文、謂自戰事爆發後、日軍即實行軍事佔領虹口區域、置於日軍管理之下、儼然成一獨立區域、如日方以該區歸還公共租界並置之於國際管理之下、與工部局準備接受日方下列各項要求、（一）增加日籍巡捕、（二）日捕之升級便利與其他各西捕平等待遇、（三）任命特別日籍職員一名、與公共租界巡捕合作、（四）由各國選定職員一名、由工部局任命就督公共租界日人當爲行政、至日方要求在工部局增加日方代表、並任命日人爲工部局總裁、業經嚴詞拒絕、認爲毫無正當理由、（中央社）

日軍闖入英僑產業　英下院中提出質問

（倫敦二十一日電）英外務次官勃脫勒、今日在下議院宣稱、彼現與駐滬英總領事接洽、請彼向日政府交涉、以後日本武裝兵士、勿再入上海公共租界中國、因該區並未由日軍佔領、日本武裝兵士不入區內、可以減少意外事變、勃氏又稱、「日軍在公共租界佔領區內、關入英僑產業一事、經交涉後、近日又有進步、惟尚有數點、日方不允讓步、據其理由、則謂因軍事上之必需、不能不繼續維持種種之限制、但余仍希望經目前之交涉、大局可以改良」、保守黨議員經林向勃氏質問、「日本當局是否已將佔領在中國英人產業、日本尚未答復」、勃氏答稱「日本尚未答復、惟據彼所知、除少數報紙外、關於實際上檢查郵件一事、尚未收到任何情報」云、（路透社）

敵又製造藉口
滬局復陷緊張
敵僑一人突被槍擊當場斃命
蘇州河各橋樑一律斷絕交通
各國駐軍緊急出防據守路口

虹口收回聲中

（上海二十二日電）兹悉、今日上海虹口日本佔領區內、發見駛行甚速之汽車一輛、車中有不知姓名之乘客數人、向一日僑集居之街道開槍、即一日本平民中彈斃命、此事發生後、通至租界之各橋樑、一律杜絕交通達二小時以上、（路透社）

（上海二十二日電）今日有汽車一輛在上海日軍佔領區內開槍、以致形勢頓形緊張、公共租界各國駐軍、恐日方藉口滋事、已奉命出防、把守通至租界之各路口、蘇州河區亦佈置鐵絲、英國某毛織廠代表阿次、在租界邊線爲日本哨兵二次開鎗射擊、幸阿氏倖免於難、（路透社）

敵陷京時之慘聞
一伙夫由死屍堆裏負傷逃出
歷述經過慘狀聞者莫不動容

（漢口航訊）在江陰戰役時電雷學校中、有過重大的損失和壯烈的犧牲、這已經成爲歷史上的光榮的事蹟了。最近、我們又聽到一件可歌可泣的故事、該運要爲讀者告：

當我們很殘餘的人員退出江陰時、電雷學校的一隊伙伕、隨著大家、坐着一隻民船去了。因爲是在夜裏、江邊有水流的關係、這隻民船、竟得駛到下游、靠近敵人陣地、天亮被發到、趕忙折回、向上行駛到、那時候適山黃山、已經給敵人佔領去了。敵人據險岸砲台、不斷的向北岸轟擊、不幸得很、那隻船中了敵人一砲、船將沉下、裏面有伙伕新浩德一名、在冰凉的氣候中、游泳登上北岸、他很把一小舢、遇見敵艦隊長、由該隊長帶同赴京、仍在南京江防司令部服役。

十二月十二日那天、敵人圍攻首都吃急、江防司令部奉命撤退、該伙夫新浩德因爲不及上船、遂匿避防空壕內、敵人攻入首都、到處搜索、該伙夫被搜出了、由敵人捕往中山碼頭附近、不久、這裏聚集了二千多和他同命運的人、多數是老人小孩和壯年的老百姓。接著一個穿軍裝的敵軍官、向羣衆演說。他們聽不懂究竟說些什麼、忽然敵人一聲令下、叫大家走、他們祇得結隊走了、他們走在中間、兩旁有敵兵荷槍監視、到水西門、看見該處早有敵人架機關槍於兩旁、不一時、被令停止行進、監視兵散開、機關槍掃射起來了、可憐幾千無辜同胞、就此結束性命！

在槍彈聲裏、鮮血奔流的情況下、也有幾人、躺在死屍底下、不曾死去的、新浩德便是一個。敵人自掃射之後、據說有的人存在、又逐一檢視、並以刺刀到處亂戳。該伙夫因此身中三刀、一身流血淋淋、已入半昏迷狀態、故能受刀刺、仍未覺到痛苦。一小時後、敵兵退去、少數受傷未死者、纔起立潛行、該伙夫與其他受傷者二人、在坟堆旁略事休息、聞後其餘二人、因傷脫險而出、傷勢奇重、不能再走、該伙夫仍單獨出走、因恐敵兵窺見、晝伏夜行、經過兩月之奔門、幸脫出險境、始於最近到達漢口。一路所見男女屍首、到處皆是、慘死之狀、殊不忍睹述！

該伙夫爲國家服務、死裏餘生、遭受特異、聞者莫不動容。

（三月廿一日）

魯豫僞組織醞釀難產（下）
本報特派員志厚寄自鄭州

張海榮年僅二十七八歲、既無學識、尤無勇氣。不過因爲逃命大連多年、即以父仇爲名、早與倭鮮浪人勾結、陰蓄倒亂之志。此次中日戰鬧、彼遂受倭命而於平津召集其父舊部黨羽、成立僞軍、自稱軍長。濟南既陷、彼即率衆入魯、首先闖入爲國際奸、恰殺其父的殷紹成所居之鄉村、實行洗刧。殺其父者乃鄉一人、鄉已離鄉他徙、可說與其無仇、無隊之全村鄉民、竟遭屠殺殆盡、張逆蹂躪照滋至天矣。張逆居濟南、以其擁有數千烏合之衆、遂以自力派自居、平日無惡不爲、造孽滋多、今因爲省僞組織正在醞釀、彼更大肆活動、妄想高攝要津、惟倭敵以其年幼無能、并無充當之意。

殷同、向以畏日聞名於時、將活動定時、即奔走於中倭之間、曾一度得北寧路局長之職。彼在青島山東各地置有很多產業、多係借款於倭人、或代倭人負名管理。此次平津僞組織成立時、彼因受王逆克敏等排斥、致無優越地位。最近曾往返於東京上海間、利用其「日本通」之資格、代新民會等活動於華北或華中之首席傀儡、以期斬謀成功、則實所當求之山東一席、當無問題、惟至今亦尚無所成。

冷家驥爲北平總商會主席多年、平日以倭爲私以自與倭人頗多接近、此次北平僞組織特別出現時、冷亦爲委員之一、最近倭僞各商會部到平時、凡欲以勢搖接濟爲名而商地方爲紛之事、冷均代爲徵集、以圖謀得倭敵之歡心。至於商家的痛苦如何、他是昧着良心去裝傻、一般商家因爲他身後有倭作爲靠山、也只好敢怒而不敢言。這次山東僞組織尚未正式揭曉的時候、冷本人自命「有功之臣」冀求那些倭寇來提攜他、正式有一回有地盤的傀儡、故有冷任山東僞省長之呼聲。詎因敵軍在津浦線失利、遂使冷的官迷仍在鏡花水月中。

關於河南省的僞組織、敵人曾經一度趕製過。最初先以袁世凱之子袁克定來任該省僞組織傀儡、袁本係河南安陽人、解任在彰德北的袁家花園、（即袁世凱的安葬所在地）、那時所謂河南僞省府便也設在那裏、後來袁因故離去、便改由一個安陽秀才曾經充過幾任縣長的紳士擔任、該僞組織也只到安陽城裏。不過近來敵人在豫北所佔的地域只有三五縣、而各縣地方又多爲我們游擊隊所騷擾、對於這個傀儡似乎還沒有十分的需要、而該傀儡所能行使的職權、也不過在安陽一角而已。

另據由濟南逃出經過肥城、東平、汶上、鄆城、巨野、成武、曹縣、至柳河東隴海車到鄭州某君談：自濟南淪陷後、敵到濟南者、先後約三千人、大部駐于城北、以後敵之司令部設在商埠外高級中學、第一中學大門緊閉、由育英中學大門出入。敵軍姦淫搶掠、無所不爲、並强迫民衆於早七點懸五色旗及太陽旗。下午六點下旗、違者槍斃、並在各街口佈崗、檢查行人、形跡可疑者、即送交特務機關嚴辦。三月三日、在梓石橋外曾強捕八人、指爲偵探、即在橋下活埋。濟南各種紡織廠紗廠電燈公司電話公司、及其他大實業均被敵軍占領。又前商會會長辛鑄九苗杏村、均於事變前逃出。濟南報紙只有敵之濟南日報、及濟南晚報、敵所辦之新報、排斥危亂、民衆讀者極少。敵軍並令市民在各街市及遊藝場所、逃徙態度須積極表示親敵、因此、市民抗敵情緒、更爲強烈。

聞倭逆人還談到：馬良所組織僞山東省長公署設址、在南關佛山街後街省立濟南女師附屬小學內、馬於三日正式就職、並出席羅布分。首先下分政務、教育、實業、財政、並擬組道治分道、其行政事宜、須隨時稟示倭寇。可知山東僞組織雖如所傳勉強成立、漢奸馬良居然亦沐猴而冠、但因有惡奸張、緊殷同、冷家驥等的明爭暗鬥、不備傀儡亦無從順利串演、即傀儡戲台亦早已伏下倒塌的禍根了。

◆　◆　◆　◆

敵陷京時之慘聞

一伙夫由死屍堆裏負傷逃出　歷述經過慘狀聞者莫不動容

（漢口航訊）在江陰砲校的電雷學校中，有過重大的損失和壯烈的犧牲，這已譜成爲歷史上的重要的事蹟了。最近，我們又聽到一件可歌可泣的故事，茲摘要爲讀者告：

當我們倖餘的人員退出江陰時，雷電學校的一隊伙伕，隨着大家，坐着一隻民船去了。因爲是在夜裏，且還有水流的關係，這隻民船，竟會駛到下游靠，近敵人陣地，天亮發覺到，趕忙折回，向上內開，那時候蕭山黃山，已經給敵人佔領去了。敵人據南岸砲台，不斷的向北岸轟擊，不幸得很，那隻船中了敵人一砲，船將沉了，裏頭有伙伕靳浩德一名，在冰凍的氣候中，游泳登上北岸，徜徉起一小艦，過兄故照隊長，由艦隊長帶同赴京，仍在南京江防司令部服役。

十二月十二日那天，敵人猛攻首都甚急，江防司令部奉命撤退，該伙伕靳浩德因爲不及上船，遂躲避防空壕內，敵人攻入首都，到處搜索，該伙夫被搜出了，由敵人擄往中山碼頭附近，不久，這裏聚集了二千多和他同命運的人，多數是老人小孩和壯年的老百姓。接着一個穿軍裝的敵軍官，向着眾演說。他們聽不懂究竟說些什麼，忽然敵人一聲令下，叫大家走，他們祇得結隊走了，他們走在中間，兩旁有敵兵荷槍監視，到水西門，看見該處早有敵人架機關槍於兩旁，不一時，被令停止行進，監視兵散開，機關槍掃射起來了，可憐幾千無辜同胞，就此結束性命！

在積屍累累，鮮血奔流的情況下，也有幾人，躲在死屍底下，不曾死去的，靳浩德便是一個。敵人自掃射之後，猶恐有活人存在，又逐一檢視，並以刺刀到處亂戳。該伙夫因此身中三刀，一身流血淋淋，已入昏迷狀態，故雖受刀刺，仍未覺到痛苦。一小時後，敵兵退去，少數受傷未死者，纔起立潛行，該伙夫與其他受傷者二人，在坟場旁略事休息，嗣後其餘二人，腿臟脫險而出，傷勢奇重，不能再走，該伙夫仍單獨出走；因恐敵兵發見，晝伏夜行，經過兩月之苦鬥，幸脫出險境，始於最近到達漢口。一路所見男女屍首，到處皆是，慘死之狀，實不忍回述！

該伙夫爲國家服務，死裏餘生，遭受特異，聞者莫不動容。

（三月廿一日）

1938.3.26《南寧民國日報》 京寇劫擄搶殺慘無人道

南寧民國日報
中華民國二十七年三月二十六日 星期六 第三版

三三、要想收復失地，須人人去當兵，倒日本帝國主義，我們要生，就要打

九十二、要勇敢去服兵役的人，才是愛國好國民

英首相昨在下院發表宣言

說明英國外交政策

以維持和平爲基礎任何事物不足轉移

但並非不問情勢若何均避不作戰之謂

倫敦廿四日哈瓦斯電：首相張伯倫、本日午後在下院發表重要宣言云、英國外交政策、係以維持和平爲基礎、任何事物無足以轉移、此其所云、並非不問情勢若何、均當避不作戰、謂吾人在條約上負有某種義務、自因予以履行、此實無可置疑云、首相又以英國未能在法國從出保證、一俟德國侵犯捷克、法國實行法捷互助條約時、即以英國兵力出而應援云、

張伯倫重要言論

倫敦廿四日路透電：張伯倫廿四日下午三時十分、在下院發表關於英政府對歐洲事件政策之言論、……

及中班牙事件

兩議員相繼發言

法默許張氏措詞

準備作軍事行動

其極重要之關係

平津中外商民拒用僞鈔

中央社徐州廿二日電：平津僞準備銀行之紙幣、……

張伯倫訪英工黨領袖

協助政府加速戰時準備

召總工會各執委商完成擴充計劃

全英兵工廠已趕緊加造軍用飛機

孫科抵英

追悼王師長銘章等大會

昨已分別慰唁先烈家屬

王師長略歷

由京逃出之胡鴻鈞談

京寇劫掠搶殺慘無人道

外國使館亦被搶掠國際信用盡失

利用漢奸齊燮元在京組織偽中政府

美政治社會學會

邀我爲聯同志會派代表

出席參加下月舉行之國際問題會

川將王纘緒

定今日由漢口出發抗敵

英報著論評擊

倭在南京成立偽組織

美雜誌亦論我抗力強大

本月二十日內

華中寇機共毀六十一架

寇機師除受傷外共失六十九名

閩省倭寇被我游擊隊全數殲滅

古巴粵僑

募款購機

共四萬圓已匯粵

中央社廣州廿四日電：古巴中國使館轉粵僑募捐購機捐款四萬元、

粵定期舉行

擴大募債宣傳

收買各縣白銀

粵省府派員

國府命令

中央社重慶廿四日電：國府廿四日令：（一）閩省府委員孫家哲已辭、（二）任陳文烈爲閩省府委員、此令。（三）皖省府委員兼秘書長張紹棠、着免本兼各職、此令。（四）皖第二區行政督察專員蔣炎另有任用、蔣應免本職、此令。（五）派單壽喬爲皖第三區行政督察專員兼保安司令、此令。

中央社重慶廿五日電：國府廿五日令：（一）內部秘書……

由京逃出之胡鴻鈞談

京敵劫擄搶殺慘無人道

外國使館亦被搶掠國際信用盡失

利用漢奸齊燮元在京組華中政府

中央社徐州廿三日電：據前運輸司令部少校科員胡鴻鈞、十八日由京逃出到合肥報告稱 敵自佔入京以、劫擄搶殺 慘無人道 見敵最高司令部駐新街口交通銀行、其軍司令駐鐵道部、警備司令則駐三條巷、日本隨軍和尚約二百人、住朝天口 敵利用漢奸齊燮元、昨十五日在京組織華中政府 齊為僞主席、駐京敵兵約二師團、其江南主力之兵力什蕪湖、敵企圖對南攻守、對北取攻、以打通津浦線為急務、敵撤換松井原因、據傳有四、(一)軍紀廢弛、(二)自到京後無進展、(三)對國際不協調、(四)南北統帥意見不合、互聞敵強加二師團到蕪、一師團到浙贛線 敵在京戰車約有百輛 儲下關和記洋行內、砲彈與儲雨花台內最多、京附近工事 敵已修復并加強、敵入京後 即外國使館亦被搶掠、國際上大失信用云、

1938.4.30《抗敵報》 日寇在南京屠殺了我四萬兩千個同胞

抗敵報

晉察冀軍區抗敌报社出版

第三十六期

通訊処．五台石咀郵局轉

本报價目：零售：三分　每月：三角　二月：五角　四月：一元　半年：一元半　全年：三元　一律法幣（郵費在内）

日冦在南京屠殺了我 四万二千個同胞

是用刀用枪用毒瓦斯屠殺的 还把我大批同胞運回日本去

【苏联二十六日廣播】英國日日新闻报載：被日軍佔領區域，中國人災难情形，在南京附近調查之外人頃証实，有六县之農民，靠收獲牲畜而生活，但因日本的破坏，牲畜死亡百分之九十，灌溉工具亦被毁，日人燒毁了二十万副農具，將全屬用具，運回日本，製造武器，因此中國被日冦佔領地區之農業破産，農人又無耘子，現只有百分之十的農田可下耘，南京城在被日佔領前三日，即完全被破坏，成千成万的婦女，失去了他们的文夫，因她的文夫被日人搶决或屠殺，共計殺了有四万二千個和平居民，其中婦孺佔三分之一。許多人不知下落，一切工厰商店倒閉，日兵更用毒氣屠殺居民，甚至有把居民運回至日本，現南京市空虛，僅有三十万居民，但從前則為一百多万。

孩子们联合起來 向日本法西軍閥追索他们的父兄

⊙滹溪二十六日電：(一)日前敌机二架，在繁昌西北獅子山投下毒物数包，牲畜多被毒死，(二)敌在海寧西北新康，殺害民众千余人，陳尸江边，為状甚惨。

平津四郊义軍蜂起 毁敌汽油庫射击火車

⊙北平二十四日合众電：據訊，本月十四日，廊房之日机坊突然發生大火，汽油庫全部焚毁，日方認為此事為華軍游击隊所為，已將廊房警察局長槍斃，村民被捕者亦有若干人，現日机坊附近禁止通行。

▲香港二十六日電：津訊：津郊近仍有游击隊活躍，敌由東開來之軍用車，時遭袭击，二十五日晚，敌開專車一列，共掛有客車二輛，上有兵士若干人，由津向東張会莊開行，調查沿途情形，到中途遭我袭击，槍惶馳去，抵車站时，車上尚有弹皮。

⊙北平二十五日合众電：偽組織公安局人員称：北平四郊情形，異常混乱，毫無安全之可言，最近北平附近××两县之偽县長來平受訓，現已無法返任，因四郊之交通已被切断，現日軍均陸续南開，各方駐守之日軍，大為減少，以是各地民軍乘机活動云。

▲北平二十二日合众電：据可靠方面外人消息：在过去一星期中，膠濟路上每日被中國游击隊切断，聞中國义部二月間切断保定南之平漢路軌後，即向東移，最近在膠濟路活躍之部隊，或即為該軍。

我軍民非常勇敢 不但防禦且向敌進攻

——学生自動参加政权工作

⊙苏联二十七日廣播：現在中國人民及軍隊，是從前未有之勇敢，不但防禦，而且向敌進攻。▲苏联二十六日廣播：一切报

息：中國的人民，在國防最前线上斗争，許多学生，自動的参加政权工作，許多人經过軍事準備，為各部隊之指揮員。

【正阳关二十五日電】太湖北之敌，因被游击隊围困，將所有輜重槍砲，扔於水中，刻我軍迫進沿臨関，向南京進攻中。

全國臨時代表大会 決議組織國民参政会

▲汗口二十七日電：臨时全國代表大会，関於政治方面重要决議案，為組織國民参政会，企廣集思議，以利國策，并决定及推行其組織条例，國府已於本月十二日命令公佈，按照条例規定，其第三条甲項参政員候選人，应由各省市政府及各省市党部联席会議，按其本省市应有参政員之名額加倍，提出行政院，特於昨日通知各省市政府，推選候選人，俾國民参政会早日成立。

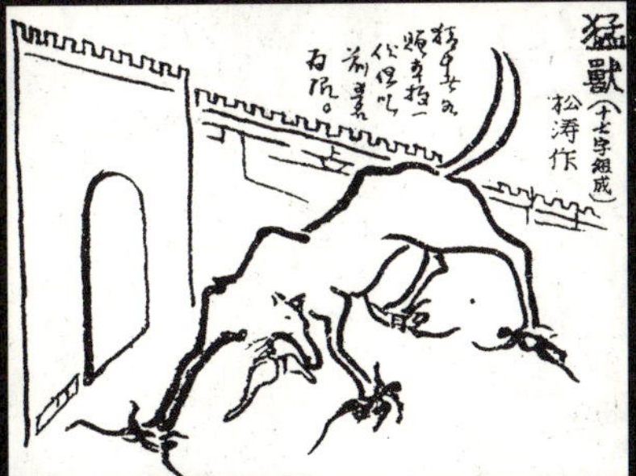

猛獸（十七字組成）　松涛作

汗奸被迫辞職 每名罰洋万元

▲上海二十七日電：汗奸数名，因不堪日方压迫，乃企圖辞戰，日当局將該汗奸等，每名罰洋万元，始准辞職。

中日战争開始来 日伤亡及俘擄达五十万

平均每天約伤亡二千一百人

【苏联二十七日廣播】德報載，日本自作战來，伤亡俘擄已达五十万人，現在平均每天伤亡有二千一百人，千百万的中國民众，積極抗战，中國游击隊更給日軍以重大打击。

▲苏联二十六日廣播：大美晚報訊：日軍在战争中遭受大損失，自四月一日至十七日，伤亡达二万五千之多。

【苏联二十六日廣播】英國日日新闻报載：被日軍佔領區域中國人災难情形，在南京附近調查之外人頃証实，有六县之農民，靠收獲牲畜而生活，但因日本的破坏，牲畜死亡百分之九十，灌溉工具亦被毁。日人燒毁了二十万副農具，將金屬用具，運回日本，製造武器，因此中國被日寇佔領地區之農業破産，農人又無耘子，現只有百分之十的農田可下耘，南京城在被日佔領前三日即完全被破坏，成千成万的婦女，失去了他们的丈夫，因她的丈夫被日人搶决或屠殺，共討殺了有四万二千伹和乎居民，其中婦濡佔三分之一，許多人不知下落。一切工厥商店倒闭，日兵更用毒氣屠殺居民。甚至有把居民運回至日本，現南京市空虛，僅有三十万居民，但從前則為一百多万。

◎淳溪二十六日電：(一)日前敌机二架，在繁昌

孩子们联合起来
向日本法西軍閥追索他们的父兄

日寇在南京屠殺了我

四万二千個同胞

是用刀用槍用毒瓦斯屠殺的

1938.5.30《申報》 南京九歲以上女子悉遭敵人蹂躪

李必蕃爲國犧牲 武漢各界昨追悼

何成濬代表蔣委員長致祭 周月郵報告李氏殉職經過

【本市消息】陸軍第××師師長李必蕃，此次在蘇魯殉難，共殲敵寇於廿四日通……武漢各界以李故師長爲國犧牲，特於昨日上午十時在市商會大禮堂舉行追悼大會，到各長官計有武漢行營主任何成濬，監察院院長于右任，內政部部長何鍵，中央委員邵力子，政治部副部長黃琪翔，武漢警備司令郭懺，政治部第三廳長郭沫若等及各機關高級長官各民衆團體學校代表三千餘人，由何主任主祭，各領袖長官陪祭……

毛那今日離漢

漢市新聞界舉行茶會招待 望發動歐美同情予我援助

赫爾發表聲明 重申美國政策

非戰公約仍繼續有效 請歐洲各國加以注意

英報論敵閣改組 係自認弱點

我軍在徐州突圍 爲世界重要戰史

敵火藥庫忽然爆炸

國際宣傳會昨招待記者

毛那報告歐局

創高空紀錄

籌資救護難民

晉敵擊斃英僑

英傳教士在青受辱 敵對抗議迄不答復

僞軍長王金庭被敵槍決

德報建議

英德應成立諒解

德義簽訂經濟協定

軍會通令整飭軍紀

勞軍公演

定今明日舉行

南京九歲以上女子 悉遭敵人蹂躪

某君昨脫險來漢談話

虐殺傷兵

殘殺難民

強姦婦女

焚燒搶掠

僞組織掩飾

昨日足球募捐賽 結果成和局

售得票款三百餘元

羅馬尼亞公使訪晤法外長

美對造新艦仍堅持噸位

鄒魯離桂赴粵

蘇州敵軍譁變

敵化發透入租界

徐誦明等到漢

改進各校軍訓

政治部規劃

編練鄂監犯

改良鄂省茶業

辦抵押貸款

後年世運會

敵政友會

游擊隊（一一九）

（八）被圍之夜

恨水

南京九歲以上女子

悉遭敵人蹂躪

某君昨脫險來漢談話

【本市消息】昨有某君自南京脫險繞道來漢，談及倭敵自侵入首都以來，其對我軍民之種種殘殺，淫掠行為，可謂窮兇極惡，慘絕人寰。其中一鱗半爪，或已見報載，惟本篇內容為某君在京所親見親聞者，用錄述於後。

虐殺傷兵

倭敵自去年十二月十二日攻入南京後，即每日派敵兵分赴全市各地，搜捕我軍官士兵，並下令凡捕獲排長一名獎五十元，連長二百元，營長五百元，團長以上則賞以重金。計每日失蹤及被捕者百數十人，凡曾隨軍裝頭髮之青年，幾無一倖免。其被捕獲者則盡押送軍政部內之敵軍司令部，部內有一廣大之草場，敵兵預製木十字架百數十具，遍插場內，凡被捕獲之我軍軍官士兵，悉被褫去衣服，釘懸架上，然後派敵兵持長槍站在相當距離，試射三槍，不死者，即復以刺刀任刺，或亂刺至死。又外交部或軍政部內，共有傷兵二千餘人，全部被殺，下關亦有傷兵數千人，被倭敵以機槍射殺，幾無一倖免，此種殘酷手段，實為世所未聞。

殘殺難民

倭敵入城後，即四處搜捕壯丁，用繩綑縛十人為一串，牽入空地盡褫衣服，先鞭至皮肉俱裂，血花四射，然後以刺刀亂刺，以為笑樂。漢西門外某沙洲，有難民五六千人，被倭敵用繩綑縛，以火油燒焚之，悉成焦炭。市內壯丁傷兵屠殺淨盡後，於是復將難民區內之壯丁，亦悉捕去，悉被倭敵綑綁上車，押送至玄武湖莫愁湖等地，迫令行入湖中，俟行至湖心時，即以機關槍射掃，無一倖免者。十二月廿三日，敵軍復用大號卡車數十輛，載難民數千，至郊外掘坑，掘就，即以繩綑縛，迫令下坑，以刺刀亂刺至半死，即以泥土活埋之。計自去年十二月十三日起，至今年二月底，離南京時止，駐京同胞之被慘殺者，不下十萬人。

強姦婦女

倭寇入城後，軍裝未卸，即闖入居民商戶，搜捕婦女，凡九歲以上，四十五歲以下之婦女，悉被輪姦，水西門外某家婦，有女三人，長女十八歲，次女十三歲，少女九歲，均被輪姦，少女當場死去，長次女亦不省人事。某日，獸兵入一民家，遇一少女，強令脫去衣服，迫其父母各持一足，然後輪流強姦，繼復強令其父脫去衣服，迫與其女交媾，父不允，獸兵則以刺刀向其父臂部猛刺，父女同時斃命，一般少女，因身體尚未發育，不能滿足倭敵獸慾，則先以手撕破下部，然後輪姦，成年婦女輪姦後，多以刺刀向下部亂刺致死。又一孕婦，已懷孕數月，被獸兵輪姦，流血不止，卒致殞命。又獸兵常在各處擄婦，隨地強姦，一日，某國領事目睹獸兵三人輪姦一女子，即上前勸阻，獸兵即拳打其頰，並持槍向之恐嚇，某領事不得已，忍辱他去，又獸兵欲強姦某醫院看護，某國醫生向前交涉，竟被刺傷頭部，市區婦女強姦已盡，則又轉向難民區搜捕，總之，南京婦女，自九歲以上，四十五歲以下，倘被捕獲，幾無一倖免。其年輕貌美者，或被敵官兵據為已有，恣意姦淫，或被迫充當隨軍公娼，種種慘狀，罄竹難書。

焚燒搶掠

南京自建都後，十餘年來辛苦經營之建築物，除被敵兵及偽自治會或漢奸等佔據外，其餘悉被焚燬，商店民房焚燬過半，敵將市內公私物品，悉數劫去外，一切鋼鐵器物，亦悉數運回日本。又南京本存米糧甚多，敵軍入城後，即將米糧全部搶去，運充津浦沿綫軍糧，復不許國際慈善團體運米救濟難民，因此難民不遭屠殺，亦遭餓死。

偽圖掩飾

倭寇在南京種種殘暴情形傳出後，世界各國，輿論譁然。駐京倭敵為掩世人耳目計，乃挑選孑遺難民老弱百餘人，排列一處，並派醫生看護站立兩旁，共拍照片，分送各國宣傳，其手段之卑劣狡詐，殊堪髮指。

1938.5.30《新華日報》 南京同胞慘遭敵蹂躪

隴海線血戰益烈 蘭封以東又殲頑敵

敵陸空猛犯商邱我移新陣地 曲興集一帶殘敵我正聚殲中

（中央社鄭州廿九日電）隴海路東段戰事、廿九日益緊張、蘭封以東十餘里之東岡頭、廿八日晚發現敵軍千餘、向西開動、擬再進犯蘭封、我軍當即迎頭痛擊、戰至廿九日晨、將敵包圍、混戰數小時、斃敵四五百、敵不支、突圍逃竄、我軍乘勢追擊、燬敵戰車四輛、鹵獲五輛、輕機槍十九挺、步槍二百餘支、及其他軍用品甚多、商邱東南數十里柳林集、廿八日晚竄來敵軍數百、商邱以東馬牧集、廿八日被敵侵據後、二十九日晨、突有敵軍數千猛犯商邱、我軍奮勇應戰、敵屢次衝鋒、均被我擊退、敵不得逞、乃以密集砲火、向商邱轟擊、共千餘發、城垣盡燬、我軍乃轉移新陣地。

（中央社鄭州廿九電）開封蘭封間鐵路以北、黃河以南之敵軍約萬人、連日被我襲擊、截至廿九日晚、已被我殲滅三四千、大小王莊、馬莊、陳留口各據點、往返爭奪、屢失屢得、廿八日晚、敵軍又向以上各地猛攻、激戰一晝夜、我正進行殲滅計劃、該部敵軍、連日與我激戰、疲憊不堪、盤據黃河北岸貫台之敵約二千餘、曾數次偷渡、企圖接應南岸敵軍、均被我擊退、現南岸敵軍、接濟困難、恐被殲滅、曾有一部偷渡北岸逃竄、經我發現後、已由我軍積極攻擊、俾早日將敵殲滅。

（中央社開封廿九日電）歸德附近之敵約二千餘、連日向我攻擊甚烈、歸德以西寧陵之東亦發現敵騎兵一部、我軍陷於腹背受敵、因戰略關係、於昨（廿八）晚自動移至新陣地、歸德西北民權、單縣、曹縣、城武等處、仍在我軍固守中。

（中央社曹縣二十八日電）商邱附近廿七日早起敵我發生爭奪戰、敵機竟日飛上空狂炸、另以輕汽球指揮砲兵射擊、隆隆之聲晝夜不絕、尤以廿八日早爲烈、現敵一部在鐵路南面向西南進動、有窺擾寧陵企圖、與我軍對峙中。

魯西戰局漸趨穩定 三義砦夾河灘收復

（中央社鄭州廿九日電）前方戰事廿九日仍甚激烈、魯西鉅野單縣城武定陶附近之敵、連日被我軍進勦、並配游擊隊截擊、敵傷亡頗重、均已向北逃竄、現鉅野單縣城武定陶附近已無敵蹤、荷澤被我克復後、兵力加強、秩序完全恢復、魯西戰局逐漸穩定、隴海沿線僅有小股敵乘機竄擾、已不足爲患、我克復蘭封後、乘勝追擊北竄之敵、三義砦廿八日被我包圍、竟日激戰、我軍廿九日下午、衝入寨內、與敵肉搏甚烈、聞我軍已將該砦克復、三義砦西北夾河灘、爲楊圪當、至陳留口要道、廿九日亦被我軍收復、同時三義砦以北蘭封口等、被我軍數度猛衝、擊斃頗多、殘敵不支、狼狽竄退、該口乃復歸我有、現蔡樓砦三義砦楊圪當夾河灘蘭封口我軍、已取得密切聯絡、正依據各點、向敵分頭進擊中、蘭封至開封已無敵蹤、某軍由永城以北□□向北挺進、廿八日午抵□□□與亂竄之敵遭遇、敵步工兵約四百餘人、附戰車十餘輛、砲十餘門、我當側擊及一翼包圍之戰略、向敵猛衝、混戰數小時、敵四散逃竄、被擊斃甚多。

（中央社開封廿九日電）我軍克復蘭封後、昨（二十八）日午前六時、經將蘭封以西羅王車站羅王砦、相繼收復、盤據三義砦、曲興集、青龍鋪一帶之敵土肥原殘部、昨（廿八）晚以全力向我反攻、企圖突圍逃竄、三義砦之敵并縱火焚燒村砦、向陳留口、大小王莊等處反攻甚烈、我軍現正繼續向敵圍攻聚殲中、貫台敵增至兩千、被我堵截、未得南犯。

（中央社曹縣二十八日電）我克復蘭封後、殘敵紛紛向北潰退、我預伏紅廟一帶地區之張支隊、以勇猛姿態迎往截擊、與敵大戰於蘭封口附近、頗有斬獲、現黃河北貫台附近之敵、聯絡線已確實被我切斷、南岸殘敵在我包圍攻擊中、據棄垣死守、彈藥糧秣已無法補給、預料日內即可全部就殲。

我大殲大蜀山敵軍 敵侵亳縣正對戰中

（中央社六安二十九日電）我軍現反攻合肥、戰事頗爲激烈、我先頭部隊、已進展至十八大井及大蜀山麓、我紅槍會××人、及我××團、亦加入前線作戰、士氣極爲旺盛、故即開始激戰、午前十時許、我軍由大蜀山西面進攻、敵之大部爲我殲滅、奪獲甚夥、刻尚未能查明、又盤踞合肥大蜀山之敵、自廿八日下午、即開始陸續增援、迫至今日、已達二千人、附砲八門、今日拂曉、有向我陣地進攻模樣、我軍早有準備。

（中央社六安廿九日電）廿九日大蜀山之役、敵二千餘、傷亡殆盡、且有敵二百餘人、被我俘獲、現此報俘虜、已運至後方、我軍對之甚爲優待。

（中央社開封廿九日電）亳縣西南張公廟發現敵四五百、亳縣東北大士集有敵約二三千、亳縣渦陽間之義門集、有敵一部、亳縣歸德間之柳林集亦有敵千餘、廿八日上午敵約有四五千、向亳縣攻擊甚烈、亳縣仍在我固守、我正增援反攻、渦陽方面、[illegible]營有敵約二千與我對戰中。

（中央社鄭州二十九日電）安陽敵特務機關長窦合、於廿日將僞皇協軍第三軍軍長王金庭誘捕後、於廿一日即以勒索詐欺等罪、將王槍決。

（中央社六安二十九日電）今晨八時許敵機一架、即由東侵入本城上空、旋在西郊草市街一帶投彈數枚、傷我平民六人、并焚燬草房十餘間、即仍向東逸去。

（中央社北平二十八日合衆電）敵發言人今日承認蘭封已於前（廿七）日清晨被我軍奪回、敵軍同時由蘭封附近村落退却、土肥原師現奉命死守原陣地、以待歸德方面之敵軍西上赴援。

（中央社洛陽廿八日電）孟縣之敵、經我軍攻擊、向東北潰退、我追擊部隊已到沁陽附近、[illegible]掩護孟縣敵退却、與對戰沁陽敵千餘、廿八日向溫縣前進、與我軍在沁陽東南之史村一帶[illegible]、[illegible]仍有敵八九百、

（中央社鄭州廿八日電）殘敵由孟縣向北逃竄、行至谷旦鎮附近、復被我包圍痛擊、敵主力已被我擊潰、除一部突圍北竄外、一部三百餘人、仍被我包圍殲滅中。

敵機投彈

（中央社翁源二十九日電）此間今日上午十一時十分發出緊急警報、當有敵機九架、由南飛來、低飛偵察甚久、始向原路逸去、未投彈、（按翁源在粵北與江西毗鄰、距英德約百華里。）

（中央社金華二十九日電）敵機一架、於二十九上午八時竄入甯波、在河東橫街投彈四枚、燬民房七間、死無辜民衆十三人、傷十六人。

（中央社金華二十九日電）二十九日晨八時卅分、敵機一架、竄入蘭谿上空、在城內投彈五枚、毀民房五間、死平民一人、重傷三人、輕傷四人、餘無損失。

（中央社金華二十九日電）敵機一架、今晨八時許侵入臨浦上空投彈四枚、死我無辜平民三十餘、毀屋多間、又九時許敵機二架、向我錢江南岸陣地投彈[illegible]枚、毀屋五間、死一人傷一人。

戴院長赴西康

（中央社成都二十九日電）戴院長傳賢、廿八日遊灌縣都江堰返蓉、廿九日上午九時乘汽車赴雅、轉康、代表中央致祭班禪、同行者有考試院祕書長許崇灝、隨行祕書參議向傳義、暨西陲宣化使署祕書長劉家駒、軍務處長馬友仁丁傑活佛、暨侍衛等一行卅餘人、軍政首長、均到武侯祠歡送。

敵在廈門嚴查戶口

（中央社福州卅日電）廈門自爲敵盤據後、嚴查戶口增減、多則殘殺、少則搜捕、懸賞拿獲抗日份子一人者、賞百元、並陸續由台灣運廈杉木板、及鋼筋等材料甚多、

南京同胞慘遭敵蹂躪 受傷官兵盡遭屠殺 老幼婦女幾全被[illegible]

（中央社訊）昨有某君自南京脫險繞道來漢、談及倭敵自侵入首都以來、其對我軍民之種種殘殺、淫掠行爲、可謂窮兇極惡、慘絕人寰、茲照某君在京所親見親聞者、分述于後、（一）虐殺傷兵、倭敵自去年十二月十二日攻入南京後、即每日派獸兵分赴全市各地、搜捕我軍軍官士兵、並下令凡捕獲排長一名獎五十元、連長二百元、營長五百元、團長以上則賞以重金、凡蓄陸軍裝頭髮之青年、計每日失踪及被捕者百數十人、幾無一倖免、其被捕獲者則盡押送軍政部內之敵軍司令部、部內有一廣大之草場、敵兵預製木十字架百數十具、遍插場內、凡被捕獲之我軍軍官士兵、悉被褫去衣服、勒綁架上、然後派敵兵持長槍站在相當距離、試射三槍、不死者則復以刺刀猛刺、或亂割至死、又外交部或軍政部內、共有傷兵二千餘人、全部被殺、下關亦有傷兵數千人、被倭敵機槍射殺、幾無一倖免、此種殘酷手段、實爲世所未聞、（二）殘殺難民、倭敵入城後、即四處搜捕壯丁、用繩綑縛十人爲一串、牽入空地、盡褫衣服、先從至皮肉俱裂、血花四射、然後以刺刀亂刺、以爲美樂、水西門外某沙洲、有難民五六千人、被倭敵用繩綑縛、以火油燒焚之、悉成焦炭、市內壯丁傷兵屠殺淨盡後、於是轉而屠殺難民區內之壯丁、難民區內壯丁、悉被倭敵綑綁上車、押送玄武湖莫愁湖等地、迨行至湖心時、即以機槍掃射、無一倖免者、十二月廿二日、敵軍用大號卡車數十[illegible]、裝難民數千、至郊外掘壕、掘就、即以繩綑縛、迫令下壕、以刺刀亂刺至半死、即以泥土活埋之、計自去年十二月十三日起、至今年三月底離南京時止、留京同胞之被慘殺者不下十萬人、（三）強姦婦女、倭寇入城後、軍裝未卸、即亂撞入居民商民、搜捕婦女、凡九歲以上、四十五歲以下之婦女、悉被輪姦、水西門外某寡婦、有女三人、長十八歲、次女十三歲、少女九歲、均被輪姦、少女當場死去、長次女亦不省人事、某日獸兵入一民家、逼一少女強令脫去衣服、迫其父母各持一足、然後輪流強姦、繼復强令其父脫衣服、迫與其女交媾、父不允、獸兵則以刺刀向其父臀部猛刺、父女同時斃命、一般少女、因身體尚未發育、不能滿足倭敵獸慾、先則以手撕破某部、然後輪姦、成年婦女輪姦後、多以刺刀向某部亂刺致死、又一孕婦、已懷孕數月、被獸兵輪姦、流血不止、卒致殞命、又獸兵常在各處廣場、隨地强姦、一日、某國領事目擊獸敵兵三人輪姦一女子、上前婉勸、獸兵即以掌批其頰、並持槍向之恐嚇、某領事不得已、忍辱他去、又獸兵欲强姦某醫院看護、某國醫生向前交涉、竟被刺傷頭部、市區婦女强姦已盡、則又轉向難民區搜捕、總之、南京婦女、其年輕貌美者、或被敵官兵據爲己有、姿意姦淫、或被迫充當隨軍公娼、種種慘狀、罄竹難書、（四）焚燒搶掠、南京自建都後、十餘年來辛苦經營之建築物、除被敵兵及僞自治會、或漢奸等佔據外、其餘悉被焚燬、商店民居焚燬過半、除將市內公私物品、悉數刼去外、一切鋼鐵器物、亦悉數運回日本、又南京本存米糧甚多、敵軍入城後、即將米糧全部搶去、運充津浦沿線軍糧、復不許國際慈善委員會運米救濟難民、因此難民不遭屠殺、亦遭餓死、（五）僞隱掩飾、倭寇在南京種種殘暴情形傳出後、世界各國、與論譁然、據京倭敵爲掩世人耳目計、因挑選子遺難民老弱百餘人、排列一處、並派醫生看護站立兩旁、共拍照片、分送各國宣傳、其手段之卑劣狡詐、殊堪髮指。

江南戰場 滬西形勢緊張 敵强渡石硊鎮未逞

（中央社香港廿九日電）滬訊、滬西形勢仍緊張、虹橋路大西路一帶、由敵軍封鎖、迄無開放消息、廿八日戒嚴、敵軍用車下[illegible]、在越界各馬路遠巡、稍有嫌疑、即遭逮捕、晨五時許、有敵機十餘架、在滬西偵察、蘇州河廿八日全日封鎖、來往船隻、概禁于北新涇、達千餘隻、滬西華漕鎮北新涇虞姬墩等處、我游擊隊潛伏夜出、每晚步槍聲密如聯珠、租界內亦清晰可聞。

（中央社香港廿九日電）近有人自滬來、談及最近敵軍窘狀、茲摘錄數項如下、（一）四月廿七日蘇州敵軍二千餘名譁變、已有二百餘名被捕解滬、（二）連日敵軍由南市一帶化裝逃入租界者、爲數達四百餘名之多、敵方正在急謀搜索中、（三）敵軍當局因敵軍反戰空氣濃厚、甚感恐慌、特派大員十餘人分赴各地勞軍爲名、藉以視察前線部隊、即將表示反戰之部隊、予以嚴密監視、並設法調至後方整訓、駐黃渡之福島部隊、南翔之清水部隊、共約五百餘名、聞已調往滬南及漕河涇曹家渡時、潛逃達廿七人之多、又清水部隊有福島少尉一名、向寓居之華人痛哭失聲、（四）駐崐山之山本部隊、本已奉命調滬郊、防我游擊隊、因恐懼戰爭、派員運動免調、至今尚未開拔、足見敵軍軍紀蕩然。

（中央社屯溪廿八日電）廿五日拂曉敵三百餘犯石硊鎮、逼近江岸、欲强渡、我守軍以一部側擊、一部正攻、敵不支潰退、廿六日晨大通僅留泊敵艦二艘、餘下駛、泊荻港艦者亦下駛。

（中央社金華廿九日電）盤據杭州南星橋閘口之敵、今晨上午九時、以機槍向我南岸掃射、達半小時、我防軍沉着應付、未予還擊。

晉綏方面 晉南我軍進圍臨汾

我游擊隊進襲歸托公路之敵 侯馬一帶旬日來斃敵三千餘

（中央社陝州二十七日電）我軍自收復蒲縣襄陵後、即分別派遣部隊進圍臨汾、昨日我軍某部已進至距臨汾卅里之上[illegible]一帶、敵極爲恐慌。

（中央社陝州廿八日電）（一）風陵渡之敵、自受我西南兩岸[illegible]、東北兩面夾攻、軍需斷絕、彈藥缺乏、勢力孤單、無法掙扎、乃於廿七日晚突圍向北潰竄至趙村楊鎮、現風陵渡小里歷山焦蘆獨頭一帶已無敵蹤、我南岸部隊、大批渡河跟追、與某部取得密切聯絡、予以夾擊、該殘敵殲滅、即在指顧間、（二）永濟之敵廿八日上午[illegible]、經解縣向東疾駛、該敵有集中於運城模樣、（三）我軍某部在[illegible]敵信一件、謂晉南之敵、自六月一日起、向五台方面全部向北撤退。

（中央社西安二十六日電）侯馬曲沃鐵路[illegible]之敵、仍在我猛烈圍攻中、我軍並堅守史村蒙城等處、阻敵南援、自收復平陸後、我[illegible]正向運城攻擊、另一部克復吳王渡、進攻永濟、連日由永濟運城北竄步騎砲聯合之敵約千餘、在安邑東北張良村附近被我截擊、受創頗重、一部竄抵聞喜近郊、我軍正圍殲中、一旬來斃敵三千餘、奪獲甚多。

（中央社潼關二十八日電）永濟附近各村之敵、連日集中城郊、二十六日夜抽調二百餘名、向我大水峪口（縣城東南六七里）我陣地進攻、我官兵沉着應戰、激戰達六七小時之久、敵不支、仍退入城內、是役敵傷亡七十餘人、我亦傷二十餘人。

（中央社臨縣二十七日電）敵軍一部向中陽增援、於廿五日抵金羅莊、我軍當予迎頭痛擊、敵不支、一部北退、一部退一家村、我軍某團乘隙復向該敵夜襲、極爲得手、敵計窮力盡、竟向我軍施放催淚彈數枚、一面用煙幕掩護向北逃竄、是役斃敵極夥、我士兵中毒者亦多、但無傷亡。

（中央社臨縣廿七日電）敵步騎約兩千餘、附山砲十餘門、坦克車三輛、汽車十餘輛、於廿五日午後、由山陰城分途出發、進攻我駐何莊及西安峪等地部隊、我軍當即奮起應戰、戰況十分激烈、約三小時許、我軍轉進至分水嶺、繞道前進、予敵重創、是役計斃敵百餘人、我亦傷亡三十餘人、西安峪一帶村莊多被敵人焚燬。

（中央社西安廿九日下午八時電）盤據永濟之敵、自經我大軍包圍、斷其聯絡接濟、連日極度惶恐、將風陵渡趙村等處之敵兵、均向縣城集中、我軍攻擊益激、廿八日夜突圍向東北方面逃竄、我軍除跟蹤追擊外、一面令游擊隊部於廿九日午十二時、向城內挺進、我軍隨後繼進、當於正午將縣城收復、風陵渡趙村匿河鎮等處、亦次第收復、永濟爲敵人侵犯晉西之重要據點、自三月初旬、陷落敵手、即南與風陵渡敵、北與河津之敵爲犄角之勢、我蒲關一帶、及郃邑大荔等處、時受敵之威脅、自五月初旬、我軍渡河出擊以來、即以掃蕩永濟等處敵人爲計劃中之一端、苦戰將及一月、卒於今日收復、實此次出擊以來之重要收獲也、城內我民衆、受敵蹂躪、已將三月、今重見青天白日旗飄揚天空、無不歡喜若狂、河西岸人民、於正午亦登高遠望我國徽在永濟城上凌空招展。

永濟禹門均告克復

（中央社平陸廿九日電）我門[illegible]師一部、廿七日向晉西禹門口之敵進攻、交綏未久、敵不支向河津潰退、我軍奪獲槍枝軍衣等物甚多、當即克復、晉陝渡口在我控制下者、又多一處。

（中央社平陸廿九日電）同蒲南段、侯馬之敵、被我圍困多日、勢將力竭、近雖略有增加、但仍在我包圍圈內、我軍刻正加緊圍攻中。

（中央社西安二十九日電）臨汾至曲沃鐵道約卅里、經我軍日昨加以徹底破壞、決非短期內可修復、故敵在臨汾以南交通、將遭莫大困難、臨汾之敵、並于廿八日遭我部襲擊、激戰結果、敵死傷四百餘人、我方損失甚微。

（中央社西安二十九日電）（一）我某游擊部隊、於廿五日進至歸（綏）托（克托）公路、兩度向敵進攻、擊燬汽車兩輛、擊斃僞托縣公署顧問日人木加神原香史郎及倭寇漢奸十餘名、獲文件械彈甚多、（二）敵僞混合部隊五百餘、砲四門、由平魯西犯、於廿八日已在距平魯西北三十餘里之敗虎堡、與我某軍某部接觸、現仍在激戰中。

敵機瘋狂轟炸中 余主任呼籲粵民奮起

刀劍木石皆可成爲自衛武器 敵機四十餘架今日又炸廣州

（中央社廣州廿九日電）余漢謀主任今午在[illegible]中延見本社記者、對敵機連日濫炸粵市、發表談話、余氏首先指出敵日來濫炸商店民房、慘殺非武裝平民逾千、尤以婦孺爲衆之獸行、不特絕無影響我之抗戰決心、且適足增國人之憤恨、余氏表示對被難同胞、極爲痛念、除[illegible]法善爲救護外、並希望三千多萬省同胞一致奮起、與暴敵作殊死鬥、有槍出槍、無槍者即刀劍木石、甚至禾鐮鐵棍、亦應作爲殺敵自衛之利器、決盡量[illegible]一般民衆與軍隊切實合作、以[illegible]入[illegible]盡賊之暴行。

（中央社廣州廿九日電）敵機三十七架、今上下午兩次結隊竄擾、繼續發揮其獸性、再度犯粵垣、首次向市中心區人煙稠密處、錦樓街正南路獅子橋倉車路仁生里日[illegible]賢路、思思中學、新豐街市民臨時避難所、市西金沙西村直興明里逢源西街、黃沙、平民宿舍、河南瑞及劉王殿等處、投彈數十枚、黃沙西村直街等處、當即燃燒、火焰飛騰、直冲天際、救護消防人員、紛紛出動搶救、至十一時五十分、始告解除、未幾、敵機又聯隊來襲、繼向西方各地投十餘彈、損失情形在調查中。

（中央社廣州廿九日路透電）昨日敵機轟炸市區之結果、截至現在止、已查明者爲死者六百人、傷者九人、調查完畢後、死傷之總數恐尚不止此、黃沙車站已全毀、車站內落卅彈、房屋被毀者四百棟、該處之死傷最多、慘不忍睹、中山紀念堂附近落數彈、毀屋四十棟、紀念堂內亦有損失、大致約二萬元左右、據中國方面消息、敵機不久將再度施虐。

山東游擊隊活動剪影

戈矛

一 「逼上梁山」

山東，這個略像形的牛島、將它倔强的頭顱伸入東面大海，因此有青島煙台兩個很好的海港；泰山山脈和勞山諸峯綿亘其上，黃河貫流西北，津浦和膠濟成了一架十字形的便利的鐵路交通線、這里有豐富的礦產，棉花，小麥，水菓，五穀雜糧，敵人數十年來早已垂涎染指，自從去年十二月二十七日韓復榘對敵人「不戰而退」以後，這座大好河山，便瞬間大部變色，淪於敵手了！

然而，山東是不是完全就此成了敵人的呢？不是的。

這里正有廣大的中國人民在和日本法西斯强盜戰鬪着，他們終日使得敵人精疲力竭，忙於應付，這便是廣大游擊活動的開展。關於晉冀察綏邊區游擊戰鬥的實況，與積極活動發展的動態、本報時有詳盡通訊報道，大家已經知道得很多，但是對於山東游擊活動發展的動態，却知道的人，恐怕還不多吧，現在，就讓我簡略的追述一下吧。

當山東大部分土地剛剛淪於敵手的時候，姦淫擄掠，燒殺强暴，無惡不作，因而激起當地民衆的憤怒和反抗！官吏，紳士，民衆，紅槍會，學生，土匪，便造成了他們的堅固地統一戰線，隨處襲擊敵人，擾亂敵人。山東的民性素以强悍著稱，在歷史上它是產生「綠林豪傑」的有名的地方。現在敵人使他們家破[illegible]散，老弱死於溝壑，沒有吃，沒有住，人不堪其苦，一步步被迫「逼上梁山」——於是，在這里便展開了一部血肉鬥爭的史詩！

二 粉碎了敵人在魯西北的進攻

去年當敵人開始從河北省沿津浦路南進，突破德州，攻入禹城恩縣等地，便很快地侵入了高唐，夏津，堂邑，博平，范縣，朝城，莘縣等魯西北地區。於是，隨着敵人進攻的加緊，廣大地游擊戰爭也迅速地展開了。

魯西北在山東第六區專員范先生領導之下，以聊城作爲據點，即開始在津浦路以西，黃河以北，范縣，朝城，極陽穀，壽張，博平，冠縣，濮縣，觀城等十二縣，積極發展游擊戰，起初以很少的人數，一直發展到萬餘人，他們一共有□□□個支隊，多半由民團，保安隊改編而成，後來又改編了一部分覺悟的土匪。他們很重視軍隊的政治教育，所以還沒還有一些是平津流亡學生，便經常地作着教育士兵的工作。新的隊伍應當有新的風格的軍事紀律，不擾民，不害民，軍隊和民衆變成親密的一家人，這點他們已經做到了。

除了這些隊伍以外，他們在魯西北還組織了十數個游擊營，人數在五千以上，多半是窮村壯丁，這正是一種强有力地游擊後備隊的組織。游擊營是在應急時，作爲補充力量或增援部隊的後備隊，非必要時不輕易調用，每個隊員在他沒有參加作戰以前，仍然從事耕作，不必脫離生產。在這里廢除了一切苛捐雜稅，遵照國家法令、實行對人民生活的改善，而凡在政治機構上也力求其簡單化，裁去冗員，節省開支，以求減輕人民負担。魯西近年來因黃河水，災一般人民生活均極荒窮貧苦，經敵人蹂躪，益形寒苦了。爲了使每個貧民在戰時不至於沒飯吃，在魯西北游擊區便普遍的成立了農民互助會。因爲在這一區域，能夠切實做到軍民合作，所以有許多地主富農，爲了抗日，情願自動地捐糧給游擊隊，然而游擊隊便將這份糧食，一半交農民互助會分散給貧苦的老百姓，由此一般民衆對他們的信仰，更加提高了。農民互助會是窮人的組織，會員有貧農，細農，半自耕農，自耕農，地主富農是不加入的。

至於民衆組織，這里有婦女救國會，兒童團等等，婦女救國會的成份，百分之九十是不識字的農婦，她們能夠做的事情，是紡棉花，織布，替游擊隊做鞋襪，衣服，但是她們的勞動並不是沒有代價的，做一件衣服，一雙鞋，游擊隊一定要把錢給她們，因此大部分的婦女生活問題，也就得以解決了；並且還可以更進一步的鼓勵她們多事生產，發展戰時農村手工業。倘使說起加緊戰時生產事業來，實在異常重要啊！

魯西北的游擊隊自成立以來，已經好幾個月了，他們大大小小的經過了數十次的戰鬥，敵人曾合力向他們有三次的大進攻，二月初旬敵人從臨清館陶分兵二路，企圖在柳林殲滅他們，以便進攻聊城，在魯西北建立起僞政權來。但他們却堅强的把敵人的圍攻粉碎了，而且有十幾個縣城，當初都曾以血的代價，一個個從敵人手裏奪取過來，變作自己的土地，他們一直到現在還在那裏走來走去，像沒攔阻地虎穴一樣。三月十日前後，敵軍三百餘人，曾在南館陶去大名的公路左近，與我游擊隊發生激戰，當時敵人是由大名直撲館陶，我游擊隊即埋伏起來，正面有紅槍會[illegible]餘人，手挺紅纓槍，赤膊奮勇迎擊，敵隨以機槍猛烈掃射，我紅槍會當時頗有傷亡，接着我游擊隊乃從兩翼夾擊，奮迅挺戰，立斃敵百餘，敵不支，復退向大名。在這一次勝利的戰鬥裏，繳獲敵人重炮二門，機槍四挺，步槍百餘支。三月底敵軍四千餘名復由大名分路進犯，一路襲擊濮縣，一路圍攻范縣，當由我[illegible]兩支隊約[illegible]餘人，在范縣襲擊，卒將敵擊潰，收復范縣後直下濮縣，敵三百餘困縣城，悉被殲滅！從此我士氣益振，敵人愈感束手無策了。（未完）

受傷官兵盡遭屠殺

老幼婦女幾全被

（中央社訊）昨有某君自南京脫險繞道來漢、談及倭敵自侵入首都以來、其對我軍民之種種殘殺、淫掠行爲、可謂窮兇極惡、慘絕人寰、茲將某君在京所親見親聞者、分述于後、（一）虐殺傷兵、倭敵自去年十二月十二日攻入南京後、即每日派獸兵分赴全市各地、搜捕我軍軍官士兵、並下令凡捕獲排長一名獎五十元、連長二百元、營長五百元、團長以上則賞以重金、凡蓄陸軍裝頭髮之青年、計每日失蹤及被捕者百數十人、幾無一倖免、其被捕獲者則盡押送軍政部內之敵軍司令部、部內有一廣大之草場、敵兵預製木十字架百數十具、遍插場內、凡被捕獲之我軍官士兵、悉被褫去衣服、勒縛架上、然後派敵兵持長槍站在相當距離、試射三槍、不死者則

敵入城後、即四處搜捕壯丁、用繩綑縛十人爲一串、牽入空地、盡褫衣服、先鞭至皮肉俱裂、血花四射、然後以刺刀亂刺、以爲美樂、水西門外某沙洲、有難民五六千人、被倭敵用繩綑縛、以火油燒焚之、悉成焦炭、市內壯丁傷兵屠殺淨盡後、於是轉而屠殺難民區內之壯丁、難民區內壯丁、悉被倭敵綑綁上車、押送玄武湖莫愁湖等地、迫令行入湖中、俟行至湖心時、即以機槍掃射、無一倖免者、十二月廿二日、敵軍用大號卡車數十輛、

強姦婦女、倭寇入城後、軍裝未卸、即亂撞入居民商民、搜捕婦女、凡九歲以上、四十五歲以下之婦女、悉被輪姦、水西門外某寡婦、右

論譁然、據京倭敵爲掩世人耳目計、因挑選孑遺難民老弱百餘人、排列一處、並派醫生看護站立兩旁、共拍照片、分送各國宣傳、其手段之卑劣狡詐、殊堪髮指。

南京同胞
慘遭敵蹂躪

復以刺刀猛刺、或亂割至死、又外交部或軍政部內、共有傷兵二千餘人、全部被殺、下關亦有傷兵數千人、被

裝難民數千、至郊外掘壕、掘就、即以繩綑縛、迫令下壕、以刺刀亂刺至半死，即以泥土活埋之、計自去年十

女三人、長十八歲、次女十三歲、少女九歲、均被輪姦、少女當場死去、長次女亦不省人事、某日獸兵入一民家・遇一少女强令脫去衣服・迫其父母各持一足，然後輪流强姦、繼復强令其父脫衣服、迫與其女交媾、父不允、獸兵則以刺刀向其父臂部猛刺、父女同時斃命、一般少女、因身體尚未發育、不能滿足倭敵獸慾、先則以手撕破某部、然後輪姦、成年、婦女輪姦後、多以刺刀向某部亂刺致死、又一孕婦、已懷孕數月、被獸兵輪姦、流血不止・卒致殞命・又獸兵常在各處廣場、隨地强姦、一日、某國領事目擊獸敵兵三人輪姦一女子、上前婉勸、獸兵即以掌批其頰、並持槍向之恐嚇、某領事不得已、忍辱他去、又獸兵欲强姦某醫院看護、某國醫生向前交涉、竟被刺傷頸部、市區婦女强姦已盡、則又轉向難民區搜捕、總之、南京婦女、其年輕貌美者、或被敵官兵據爲己有、姿意姦淫、或被迫充當隨軍公娼、種種慘狀、罄竹難書、（四）焚燒搶掠、南京自建都後、十餘年來辛苦經營之建築物、除被敵兵及僞自治會、或漢奸等佔據外、其餘悉被焚燬、商店民居焚燬過半、除將市內公私物品、悉數刼去外、一切鋼鐵器物、亦悉數運回日本、又南京本存米糧甚多、敵軍入城後、即將米糧全部搶去、運充津浦沿線軍糧、復不許國際慈善委員會運米救濟難民、因此難民不遑居

1938.6.30《新中華報》 日寇一年的暴行

擁護最忠實於民族解放事業和人民利益的中國共產黨！

邊區各界各團體致中共十七週年紀念的賀信

（一）

中國共產黨中央委員會：

我們很榮幸的，我們中國工人階級有這樣強的領導者，中國工人階級自己的政黨，和先鋒隊——中國共產黨，中央領導我們工人階級，領導全國人民，爲着中華民族和無產階級解放的事業，爲着創造獨立自由幸福的新中國，英勇的光榮的鬥爭十七年了，現在又是抗日民族統一戰綫的發起人和忠實執行者，與國民黨合作，共同領導我們工人和全國人民，堅持抗戰已經一週年。從中共十七年來的英勇鬥爭當中，中國工人和全國人民一致的確信中華民族必能獲得徹底解放，抗日戰爭的最後勝利是屬中國的，獨立自由幸福的新中國必能實現，人類社會的徹底解放的前途是存在着的，在中共十七週年紀念的今天，同時又是抗戰一週年紀念的今天，我們號召全國工人和全國人民團結一致，堅持抗戰，堅決執行抗日民族統一戰綫，擁護中國共產黨，並竭誠的向中國共產黨的領袖和全黨同志致親愛的民族解放和階級友愛的敬禮。

邊區總工會、邊區印刷廠工會、機器廠工會、延安工人合作社工會、延安市工會、摩托修理廠工會、修械所工會、縫衣合作社工會、延安工人總俱樂部

六月二十八日

（二）

中國共產黨中央執行委員會：

在偉大的中國民族對日抗戰已經一週年的時候，在中國民族因了一年來抗戰的洗禮而表現出空前的團結和無比的力量來的時候，中國共產黨光榮地來紀念它十七週年的誕生日，是不但共產黨本身值得慶賀，就是全中國人民都值得加以慶賀的。

共產黨十七週年來的歷史，證明它是爲全中國民族的解放而不顧一切艱苦奮鬥的黨。十七年的歷史告訴我們，共產黨曾經爲着全中國人民的利益，以極大犧牲的代價去進行過最英勇的鬥爭。在今天，以國共兩黨爲基礎展開了偉大的抗日統一戰綫，使中國民族成爲不被征服，不會妥協的鐵一般堅強的民族，使中國的抗戰能夠堅持下去，不到最後勝利決不停止，這也是由於共產黨的發起，由於共產黨與國民黨的親密合作共同奮鬥，由於國民政府蔣委員長的堅決領導抗戰到底而獲得的空前的成果，我們擁護中國共產黨，信任中國共產黨對於中國民族解放事業的領導，祝共產黨不斷的向上發展，正如我們也希望國民黨不斷的向上發展。中國的抗日各黨派各團體的向上發展，正是日本帝國主義向坟墓裏走去的最確實的信號——在抗日建國的每一步鬥爭和工作中，我們都要和你們緊緊地站在一起！敬致抗日的民族革命的最高敬禮！

陝甘寧邊區民衆抗敵後援會、陝甘寧邊區總工會、陝甘寧邊區青年救國會、陝甘寧邊區婦女聯合會、延安市商會、延安市民衆抗敵後援會、延安農民會、陝甘寧邊區文化界救亡協會、民族解放先鋒隊延安地方隊部、延安新文字研究會、國防教育研究會、世界語協會、陝北公學學生會、抗日軍政大學同學會、延安民衆娛樂促進會

六月廿五日

（三）

中國共產黨中央執行委員會：

在中國民族解放和社會解放的革命偉業進行中與被壓迫被剝削的人民大衆密切聯系着的貴黨，經過無數次鬥爭火焰的鍛鍊，已經成爲敵人不能攻破的堅固而崇高的堡壘了。

貴黨一貫的是忠實於民族解放事業的，當日本法西斯蒂爲苟延其垂死的命運而狂伸其貪婪的血手來攫取全中國的時候，廣大的中國人民在貴黨的指導和影響之下已經找到了唯一正確的挽救民族危機的道路，這就是在國內有決定意義的兩個政黨——國民黨與共產黨——合作的基礎上團結着全國人民的力量，建立抗日民族統一戰綫。

由於抗日民族統一戰綫的建立，神聖的民族自衛戰爭就很快的爆發了，現在中國已經像巨人一樣的站立起來，它正在以血和肉去爭取四萬萬五千萬人的民族獨立，民權自由和民生幸福。

當中國對日抗戰堅持了一週年而表現出全民族空前的團結和不可戰勝的力量的時候，正逢着貴黨十七週年紀念，我們一想到民族自衛的抗戰就聯想到中國共產黨，貴黨與中華民族解放運動是血肉相聯的，民族解放的成功須要貴黨的領導，而貴黨的愈加鞏固與發展便是能夠爭取民族解放勝利的保證，因此我們在紀念抗戰一週年和貴黨十七誕辰的今日，一方面預祝抗戰的及早勝利，另一方面也預祝着貴黨的繼續發展。

我們——邊區的婦女們——在貴黨直接領導與幫助之下，已經在政治上經濟上獲得了全中國婦女所未得到的自由，我們的文化也在日漸向上提高，我們深知婦女解放與民族解放有着密切的關聯，如果不能阻止日本法西斯蒂的進攻，中國的婦女便會遭到不可想像的災難，所以我們擁護貴黨保衛祖國的號召，動員邊區的乃至全國的婦女參加抗戰和充實抗戰力量，我們誓在國共兩黨共同領導之下爲逐驅日本強盜和爭取抗戰的勝利而奮鬥到底！敬致民族革命敬禮！

邊區各界婦女聯合會啓　六月廿九日

日寇一年來的暴行

日寇一年來在我國的蠻橫暴行，決不是筆墨所能形容的。以下所舉不過是犖犖大者，但亦可見日寇野蠻殘暴和兇暴的一般了。

一　屠殺

一，今年一月南京城日寇在紫金山下舉行殺人比賽，以先殺滿一百五十人者爲優勝。

二，截止本年一月止，在長江下流一帶被敵殘殺的同胞達三十萬人。

三，敵在鳳陽屠殺我同胞達數萬人，用機關槍一次即掃射死四千餘人。

四，晉西白馬村被血洗，蠻角營全村被屠殺。

五，今年六月將黃河南岸大堤決口，災區擴大爲二百萬方英里，被難同胞數達百萬。

六，敵佔硤口時，以借開會爲名，集合男女老少七百餘人，以機關槍全數射殺。

二　轟炸

一，戰區及各大城市，無不遭受敵機轟炸，傷亡無算。

二，今年六月初，廣州市連日慘遭敵機猛烈轟炸；居民傷亡達萬人以上。又自抗戰以來，廣州市被敵機空襲，已達八百次以上。

三　姦淫

一，敵人所到之處，凡十歲以上之少女，七十歲以下之老婦，均遭姦淫，無一倖免。

二，敵在上海京滬路局修葺房間，置婦女千餘人，任敵洩慾。

三，敵在溧縣教堂捉出婦女四十七人，悉被姦淫。

四　搶劫

一，南京淪陷後，不論是挨戶搜索，每戶必搜查七八次。如是狂掠達兩旬之久，搶劫案達二萬件。

二，今年一月間，經過上海之敵軍部隊，身上都帶有許多金戒指，穿成褲帶，每條至少四五十只，多者二百餘，均係劫自民間。

三，敵在上海及山西，搬奪各處工廠機器，運往日本或東北。

四，敵在滬四行倉庫，劫物價在千萬元以上。

五　焚毀

一，武鄉延途敵十里，二十九村莊被焚燒。

二，在山西朔縣、繁峙、代縣及淶源等地，有整村被焚，甚至於一燒數十里及百餘里。

三，石樓城內民房悉被焚毀，城內四百餘家商店，僅餘四十家。

四，溫縣附近之崔莊、七里崗等七八個村莊，均被敵人縱火焚毀。

五，滕縣百餘村莊被焚。

六，午浦新堂鎮，二千戶民房被焚。

七，由於平漢綫游擊隊的活躍，敵下令將平漢綫自石家莊以北，北平以南沿鉄路附近十餘里村莊悉數焚燬。

六　使毒

一，今年四月間，在蕪湖，溧陽，宜興，繁昌，孫家埠均發現敵人使用毒氣，散發毒鹽。

二，今年五月，敵在台兒莊連續使用催淚彈及毒質手榴彈。

三，今年六月敵在皖西洛河使用毒氣，我一營士兵，全部犧牲。

四，敵在豫東三義柴使毒瓦斯。

五，晉南西合村之敵，施用毒氣。

七　抽丁

一，敵在曲阜抽二千五百名，在兗州抽三千名，在泗水抽二千名，在廣德天王寺抽三千餘名。

二，敵在平津募集青年工人出關工作者達數十萬人，皆補充參加僞軍作戰。

三，富陽，餘杭之敵強徵壯丁。

四，敵在滬市押去壯丁五千餘人，服苦役。

八　毒計

一，日寇在華北聲稱：凡參加游擊隊者殺全家。反之，殺一游擊隊員者賞五十元，殺一抗日軍人者賞一百元，殺一共產黨員者賞二百元。

二，敵退出永濟時，擋我追擊，奪我民衆便衣，並強迫居民着共軍服，因之，多爲我軍誤認槍殺。

三，敵爲了要毀滅我民族之文化，毀我著名之南開、中央、湖南、中山諸大學。

九　掠奪

一，敵遷移台灣農民二萬餘人至上海附近，霸佔當地農民之土地。

二，敵在青島強佔我工廠。

十　分化與奴化

一，派遣漢奸託匪，破壞我國抗日民族統一戰綫。

二，派遣土匪，混入邊區境內；在延川一帶組織黑軍。企圖搗亂抗日根據地。

三，捕捉兒童運回日本，進行奴化教育。

四，強迫懸掛太陽旗，中和旗（僞）。

五，焚毀我國新文化運動的各項文獻。

邊區在抗戰中的作用

王若飛

[illegible]

日寇一年來的暴行

日寇一年來在我國的種種暴行，決不是筆墨所能形容的。以下所舉不過是犖犖大者，但亦可見日寇野蠻殘暴和兇暴的一般了。

一 屠殺

一，今年一月南京城日寇在紫金山下舉行殺人比賽，以先殺滿一百五十人者為優勝。

二，截止本年一月止，在長江下流一帶被敵殘殺的同胞達三十萬人。

三，敵在鳳陽屠殺我同胞達數萬人，用機關槍一次即掃射死四千餘人。

四，晉西白馬村被血洗，騷角營全村被屠殺。

五，今年六月將黃河南岸大堤決口，災區擴大為三百萬方英里，被難同胞數達百萬。

六，敵佔領碻口時，借開會為名，集合男女老少七百餘人，以機關槍全數射殺。

二 轟炸

一，戰區及各大城市，無不遭受敵機轟炸，傷亡無算。

二，今年六月初，廣州市連日慘遭敵機猛烈轟炸；居民傷亡達萬人以上。又自抗戰以來，廣州市被敵機空襲，已達八百次以上。

三 姦淫

一，敵人所到之處，凡十歲以上之少女，七十歲以下之老媼，均遭姦淫，無一倖免。

二，敵在上海京滬路局修葺房間，置婦女千餘人，任敵洩慾。

三，敵在滁縣教堂捜出婦女四十七人，悉被姦淫。

四 搶劫

一，南京淪陷後，不論是挨戶搜索，每戶必搜查七八次。如是狂掠達兩旬之久，搶刧案達二萬件。

二，今年一月間，經過上海之敵軍部隊，身上都帶有許多金戒指，穿成褲帶，每條至少四五十只，多者二百餘，均係刼自民間。

三，敵在上海及山西，攫奪各處工廠機器，運往日本或東北。

四，敵在滬四行倉庫，刼物價在千萬元以上。

五 焚毀

一，武鄉延途數十里、二十九村莊被焚燒。

二，在山西朔縣、繁峙、代縣及淶源等地，有整村被焚，甚至於一燒數十里及百餘里的。

三，石樓城內民房悉被焚毀，城內四百餘家商店，僅餘四十家。

四，溫縣附近之崔莊，七里崗等七八個村莊均被敵人縱火焚毀。

五，滕縣百餘村莊被焚。

六，乍浦新篁鎮，二千戶民房被焚。

七，由於平漢綫游擊隊的活躍，敵下令將平漢綫自石家莊以北，北平以南沿鉄路附近十餘里村莊悉數焚燬。

六 使毒

一，今年四月間，在蕪湖，溧陽，宜興，繁昌，孫家埠均發現敵人使用毒氣，散發毒鹽。

二，今年五月，敵在台兒莊連續使用催淚彈及毒質手榴彈。

三，今年六月敵在皖西洛河使用毒氣，我一營士兵，全部犧牲。

四，敵在豫東三義寨使毒瓦斯。

五，晉南西合村之敵，施用毒氣。

七 抽丁

一，敵在曲阜抽二千五百名，在兗州抽三千名，在泗水抽二千名，在廣德天王寺抽三千餘名。

二，敵在平津募集青年工人出關工作者達數十萬人，皆補充參加偽軍作戰。

三，富陽，餘杭之敵強徵壯丁。

四，敵在滬市押去壯丁五千餘人，服苦役。

八 毒計

一，日寇在華北聲稱：凡參加游擊隊者殺全家。反之，殺一游擊隊員者賞五十元，殺一抗日軍人者賞一百元，殺一共產黨員者賞二百元。

二，敵退出永濟時，偪我追擊，奪我民衆便衣，並強迫居民着其軍服，因之，多為我軍誤認槍殺。

三，敵為了要毀滅我民族之文化，毀我著名之南開、中央、湖南、中山諸大學。

九 掠奪

一，敵遷移台灣農民二萬餘人至上海附近，霸佔當地農民之土地。

二，敵在青島強佔我工廠。

十 分化與奴化

一，派遣漢奸託匪，破壞我國抗日民族統一戰綫。

二，派遣土匪，混入邊區境內；在延川一帶組織黑軍。企圖搗亂抗日根據地。

三，捕捉兒童運回日本，進行奴化教育。

四，強迫懸掛太陽旗，中和旗（偽）

五，焚毀我國新文化運動的各項文獻。

放[illegible]業和人民利益的中國共產黨！

美英等國對南京大屠殺
南京大屠殺期間，留駐
擊了日軍慘無人道的罪
也受到了日軍的侵擾，
各國政府均對日本提出

的報道與抗議

南京的外國人士親眼目
行，一些外國在寧機構
外國報紙紛紛予以揭露
嚴正抗議。

1937.12.25《大公報》 美報揭露敵軍暴行

杭州郊外已有戰事

魯北之敵偷渡黃河

一股趨周村一股西犯威脅濟南

江北敵退出邵伯我軍反攻揚州

【中央社徐州二十四日電】高郵附近之敵便衣隊二十四日被我擊退，敵我仍相持高郵邵伯間，另據淮陰方面報告，敵軍現退出邵伯，我已向揚州反攻。

【中央社徐州二十四日電】淮南路之敵企圖北侵，我軍在巢縣滁南佈置堅強工事，敵主力軍亦散佈西梁山、運漕鎮、和縣、含山一帶，[illegible]

【中央社金華二十四日電】二十四日下午四時我軍仍堅守覓橋、拱宸橋陣地。

【中央社杭州二十四日電】錢塘江已實行封鎖，義渡碼頭及杭州電廠水廠均經我軍自動破壞，浙贛路江邊站最後一次客車，係于二十四日晨零時開出，杭州城內萬戶闃然，行人絕跡，街巷通衢，滿佈防禦品物，西子湖上畫舫盡沉水底，蓋已入于戰時狀態矣，[illegible]雖則六橋三竺，烟水依然，但湖上無一[illegible]，景物淒涼，已非昔比矣。

【中央社金華二十四日電】[illegible]四日晨敵軍[illegible]敵由安吉・吉湖・武康・臨平四路，進犯餘杭・杭州，廿[illegible]短防線起見，移守覓橋及瓶窰以南陣地，敵自蕪湖方面循廣德窺犯安吉・孝豐，該處現在激戰中，餘杭城內可聞東西兩面之清晰砲聲。

【中央社徐州二十四日電】軍息，蒲台之敵會合，約一千餘人，二十三日晚八時乘黑夜在濟河鎮偷渡黃河，二十四日晨八時半已越齊城，分兩股進犯，一股欲趨周村，期切斷膠濟路，一股向西試探，以威脅濟南，我軍已飛調某某兩部馳往截擊，阻敵前進，刻正在小清河北岸激戰中。

【中央社濟南二十四日電】外息，天津敵軍部二十三日發以當局談話形式宣稱，過去日軍從無一兵一卒渡河，向魯省前進，[illegible]然自十一月十七日起，青濟等地日人財產多遭破壞，棉廠亦被炸毀，因此日軍對此決加以「膺懲」，並[illegible]

【中央社臨汾二十三日電】[illegible]敵機於沁陽・介休一帶散發傳單，詞極荒謬，並有限我軍於三十日以前向武鄉・沁源・靈石・石樓線以南撤退，否則日軍將取自由行動等語，以此判斷，敵於本月中以後必有動作，或藉此僻我軍心，[illegible]此間當局表示，對敵陰謀偵悉，決置之不理，並飭前線各部，積極準備。

【中央社廣州二十四日電】今日上午八時許敵機四架襲廣九路，在塘頭廈站投兩彈，[illegible]，下午十五架，分飛虎門等地窺察，未投彈。

【香港二十四日下午九時發專電】二十三日晨六時敵兵數十乘電輪在惠陽與寶安交界之嶺坳山登陸，被鄉民圍擊，斃敵十餘，敵逃返艦上。

【廣州二十四日下午七時發專電】[illegible]

社評

敬謝全世界同情中國的宗教家

今天是耶穌聖誕節，我們願借這個機會，向全世界同情中國的天主耶穌兩教的宗教家諸位，代表中國國民表示謝意。[illegible]

津敵機炸運河冰凌

為防我游擊隊踏冰北攻

偽組織成立所謂新民會

【濟南二十四日上午十二時發專電】津訊，偽組織定二十四日在平成立所謂新民會，以華人為主體，但亦歡迎日僑及其他外國人參加，採會長制，設指導監察等部，各地設立分會，[illegible]十餘，敵機連日拂曉出動，赴運河一帶轟炸河內冰凌，意在防止游擊隊踏冰北來。

【中央社濟南二十三日電】外息，津日副領事西田二十三日遲赴電話局，力說張子奇移交，經張嚴詞拒絕，悻悻而去。

外人方面消息証實

敵在南京大屠戮！

難民區內亦滿佈血腥

上海松江間浩劫尤慘

【中央社南昌二十四日電】牯嶺外人方面消息，敵軍佔據南京後，姦淫擄掠，無所不為，我國難民中四十歲以下男子被慘殺者達五萬人之多。

【中央社訊】上海所傳敵軍在南京大肆屠殺之報告，已由此間私人方面所得之南京消息予以證實，可見巴納號之被炸及英艦之被砲擊，均為敵軍實行恐佈及屠殺之一幕，非僅中國軍[illegible]

宋慶齡等

已離滬赴港

【上海二十四日下午九時發專電】宋慶齡[illegible]赴港，二十五日可到。

澳門近事

青槍決漢奸

[illegible]

美報揭露

敵軍暴行

引起美國人士深刻印象

[illegible]

新任蘇聯大使

定今飛漢

昨日已到蘭州

【中央社蘭州二十四日電】蘇聯大使奧萊爾斯基十三日乘機抵達迪化，因雪阻，至二十三日始[illegible]，二十四日下午三時由張掖抵蘭州，朱紹良偕當地黨政軍代表前往機場歡迎，大使下機後，即赴省府休息，朱紹良即晚七時設宴洗塵，奧氏定二十五日仍乘專機飛漢，同行者計有一等參贊加寧林・[illegible]等一行。

滬偽組織

敵方進行積極

【上海二十四日下午九時發專電】敵方對此間組織進行甚力，但名單中所列諸人，聞未[illegible]接洽，且其中一部分[illegible]良心不許，一部分則[illegible]故是否能迅速實現，猶多疑問。又聞[illegible]宗敬以畢生經營紗廠麵粉兩業，[illegible]滬錫兩處事業被敵摧毀殆盡，[illegible]公私均極憤[illegible]，敵方雖將其列入名單，殊不願參加。

【上海二十四日下午九時發專電】敵公布開放[illegible]北，但實際僅許日僑入內。

敵機昨侵入港空

英決保華南權益

【中央社香港二十四日路透電】今晨八時四十五分日機十五架侵入港領空，飛經RANTAU島大澳地方，九時半回航時，復一度飛過[illegible]

[illegible]外相艾登二十三日在下院答保守黨議員[illegible]英政府現正將繼續以各種可能的保護給予[illegible]利益，[illegible]海相[illegible]正審慎注視香港附近海面日海軍之[illegible]

[illegible]間各報對中國時局消息繼續用大字登[illegible]事件而大轉強硬，官方對日本威脅廣[illegible]泰然，[illegible]以為東京對於因軍部行動而使[illegible]形，已深切殷憂，目下對於決定其在華[illegible]全陷于莫知適從之地位矣。

滬英軍調防

[illegible]

侵綏敵軍

集中大同

【中央社臨汾二十四日電】[illegible]敵以[illegible]兵力恐感不敷應付，乃將駐綏敵軍全部退集大同，[illegible]

我海關問題

英下院討論

【中央社倫敦二十二日路透電】下院二十二日開會時，復提及中國海關管理權問題，艾登答稱，因迄日當局尚未接到日政府關於此事之訓令，[illegible]

有三項，㈠日本在南京之暴行，是否該國軍部某一部份所縱指使，㈡如屬非是，則日本軍隊是否無法加以控制，㈢日軍紀律敗壞之後，是否尚可恢復，英美兩國軍艦商船被擊沉及南京恐怖行爲之發縱者與默許者是否將受懲罰該訪員對於橋本上校身分特別加以敘述，據稱，二二六事變後，橋本上校即爲軍事當局予以黜革，并

[illegible]承認日第三艦隊司令長谷川中將所部海軍現正竭力謀巴納號事件得以圓滿解決，但陸軍方面，則事隔七日，（此電係十二月十九日所發）除逃避責任與抹煞事實外，仍一無表示云，同日該報訪員亞朗專電內復稱，此間凡與松井大將及長谷川司令相識者，對於彼等統率下之部隊竟有此種行爲，幾令人不能置信，

學術完全掃地，致日軍在南京之行動，雖往時中國盜匪佔領城鎮時之奸淫殺掠，亦無以過之，然日本當局雖亦承認，謂欲取締

美報揭露

敵軍暴行

紐約泰晤士報駐滬訪員詳電

引起美國人士深刻印象

【中央社香港二十四日電】外息，據上海英文大美晚報二十二日紐約電，紐約泰晤士報日來刊載該報駐滬訪員迭經發來電訊數則，頗具驚人性質，據稱，中國境內一部份日軍幾已毫無紀律，其種種暴行，較之中國從前之土匪有過之而無不及，此項電訊，已在美國輿論方面及華盛頓官場方面引起深刻印象，關於日軍在南京種種暴行，據稱，日軍入城之後，恣意奸淫擄掠，實乃日本國家之國恥，美國砲艦巴納號橫遭擊沉，與英國軍艦商船橫遭轟炸，實乃橋本上校直接命令所致，橋本其人，即係去年二二六日削其兵柄，迄至本年秋初，日當局復集大軍五十餘萬，以對華作戰，橋本乃復編入現役，目前日本較為穩健之軍人及政府中人均深致憾，以為在此種局勢下，橋本如竟不受制，至少倘不能如海軍航空處長三波少將之被撤回，則各國政府即將效法美國總統羅斯福所為，而直接向日本天皇提出抗議矣，此外橋本利用某種特殊政治出力，以鞏固其地位，對於該國軍隊全體業已發生極可恐懼之影響，即在下級士兵亦均發生思動，以為上級軍官可以逍遙法外，則若輩又何樂而不奸淫擄掠乎，日軍侵入南京後，紀律抑當松井大將正式進入南京城之前，是否完全明瞭城內日軍行動，亦甚可懷疑，凡在中國之外人，不論其為日本之友或日本之敵，至少有一點係屬同意，即日本帝國之對華政策，倘欲求其成功，則必令中國人民感覺其生活較諸數年來在軍閥及國民黨統治下更佳而後可，茲近三年以來，蔣委員長之軍隊對於中國人民一切待遇，遠較民國以來一切軍閥為佳，反之，日軍佔領南京時，當地所發生之慘殺劫行為，則日本當局認為一種國恥，聞松井大將部下曾想盡種種方法，務求掩飾日軍種種暴行，如屠殺解除武裝之俘虜及平民婦孺等，不使松井有所聞知，無如穢德彰聞，日軍一部份下級軍官暗中行為，松井雖未詳悉，然亦不能不加以懷疑矣，僅此暴行一案已足使日軍正式進佔南京之「光榮」之掃地以盡，彼日本者，無論個人或民族，此種暴行，亦無從辯乎，凡此種種，均為美德兩國留居南京人士之所目睹，自十二月十四日外國記者離開南京之後，城內恐怖情形，當必有不堪設想者矣，自本月十四日夜間以至次日，城內日軍暴行能為，有非筆墨所形容者，經兩日之屠殺，至十六日，日軍當局始乃開始加以注意，目前日本軍隊決不願任何外國人士前往南京，在長時期之內，必不許可外人赴京，然彼已在南京之外人則必將設法將此種恐怖事實向全世界宣佈，此種事實，一日獲得充分證明，則日本軍隊此次攻城克地，迫令中國放棄首都，不僅不能獲得光榮，抑且在歷史中永留污點，日本人民其將悔之不及矣云，嗣述及長江英美砲艦被轟炸事件，該訪員則謂，轟炸各該砲艦之日本飛機，其根據地不在上海，亦不在日本航空母艦，而在最近之太湖水面，此種水機，就一般而言，當與陸軍密切合作，當本月十二日清晨日機自稱奉到命令，對於蕪湖與南京二城之間所有船隻悉予以擊毀，此後來造成轟動全世界事件之由來也，該訪員之結論，則謂，日本在遠東原以法律秩序與正義之主持者自任，其實雖不無過分之處，其在中國之種種行動，或亦可見諒於世，然自日軍進佔南京，出以種種暴行之後，聲譽乃一落千丈，即向來贊成日本大陸政策者，聞之亦無不為之變色矣，抑南京城內此種暴行消息傳至日本國內之後，日本對於中國之預定計劃，亦不免受嚴重影響，蓋任何國政府此後倘欲與日本言和，將益無可能矣，中國負有聲望之士欲與日本合作者，此後亦將聞而卻步矣，職是之故，中國人士此後倘欲與日本合作，則必將有蒙羞辱恥之危險已，且日本所佔領之多數城市中，中國人民將逃避者，無慮數百萬人，日本此種暴行，縱使此等難民之中國人民不敢重返其故土，因之日軍恐怖行動之結果，徒使其城市成為不生產之廢墟云。

1937.12.26《大公報》 京敵暴行又一證據

杭州撤守錢江南岸
津浦戰事北段緊張
魯北正面之敵盛傳昨亦渡河

【南昌二十四日下午十一時發專電】此間與杭州電報二十三日晨起不通，……照常通報。

【中央社玉山二十四日電】進犯杭州之敵，陷我富山後，即進窺杭垣，我守軍曾作猛烈抵抗，予敵重創後，始撤至錢塘江南岸，錢塘江大橋爲我軍炸斷，阻敵進犯，敵有於二十四日入杭城說。

【中央社金華二十五日電】二十五日晨敵武官三人，……由艮山門進杭州城，四處搜查，……十二時始以少數入城。

【中央社金華二十五日電】二十四日下午二時敵由武康、孝豐兩路進犯餘杭，以坦克車數十輛……以鐵甲車由黃湖猛衝，我軍沉着應戰，……卒以兩面受敵，……移守新陣地，準備反攻，……

東線情勢

【中央社徐州二十五日電】江北全線連日均無戰事，以目前敵軍行動觀察，敵雖分三路北犯，其主要企圖，似仍以淮南路爲中心，二十五日午企圖向合肥方面進犯，我已嚴加防堵。

【中央社徐州二十五日電】運河方面之敵大部退集揚州，我軍已迫至邵伯。

【中央社徐州二十五日電】津浦南段各軍二十四日進通至明光，……

【中央社徐州二十五日電】敵機六架二十五日晨在蚌埠、新浦、海州各處投彈數十枚……

北方戰況

【中央社徐州二十五日電】津浦線敵今晨六時渡河，攻我洛口，我軍正迎擊中。

【中央社徐州二十五日電】津浦線戰事近日南段略鬆，北段較緊，……二十五日晨我黃河南岸各軍向由北岸渡河進犯之敵奮勇抵抗，戰事極爲激烈。

【中央社徐州二十五日電】……渡河越青城南犯之敵，二十五日仍與我在小清河北岸激戰，其由青城西竄之一股與二十五日由濟陽偷渡之少數敵步兵續向西南試探，經我軍迎頭痛擊，已向後潰退，同時正面洛口對岸之敵，亦不時開砲向南岸轟擊，企圖掩護步兵偷渡，因我戒備嚴密，敵迄未得逞。

【中央社徐州二十五日電】連日敵機在津浦北段肆意轟炸，二十五日午又有敵機二十一架沿津浦線經泰安向南窺察，過大汶口（泰安南），投彈數十枚，……

【中央社新鄉二十五日電】……太原來人談，并市城鄉附近，……商民恨敵刺骨，紛起組織游擊隊殺敵，交城、祁縣敵我相持，……

陷落半月的平遙
——晉南前線觀察記之三——
秋江

……

粵境鐵路頻遭轟炸
大鵬灣復來敵艦六艘
粵省民衆將組織自衛

【廣州二十五日下午六時發專電】敵機二十三架今日上午八時半至下午二時輪流襲粵漢、廣九、新寧各鐵路，……大鵬灣敵艦八艘去後，昨復來六艘，但無異動，……人心復安，余漢謀勸告粵民組自衛隊，……

【中央社汕頭二十五日電】馬居口今發現敵運輸艦一艘。

【中央社惠州二十五日電】敵機四架今日上午飛惠州，在西郊投彈數枚。

孤島之耶誕

……

新蘇使元日遞國書
改日內飛漢轉往重慶。
美艦歐湖號定今駛京
美領代表往料理館務
英德使館代表將同行

【中央社重慶二十五日電】新任蘇聯大使奧萊爾斯基，定下週內飛渝，將于元旦觀見林主席，呈遞國書。

【中央社西安二十五日電】行營二十五日下午二時接蘭州電話，新任蘇聯駐華大使奧萊爾斯基偕隨員等，原定二十五日上午八時乘機飛漢，因氣候關係，不能起飛，俟天氣轉佳，再行飛漢履新。

【中央社西安二十五日電】蘇聯大使奧萊爾斯基二十五日未飛陝，據航空界息，改二十六日由蘭起飛。

【上海二十五日路透電】美艦歐湖號準備於二十八日駛赴南京，美領事館代表搭乘該艦前往視察該處美僑，……美國鄭重聲明，美國承認者惟有中央政府，……英國及德國大使館代表亦要求搭乘歐湖號同行赴南京，以便恢復各該使館工作云。

吳鼎昌等
定今赴黔
沿途下車視察
將着手整頓川黔公路

【重慶二十六日晨一時發專電】新任黔主席吳鼎昌定二十六日晨偕有省委陳筑山、鄭道儒乘車赴筑，沿途各站均將下車視察，定二十八日抵筑，吳對川黔公路渝筑段極爲重視，……連日與……路治安及綦清川黔邊境土匪，均獲有妥善辦法，……公路整理，改建橋樑，均有的款辦理，一俟到任後，即着手進行。

中央昨舉行
雲南起義紀念
蔣委員長西安蒙難一週年

【中央社重慶二十五日電】……雲南起義二十二週年紀念日，……

滬租界商民懸國旗誌祝

……

國際列車
昨過廣州

……

台灣民衆反日

……

京敵暴行
又一證據
滬字林西報所載情形

【上海二十五日下午十一時發專電】連日有大批敵傷兵自杭嘉方面運來，……上海松江、杭滬公路上汽車不絕，……

……

社評
論利用遊資

中國是貧國，這一戰，被暴敵摧毀了多少實業，我們對於一般經營工商業而受敵禍者，萬分同情，特別是我新興工業之受摧殘，是國家重大損失。嚴格的說：中國本來不殼有資本家，經此一戰，資本更少了，資本家更微了，全國眞是只有大貧小貧之分了，所以我們論問題，向來絲毫不雜貧富階級觀念。

雖然如此，中國社會，還有游資。今後抗戰的支持，新軍的建造，一定要籌利用這游資，因此不得不請求有游資者，擔負這一種責任。游資云者，閑而不用之錢，即生活必需以外之錢。我們論事，向來概持低調，決不主張有錢者全部拿出來救國，而只請求有錢較多者，僅以其用不着之錢，借與國家，將來加利還本。

中國國家，受暴日這樣摧殘，土地被占如此之大，上海失了，首都也失了，但我們國家在全世界上的信用依然如泰山之堅！世界這些大國，誰不說不承認僞組織，只承認國民政府！誰不誇獎中國軍隊，誰不相信中國之不亡！所以我們國家的信用，實在是越打越好。

世界各國，信用我們國家，肯賒貸，肯維持，難道本國有錢人，還不信用嗎？本文的具體意見，就是請求有游資儲存的人，特別是買外國貨幣存在外國銀行之人，將其存款之一半，或三分之一，借給政府專用於第二期新軍之訓練及裝備與軍需工業！我們聽說：中國人的外幣存款，有二十萬萬，即便打些折扣，也要有十幾萬萬，借一半有七八萬萬，三分之一，也有五萬萬。我們相信：在本國銀行存款者，大概都是小戶，或是工商業的流通資本，總之，游資必少。而買成外幣存在外國銀行，或存在外國者，其最大部分，一定是游資，因爲斷無只有幾千幾百元之財產而買外匯者。所以這十幾萬萬的外幣存款，戶頭一定不雜，並且一定是閒着不用。我們願勸告這些人，儘管寬留生活費，教育費，甚至享樂費，儘管過極高貴舒適的生活，並且決不問致富之來源，只請求將其不用之一部分，借給國家，使國家增長戰鬥力，這樣就是對國家有大功，將來永享歷史上的榮譽！

這樣出錢，決非損失，有本有利，一與存在外國一樣，或者利錢更多。同時若國家亡了，這些存款，並無保障。世界這樣若亡了，國際不知怎樣變化，任何外幣變成歐戰當年的紙馬克或紙盧布。所以最好的保障，是信用自己的祖國，信用共存共榮。

全國現有幾百萬同胞，前仆後繼，正更有無量數的同胞，願受勞，願工作，正領導着全國這些文武各界的人們，忠在世界上信用之堅固，是這樣來的。現更備械，求抗戰勝利，當此之時，最需一百個陳濟棠將軍，那麼，國家的困難。我們誠懇希望有游資甚多的同胞們，榮譽的責任，全國同胞，將要怎樣興奮。同時則希望政府，對前面所述游資狂實籌畫一下！先調查，次勸募，若再不行想運用，並就法律上想辦法。游資一大應當在政府統制力量所能達到之範圍，帥部，認一考慮如何？

過，且又許往，不許來，服裝不甚破爛者即遭凶毆，必須傷始釋，又連日有婦女四百五十人被敵編號運往西路，幼者十三四歲，長者四十餘歲，字林西報載，敵入南京，大肆淫掠殘殺，備極荼毒，其兵士當軍官之前公然在街衢搶劫，中外居戶，無論貧富，一律光顧，並搜捕男子，整批槍決，難民區某號屋內即被捕殺四十人，姦淫極普遍，如某西人比鄰某家即被敵兵帶去少女四人，又某西人目擊新到日軍官室內有少婦八人云。

【中央社新鄉二十五日電】中國紅十字會第八救護醫院救護隊長陳敬伯等四人，日前由京逃出，沿津浦路北上，二十四日過鄭赴漢，據談，敵自陷我首都後，唆使漢奸，勒迫市民購買通行証，每券二元，並於市民臂上刺火日本三字，其有不從者，則遭殘殺云。

京敵暴行又一證據

滬字林西報所載情形

【上海二十五日下午十一時發專電】連日有大批

1938.1.19《新蜀報》 寇據京滬後殺我三十萬人

國府昨發重要聲明 堅決維護領土主權

許大使明日返國 寇遭釋對華態度

寇對華言發表後 各國有重要反響

英美密切注意

英報痛加抨擊

傅作義指揮綏西軍事

已就任西北軍總司令 正積極訓練部隊

蘇注意寇間諜

德報警告日本

昨政院例會

蘇浙贛邊區寇已逐漸肅清

杭州蕪湖已全在我包圍中

郭泰祺否認中英貸款談判

我外交界證英說不確

平漢線我軍克復安陽 武安寇亦西犯

社論 論日對華政策宣言

晉戰事呈膠着狀態

我游擊隊在浦東活躍

青海關稅務司由倭籍人繼任

津浦北段在混戰中

正面偽闖兗州右翼我增援 豫魯邊境正趕築新防線

明光寇圖犯臨淮關 蚌埠以南我佈重兵

寇據京滬後殺我三十萬人

英報記者電訊揭露

戰局述要

寇據京滬後 殺我三十萬人

英報記者電訊被扣留

【中央社香港十八日電】航訊英國孟却斯德指導報駐滬記者鐵木萊、十六日晚曾致電倫敦該報、報告日軍自佔據京滬後、計殘殺中國人民達三十萬、並有搶掠強姦等行爲、該電爲日方電訊檢查所扣留、並於十七日晚要求鐵氏至日軍司令部、鐵氏當卽拒絕、且對日方扣留英國人之電報、認爲越權、提出抗議、卽將此事報告滬英當局、現英當局正調查中、

1938.1.22《大公報》 字林西報揭載 京敵仍狂肆屠戮

津浦南段激戰又起

浙北皖南游擊戰敵受牽制

……杭州後，即調往江北，並我方自京滬抗戰事經驗中得來教訓，非充分發揮游擊戰術，不足以擊破敵之企圖，故當我江南戰區當局窺破敵之奸計後，極力利用浙北皖南及太湖西南之山勢，發動游擊部隊，于本月一日至月中將京杭國道之橋樑破壞達十處之多，廣德吳興間小股敵軍往來，被我殲滅者有八九起，甚至最近克廣德，攻安吉，圍宣城，衛灣沚，均得力于游擊部隊與正規軍之配合，目下我全面反攻雖尚有待，然而個別衛擊之結果，已收得牽制吸引敵軍兵力之效果，敵之休息調整相機發展攻企圖及江北作戰計劃均受重打大擊，甚爲明顯。

【中央社屯溪二十一日電】據前方電告，我對富陽杭州反攻部隊十八日起積極動作，首將富陽正面之敵肅清，然後大舉包圍全城，城內之敵七八百人被迫向杭州方面退去，翌晨我乃完全收復富陽，現已分兵向周圍鎮推進。

【中央社屯溪二十一日電】我左翼部隊十八日晚開始向蕪湖反攻，首先將蕪湖東南方之大官山攻佔，此山高約一千公尺，左可控制蕪港，右可瞰視蕪市，形勢異常重要，敵失該山，立即增調大批援軍，並以巨量砲火向我軍集中攻擊，十九日自晨至晚，激戰終日，我卒以寡眾不敵，乃退出該山，正準備反攻。

【臨汾二十一日下午七時發專電】㊀崞縣之敵百餘人昨向大牛店進犯，與我游擊隊激戰，敵傷亡三十餘人，不支，仍退回城內，㊁崞縣城內之敵將我陽武村、大牛店、神山等村民房焚毀千餘間，人民被殺及燒死者一百餘人，傷三百餘人，㊂我軍□部日前紛向正太路活動，將桑掌村辛店橋樑全部炸毀，鐵軌亦被我拆去百餘米。

【中央社鄭州二十一日電】魯北各縣民軍近極活躍，安邱於十八日晨被我某游擊部隊克復，（按安邱據膠北諸縣至諸城公路之中點）。

國抗日之目的，在保其國家之生存，及擁護國際條約之尊嚴云云。

日方聲明

【中央社東京二十一日路透電】日外務省因中國駐日大使館及領館人員歸國，今日特發表聲明，謂日政府此後對中國駐日外交人員將依照下列原則辦理，即㊀中國國民政府之外交與領事人員現仍享外交與領事人員應有之特權，在彼等未離日前，其生命財產仍受日方之保護，㊁日方對留日不歸之中國外交人員仍將保護其身家財產之安全，㊂外交及領館人員撤退後，日對使領館之房產仍將加以保護云。

孫科

晤蘇聯各當局

【中央社莫斯科二十一日路透電】此間外交界對孫科之蒞臨甚爲重視，孫氏與蘇聯當局已有數次談話，惟史達林因處理參加最高會議閉幕禮過于忙碌，尚未與孫會面，一般認孫氏因其個人對蘇聯之同情，防俄任務或能獲圓滿結果。

張羣繼任川主席

劉湘追晉一級上將

川綏署通電各將領

遵劉遺志抗戰到底

【重慶二十一日下午一時專發電】劉湘逝世，綏署二十一日通電留川將領，遵守劉氏遺志，擁戴中樞，抗戰到底。

【中央社訊】四川省政府主席兼川康綏靖主任劉湘于前日逝世後，茲聞蔣委員長及孔院長以劉主席擁護中樞，素著勳績，此次抗戰，力疾率部出川，操勞過度，以致不起，至爲軫悼，業已電請國民政府，追晉陸軍一級上將，並發給治喪費一萬元，以示篤念勛勞之意，并聞川省主席已由行政院決定張羣繼任。

【中央社成都二十一日電】省府以劉主席病逝出缺，二十一日晨省務會議，決定電呈林主席蔣委員長，請遴簡賢能，主持省政，在新任未到職前，川省政務決照常盡力維持，并召開將領會議，決定關于部隊之指揮，暨後方治安之維持，均須切遵劉主任遺囑辦理。

字林西報揭載

京敵仍狂肆屠戮

最近遇難者逾萬人

幼女老媼多被玷污

英記者發電又被敵檢扣

【香港二十一日下午九時發專電】滬訊，字林西報二十一日社評，斥駐京日軍軍紀弛蕩，任意屠殺市民，迄最近遇難者已逾萬人，自十一歲起之幼女，以至五十三歲之老媼，均不免玷污，被強姦者大概有自八千至二萬之數，搶劫事件更不勝述，在一星期內尚有此等事件發生，故未可諉爲一時現象，該報並勸日方注意維持日軍名譽云，又租界外到處有受獸性危險之虞，英當局曾告誡英僑勿單身赴虹橋區，並戒婦女勿至滬西乘馬打球。

【香港二十一日下午九時發專電】滬訊，孟卻斯德衛報駐滬記者丁伯萊二十一日發一新聞電，復被日方檢扣，丁此電內容引字林西報今日社評對敵軍淫掠之實情，參以其人所得南京消息，證明字林西報所述不誤，內復敘述敵軍十七人輪姦一孕婦，及南京住戶被劫，各國使領館亦遭同樣命運之報告，日檢查員先以電話要求丁將原電撤回，丁拒絕之，其電遂被扣，丁現將原電抄呈英總領館，請求嚴重交涉，俾以後不再發生同樣情事。

粵海敵艦大活動

瓊北又圖登陸未逞

海陸豐昨發現六艘窺伺

敵機炸廣九路省港公路

【廣州二十一日下午六時半發專電】今晨天氣劣，敵機四架襲粵，受阻折返，午晚敵機十九架冒險炸廣九路及省港公路，投二十餘彈，水東發現敵巡艦一艘，派機偵察南路各屬，海豐平海發現敵艦六艘，無異動，敵艦三艘，飛機兩架，昨晨七時掩護水兵二百餘人，乘輪船四艘，再猛犯榆林港，敵艦發砲五十餘響，飛機投二十餘彈，劇戰半小時，被擊退，下午敵艦再轟十餘響後，逃往東京灣，我損失甚微。

【香港二十一日下午十一時發專電】二十日晨七時敵小型艦三艘再駛榆林港，發二十餘砲，並派機二架轟炸，掩護水兵二百五十餘，分乘小艇，企圖登陸，我軍還擊，敵艇一艘被我擊沉，一傷，餘逃，下午三時十五分敵又砲擊，我未還擊，敵知有備，亦未敢登陸。

【中央社海口二十一日路透電】昨晨日汽船多艘，在日軍艦三艘猛烈之炮火掩護下，企圖在海南島南部之榆林港登陸，岸上防軍還擊頗猛，結果日軍以無機可乘，當即退去。

【中央社廣州二十一日電】㊀粵海陸豐兩縣間之海面今日駛來敵艦二艘，派有水上機一架略事偵察，即行他駛，㊁海豐縣屬馬鬃海面發現敵艦六艘，曾派機三架偵察，其中三艘已他駛，㊂唐家灣亦發現敵艦三艘，無何種動事。

許大使

二十七日可抵港

【中央社香港二十日電】我駐日大使許世英二十日由日乘亞洲皇后輪啓程返國，二十七日可抵港，大使館秘書胡邁，昨已先行到達。

新任英大使

來華行程變更

日內赴巴格達一行

即飛印度轉輪來滬

【中央社倫敦二十一日路透電】英駐華新大使克拉克赴華日期，已略有變動，彼擬于一月二十四日飛往巴格達，處理私人事務，然後再偕其夫人由巴格達飛往孟買，轉乘新德號郵輪赴滬，據克氏語路透社記者，彼至于其到華後駐在地，則在未到達前，不能決定，克氏在過去兩星期中，對遠東情勢已有廣泛之研究，克氏待人接物，均簡捷明快，委態則活躍有力，對于運動及遊獵皆所愛好，對于文學，更屬研究有素云。

昨晨入殮

當午移靈

中央電唁

川省誌哀

蘇大使

明日遞國書

滬租界搜捕中

又一槍聲

漢奸楊新正死

捕房已拘百二十六人

【香港二十一日下午九時發專電】滬訊，自二十日迄二十一日晨，公共租界捕房續搜所謂恐怖黨人物，拘四十五人，連前共拘百二十六名，又日警晨至法捕房請會同在望志路搜查一居戶，謂其私藏軍火，但未獲證據，拘去五人，由法捕房偵查中，二十一日下午五時許，滬西海格路發生一暗殺案，被殺者楊新正，向在滬西經營地方營業所等地方事業，滬戰後在該處曾組織類似維持會之團體，且在被偵遇被殺前，曾預聞僞市民協會組織事，開槍者逃逸無蹤。

華北敵司令部

由津移平

靳雲鵬有意當傀儡

土肥原在京滬一帶活動

敵軍集滬

防我游擊隊

京糧食恐慌

敵竟不許接濟

〔社評〕

實業家眼前應有之準備

此次對日抗戰，人人存必勝之心，而最後勝利之到來，爲期亦必不太遠。惟值此長期抗戰過程中，沿海沿江較開化各省，勢必爲敵人臨時佔據，鐵路到處，破壞隨之，所有中國已生長或初萌芽之近代各種大小工業，必丞摧殘或攫取而無餘。巨萬有形之財產一旦化爲烏有，固爲可惜，同時無數有技術之員工，亦勢必至於賦閒家居，而無適當之生業，此種無形之損失，更不可以數字計。而眼前未淪陷之處，工業較爲落後，生產數量有限，縱欲發揮最大效率，亦不克供以後廣大民衆之需求。加以舍是戎馬，軍事高於一切，船車轉運，遲阻萬分，原料燃料之採取，勢不能如願相償。海道封鎖，外貨絕跡，內地廠家，固希望努力生產，以彌補社會需求之不足，而形勢之促如此，一般實業家固不勝其悵惘矣。然抗戰必勝，幾成肯定之預言，而戰後之國家，必以工業爲立國之要道，又爲鐵一般的事實。吾人從最近將來之遠大處着眼，眼前刻下情形稍堅，自爲時勢所必有，決不可因之灰心，未雨綢繆，先機勿失，此則敢爲大聲疾呼，願與全國實業家有以商権之。

……

字林西報揭載

京敵仍狂肆屠戮

最近遇難者逾萬人

幼女老媪多被玷污

英記者發電又被敵檢扣

【香港二十一日下午九時發專電】滬訊，字林西報二十一日社評，斥駐京日軍軍紀弛蕩，任意屠殺市民；迄最近遇難者已逾萬人，自十一歲起之幼女，以至五十三歲之老媪，均不免玷污，被强姦者大概有自八千至二萬之數，搶刦事件更不勝述，在一星期內尚有此等事件發生，故未可諉爲一時現象，該報並勸日方注意維持日軍名譽云，又租界外到處有受獸性危險之處，英當局曾告誡英僑勿單身赴虹橋區，並戒婦女勿至滬西乘馬打球。

【香港二十一日下午九時發專電】滬訊，孟却斯德衛報駐滬記者丁伯萊二十一日發一新聞電，復被日方檢扣，丁此電內容引字林西報今日社評對敵軍淫掠之責言，參以其人所得南京消息，証明字林西報所述不誤，內復叙述敵軍十七人輪姦一華婦，及南京住戶被刦，各國使領館亦遭同樣命運之報告，日檢查員先以電話要求丁將原電撤回，丁拒絕之，其電遂被扣，丁現將原電抄呈英總領館，請求嚴重交涉，俾以後不再發生同樣情事。

1938.1.24《申報》 敵軍在京暴行美提抗議

經濟部積極建設 內地經濟中心

重要工廠已移往一百餘家

籌劃開煤礦勘水道

國際反侵略運動會 中國分會成立

請大會宣佈日爲人類公敵

推朱麗鶴爲赴英代表團

赴英代表團

海約將發止

于右任致詞

邵力子致詞

沈鈞儒致詞

對大會提案

張羣昨對記者談 治川方針

培植民力加緊建設

羅致人才共同努力

鄂省國營區 轄縣業經劃定

羅卓英兼武昌區司令

新春區將軍政部遣派

中國到底有多少架飛機？

請看敵方的統計

劉湘大殮 昨日運柩回川

敵軍在京暴行 美提抗議

認爲敵國無法控制軍人行動

疏散武漢難民

車船不敷時沿公路步行

途中伙食每人每日三角

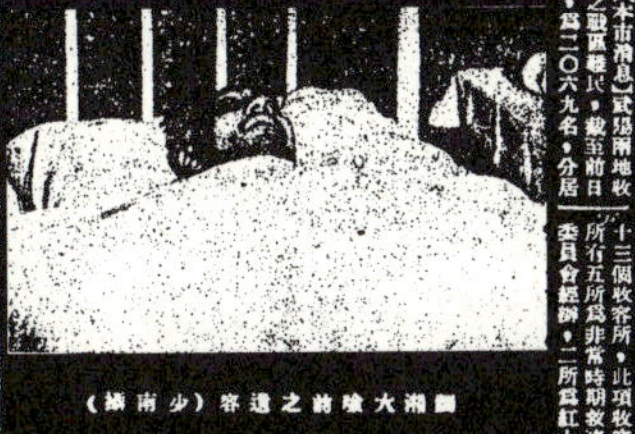

疏散辦法

運送難民

漢市歌女 受調查登記

蘇使館失愼

前部房屋均被焚毀

今日將發表損失詳情

抗戰懲治漢奸

鄂合作事業務計劃

三縣清查墾地

本年徵新稅

合作管理區

徵求女學兵

敵軍在京暴行

美提抗議

認爲敵閥無法控制軍人行動

【華盛頓廿三日中央社合衆電】國務院發言人頃宣稱：美國駐日大使格魯，對於日本行政官員無法控制在南京日軍行動一層，業已向日外務省提出抗議。此間據美國駐華大使館報告，自本年一月十五日至十八日四日內，先後有不法之徒，擅自闖入美人所有之房屋內，共計有十五次之多。國務院對於日方行動，仍抱焦慮，因此等行動俱在「巴納」號事件發生後，日本提出積極保證後所發生者也。傳日軍在各地橫肆劫掠消息傳來，業使此間對於日本政府能否控制戰場上軍隊之行動，發生懷疑。據亞立遜報告，日軍近曾在避居美人住宅內，擄去華籍婦女五人。

○德僑產被燬 亦將提抗議○

【香港廿三日中央社電】滬訊：日軍在南京私入美僑住宅及侮辱美國國旗等事件，美國務院與美駐日大

[illegible] 敵殘暴情形

【香港廿三日中央社電】滬訊：日發言人昨日答覆各記者之質問頗多，而對於檢查新聞事件，頗覺自圓其說。孟却斯特導報記者田伯烈，又提出彼之新聞被扣問題，日發言人答稱，不論新聞之來源如何，凡不能證實之消息，及有辱日軍榮譽之新聞，一律不能放行云云。按田伯烈第一次被扣之新聞電內容如次：自余返上海後，余曾設法調查外傳日軍在南京及其他各地殘暴行爲之真相，據目擊者之口述，及極可靠方面之函述，日軍行動之暴虐，較中世紀匈奴之殘暴猶有過之。在長江下流一帶，被日軍殘殺之中國人民，達三十萬人，至於日軍其他之姦淫擄掠之行爲，更不勝枚舉。即年輕幼女，亦不免被姦。此種殘暴行爲，在日軍佔領已數星期之地方，仍極盛行。被殺之華人，亦與日俱增。此種行爲，皆爲日軍之羞，高尚之日人聞之，皆無以自容，乃日軍不知自檢，在上海又發生若干事件，一月十七日字林西報載稱：有四日兵因無法覓取婦女及酒，竟開槍擊斃中國老嫗三人，及其他之無辜者數人云云。

【香港廿三日中央社電】上海日方發言人周（廿一

使，已同時向日駐美大使及日外務省提出抗議，聞德政府亦將因日軍在南京焚毀德僑財產事，將向日政府提出抗議。現南京城內，除難民區尚有廿萬人外，其他區域，皆無人跡。在難民區中之人民，以日軍殘暴，故不得回居故里，難民區中之主持者，為美國傳教士德國僑商若干人，彼等共同組織一國際救濟會，維持區內事務。昨日當日軍當局招待外國記者時，有人詢問是否日軍已拒絕國際救濟會運送糧食藥品赴南京，救濟難民。日發言人稱：自南京地方維持會成立後，日方已認國際救濟會不復存在云云。日方公然為此表示後，各方均感不安。各慈善家對於難民區中難民

日）午後招待外國記者，英報訪員田伯烈宣稱，余曾發電敘述日軍在南京屠殺，姦淫劫掠情事，日本檢查所竟予以扣留，日發言人答稱此種情事，並無左證，凡以妨礙日軍名譽

為能事者，日本檢查所均當予以扣留。田伯烈乃詢可否准許少數外國記者前往南京視察，日方發言人則答以非戰鬥員不問日本人或外國人，因軍事關係，未便准其前往南京。

1938.1.24《新華日報》 滬英報指責獸行敵阻礙救濟南京同胞

隴海線血戰將展開

徐州我陸空軍兵力雄厚
空軍猛襲蕪湖敵軍陣地

（中央社香港廿三日電）據最近觀察各國戰線之某國軍事家談稱、敵軍沿津浦路南北兩路之進展、隨因雨勢暫行停頓、但隴海線之大戰、不久即可展開、南路之敵軍、已迫近蚌埠、彼等欲進攻徐州、將先佔領蚌埠、北路之敵軍、已抵鄒縣南之某地、蔣委員長已下令各軍不得退却、同時增派大批援軍、以阻敵軍之前進、現敵軍已覺前途作戰的困難、故正極力由揚子江流域調兵北上增援、據我方軍事報告、最近於皖南之敵軍已大部後退、此項軍隊均已調津浦線作戰、敵軍後方的交通線、時被中國游擊隊襲擊、故常被切斷、京滬線沿路我軍似極多、隨時向敵軍奇襲、聞上海蘇州間、現有我軍一師、實力充足、隨時準備襲擊敵軍後路、上海近郊時聞機關槍聲、足證上海附近、似有中國游擊隊之活動、在浦東方面、因我軍之活躍、敵軍處境極為困難、聞我軍現已佔領浦東某要鎮、距上海僅二十英里、而我軍前鋒活躍之範圍、距上海尤近。

現中國方面進行調整軍隊頗力、凡作戰不力之軍官、均被撤職、而代以曾在中國最優軍事學校畢業之青年軍官、同時我軍之主腦部、因一部份不盡職人員之淘汰、更加增強。此次之戰爭、舊式之軍人可謂已淘汰殆盡、即令有若干舊軍人猶想覬覦、亦不能得國人之信任、中國之軍隊、現已徹底改編、不久可成為堅強而極有訓練之國軍、其長官亦均極為精幹、總之、目前之戰事、令中國軍隊近代化之年限、縮短二十年。

（上海廿三日路透電）據我軍息、徐州我軍已集中×十萬、其中有若干師為×省鐵軍、現在準備與敵軍作殊死戰、同時、該處有□運□□機×十架、協力保衛此軍事上有重大意義之城市。

（中央社蚌埠廿一日電）天長已無敵蹤、盤踞滁縣之敵、為八十三師團、師團部駐城內中心地、師團長宿楷、我居民出入城門、敵發給雜民條。

（本報廿三日鄭州專電）津浦北段戰況沉寂、現敵由兩段北攻、連日敵軍自南京調往津浦線者約三萬餘人。

（中央社徐州二十三日電）津浦北段正面及右翼、廿三日無接觸、我敵仍在原陣地對峙、左翼我軍分由金鄉嘉祥反攻濟甯後、進展甚速、我騎部步騎兵在濟甯西方之安居、已與敵接觸、斬獲甚多、某部游擊隊亦已進至大長溝及開河附近、另一部則已進駐孫氏店、對濟甯已成包圍之勢。

（中央社徐州二十三日電）敵近由膏州方面以重兵出高密、企圖高徐公路線向諸城南犯、我軍洞燭其計、現已調派部隊赴沂莒縣諸城增援。

（中央社鄭州廿三日電）據報、活躍太行山內之我游擊隊某部、日前向東挺進、直抵平漢線西之寶皇廟內、會同當地武裝民衆、積極活動、最近該地民衆、與駐縣敵軍接觸、乃誘敵入某山中、突遭我埋伏之游擊隊包圍夾擊、殲敵三百餘人、縣城當即為我收復、越數日、敵調大批援軍進攻、我游擊隊遂化整為零、敵駐縣屬郊野、待機襲擊、敵因此役遭受重大損失、乃將附近村村焚掠一空、慘殺民衆無數。

（中央社屯溪廿三日電）我空軍數隊、廿三日晨至蕪湖魯港宣城以東一帶敵陣地、猛烈轟炸、同時以機槍集中火力向敵掃射、掩護我陸軍奮勇前進、現白馬山大孤山一帶山頭、已經我軍佔領、并繼續向蕪湖方面進攻中。

（本報廿三日安慶專電）今晨敵艦二艘過荻港赴銅陵、下午十二時五十五分、另有敵艦三艘、自下游開到荻港、在敵機掩護下向岸上開砲十一發、死□民一人、至下午二時十分、許敵艦六艘、均向三山鎮駛去、又息、近來敵向蕪湖增加之部隊、在一師團以上、現泊蕪湖之大小敵艦、共四十艘。

（中央社安慶二十三日電）二十三日晨九時、我空軍隊飛至蕪湖、轟炸敵所盤據之飛機場及軍隊集中地點、敵機雖亦起飛、但我空軍極為鎮定、均能照準目標、從容投彈、據報告我在機場投彈十餘枚、炸毀內置機庫未能起飛之敵機八架、同時蕪湖市內亦有數處起火、機場及市內□竄至下午二時始熄、我空軍則於任務達成後全數返防。

（中央社南安廿三日電）我軍克復富陽後、敵仍據守富陽以北十公里之高橋鎮新橋鎮及猴頭嶺等山地、頑不退出、廿二日且自杭州增援六七百人、昨晨我□□師某旅奉命向敵猛攻與敵在上述各山地激戰半日、斃敵百餘、奪獲機槍一挺、步槍多枝、我士氣甚盛。

（上海二十三日路透電）浦東一帶、我游擊隊有數千人之多、時□襲擊敵軍、現敵軍事當局竟說、已經完全被他們消滅了、他們承認、在佔領南匯時、曾遭遇到堅強的抵抗、同時卻又說、在敵軍佔領南匯後、一部分游擊隊渡過了黃浦江、到了滬西、離英國西區只有五里的一個地方、據敵軍說、也發現了游擊隊、所以禁止外國人到那一帶地方去跑馬。

（中央社南安廿三日電）我繞至杭州敵軍後方之游擊隊某部、廿三日□出動、襲擊和州東北四十公里長安鎮之敵軍、敵猝不及防、被我擊斃卅餘人、內有新成立之一百零一師參謀一人被擊斃、我并於其身上獲得蘇州杭州間地圖一幅、據敵於去年十月間、曾以完全後備役之軍人組成十數個新師團、其番號自百零一號起、該師團長為伊東中將。

（中央社鄭州廿三日電）我某部於磁縣附近各地游擊、廿二日在彰城鎮西賈壁村與敵軍石河部數百人遭遇、激戰七小時、敵不支退卻、是役斃敵百餘人、獲得手擲彈兩箱、我方亦傷亡官兵數十人。

（本報廿三日臨汾專電）孟縣進至黃池之敵千餘人、經向下莊進攻、我周劉支隊與戰數小時、我徐旅一部趕到猛烈向敵側擊、激戰□小時、敵不支潰退、我尾追至黃池、敵抗拒一小時、復被擊潰、追至孟縣、敵據城頑抗中、是役斃敵百餘、獲步槍短槍數十支、彈藥軍用品一部、我亦傷亡數十人、井陘之敵七百餘人、昨晨分途向小寨進攻、我游擊隊正與對戰中、河北平山之敵二百餘人、昨日進至城西十里處肆行搶掠、我曾支隊猛烈襲擊、斃敵五十餘人、我亦傷亡十餘人、黃昏時仍對戰中。

（本報廿三日臨汾專電）靈縣敵步兵千餘、砲十六門、汽車四十餘輛、進抵三甲村附近、聲言除歷年底將進擊寶武神池、又息近日由太原開大同汽車載傷兵及死尸、聞係因太原一帶駐敵因水土不同、近發生大批疾病、死亡者甚多。

張羣昨對記者談
四川施政方針
培養民力加緊建設

（中央社訊）四川省府主席、國府已明令以張羣繼任、中央社記者以四川地位異常重要、昨特走訪張氏、當承接見、據談、四川自劉主席主政以來、即與川中各方將領開誠佈公、努力求治、同心一德、以安定川局、擁護中央為職志、軍事既獲以整理、政治亦日上軌道、地方一切設施、復同時並進、對于國家貢獻、實任達大、抗戰以來、劉故主席復親率師旅、殺敵疆場、尤為舉國所欽許、不幸積勞過度、舊疾復發、國難未紓、竟先齎志以歿、真所謂鞠躬盡瘁、死而後已者、為國為川、均令人起無窮之悲悼、中央對於川省主席人選、以本人（張氏自稱）係屬川人、較悉川事、因使承乏、但本人自民國九年離川之後、即未一履故鄉、十數年來皆在中央或他省服務、定省久缺、親舊多疏、於地方利病、人民疾苦、尤不敢謂有深切之瞭解、此次遽承新命、深感責任重大、弗克負荷、方蘄另簡賢能、未蒙俞允、值茲國難極度嚴重時期、余以桑梓、敬恭之義、不敢固辭、□川省連年災歉之餘、必先恢復人民之生產能力、一切國防重要之建設、方能次第迅速實現、換言之、培植民力與加緊建設必須同時并進、方足以適應非常時期之需要、前途工作、本極艱鉅、所幸國府現駐重慶、一切指導極為便利、惟有秉承中央意旨、并繼續劉故主席最近後方建設之計劃、羅致各方人才、共同努力、為川省謀民生之建設、即為民族復興之基礎、本□志願如此、惟一切設施、尤有待於中央同僚及川中父老各方同志多方督教、隨時匡助、乃克有成、記者末復詢張何時入川就職、據答本人現在中央尚有若干職務、須俟分別結束、始能確定赴川日期。

新嘉坡華僑

（中央社訊）自抗戰以來、各地僑胞、熱心愛國、英坡華僑、捐已有三百萬元、不斷踴躍捐輸、其中尤以新嘉坡僑組國難民大會、勸募成績最著、行政院現該會主席陳嘉庚前報、先後由中國華僑兩銀行匯解捐款計十餘次、總數已超過三百萬元、現仍繼續勸募、并稱此項捐款全屬義捐、經一致決議、不受救國公債、聞孔院長接得此項報告後、已去電嘉獎。

蔣委員長明令
嚴懲貪官污吏
棄土先逃一律軍法從事

蔣委員長近電行政院各省政府各行營各司令長官云、現值抗戰期間、整個國家民族生命、皆在呼吸存亡之中、所有文武各級官佐、務應激發忠誠、廉潔奉公、倘有貪污不法、舞弊營私、或侵漁公款、或剋扣軍餉、或藉端剝削、案詐民財者、一經查出、悉以軍法從事、無論職位高低、皆必嚴加懲處、除由本會隨時派遣要員分赴各地密查外、各主管長官、尤應認真糾察、破除情面、隨時檢舉、以肅官風、而懲頑囂、仰即遵照並轉飭所屬各級機關官佐、一體懍遵是為至要。

漢市黨部、近准軍委會第六部轉准軍委會蔣委員長齊電、以奉委員長電、以國家設官守土牧民、各有專責、如遇縣城或縣縣失陷、或者官受迫、應即分別移駐鄰縣或所屬縣境、繼續工作、領導民衆、努力抗敵、毋得聞警先逃、否則即以軍法從事、等因、轉囑查照、等由、市黨部已轉飭所屬遵照。

滬英報指責獸行
敵阻礙救濟南京同胞
扣留電信遮掩殘暴殺戮

（中央社香港廿三日電）上海廿三日電、日方發言人於廿一日午後招待外國記者、英國曼哲斯德保衛報訪員丁伯萊宣稱、日前余曾□出電報、敘述日軍在南京的屠殺、姦淫劫掠情事、但被日本檢查所扣留、同日字林西報亦發表社評、指責此種暴行、實乃不約而同、日方發言人當答稱、此稱情事、并無證據、外國記者所發的電報、凡是和事實不符、而妨礙日軍名譽的、日本檢查所都要扣留、丁伯萊就說、為明瞭事實真相、日方可否准許少數外國記者到南京去視察、日方發言人則答以非戰鬥員、不問是日本人或外國人、因軍事關係、都未使准其前往南京、至於什麼時軍事關係、則不加說明、丁伯萊又說、南京國際救濟委員會所需食物藥品、聞日軍當局不許運到該處、確否、日方發言人乃答稱、南京城自成立「治安維持會」之後、即已着手處理難民救濟事宜、國際救濟委員會沒有再合法存在的理由、此項救濟委員會、名義上雖屬慈善團體、其成立乃出于中國政府的要求、中國政府并曾撥款津貼、事實上等于中國半官機關、（按南京國際救濟委員會、受成于國際紅十字會、國聯會所派出之醫藥救護隊正在赴華途中、即將與之合作。）此外外國記者并云、美國寄來信件、係由日本轉遞、時有拆閱情事、其中紐約泰晤士報來信五件、即有四件被拆、第五件則空無所有。

被扣電報原文披露

丁伯萊被敵方扣留的電報、原文如下、「自余返滬後、余曾設法調查外傳日軍在南京及其他各處殘暴行為之真相、據目睹者之口述、及極可靠方面之函述、某可靠的觀察者說、在長江下流一帶、被日軍殘殺的中國人民、達三十萬人、至于日軍其他之姦淫擄掠的行為、更不勝枚舉、即年輕幼女亦不免被姦、此種殘暴行為、在日軍佔領已數星期之地方、仍極盛行、被殺的華人亦與日俱增、此種行為、皆為日軍之羞、高尚的日人聽了、也無以自容、乃日軍不知自檢、在上海又發生若干事件、今日（一月十七日）字林西報載稱、有日兵四人、因抓不到婦女飲酒、竟開槍擊斃中國老媼三人、及其他之無辜者數人。

平僞組織擅改稅則
財部令海關拒絕施行

（中央社訊）據財政部發言人云、北平僞組織擅訂關稅稅則、宣佈自廿三日起實施、此事關係重要、深望有利害關係各國、對此特予注意、多年以來、我國內外債、保關稅收入為担保、截至一九三二年、日本侵佔東三省之時為止、海關行政之完整、向未受任何侵害、其應以東三省稅收攤還之債款、日本曾經應允照付、但事實上迄未踐言、今日本又進一步意圖損害我國□□關稅行政、嗾使北平僞組織新訂稅則、此舉不惟破壞中國之重要稅收機關、且危害各國政府及債權人之利益、照僞組織所訂稅則、其減稅之物品、均係日本出口貨物、此種非法行為、若置之不理、則今日可減輕日貨稅率、明日即可增加他國貨物稅率、各國運華物品、勢將屏絕於日本佔領區域之外、財政部現已嚴令總稅務司轉飭海關、對于此項非法稅則、絕對拒絕施行、仍照現行國定稅則徵稅。

滬敵汽車
通過法租界受阻

（中央社香港廿三日電）滬航訊、廿三日晨九時半、敵軍用載重汽車三輛、載有軍用品與士兵多名、意欲通過滬法租界外灘、前往南市、當由法國巡捕予以阻止、隨即折回虹口、按法租界當局、雖在事前允許此種載重汽車在上午七時半以至八時半之間通過外灘、但敵方遲延至一小時以上、致為法方所不滿。

韓復榘不日判決
擅自撤退貽誤抗戰軍機
高等軍法會審開庭多次

第五戰區副司令長官韓復榘、因不遵命令、擅自撤退、貽誤戎機、軍事委員會委員長、為整飭軍紀起見、特將其免職拿辦、付諸軍法、茲因最高軍事當局、已命組織高等軍法會審、派何部長應欽為審判長、鹿副司令長官鍾麟、何主任成濬為審判官、徐業道、賈煥臣、□軍法官、業經數度開庭審訊、不日可依法判決。

主席大使相互致辭

（中央社重慶廿三日電）蘇聯駐華新大使奧里爾斯基、呈遞國書時頌詞及林主席答詞錄次、

蘇使頌辭

主席閣下、本使奉蘇維埃社會主義聯邦共和國中央執行委員會、特派為駐紮中華民國全權大使、今日恭呈國書于貴大主席之前、無任榮幸、本使以為首先聲明蘇聯國各民族、對于為全人類文明化、為全人類所欽仰、並具有幾千年宏富文明、而有與各民族和平共存意願之偉大中華民族、抱有深摯之友誼及同情、蘇聯各民族、認為保障自由與獨立生存而門爭之中華民族及其為自由獨立之英武奮鬥抱有深切同情、尤為喜悅、本大使此次來華、亦具此同樣感情、深願盡己力去工作、用以鞏固我們為遠東和平主要元素之兩國間睦誼關係。

一獨立及自由、暨人所共知的對他人領土無侵略野心、力求和平、及進步的中國之存在和發展、乃亞洲以及全世界和平之基礎、蘇聯政府以為真正統一[illegible]

林主席答詞

大使閣下、本日貴大使以蘇維埃社會主義聯邦共和國中央執行委員會特派駐中華民國全權大使資格、遞送國書、本主席無任愉快、中蘇民國酷愛和平、內求自存、外謀共存、數千載之文化與歷史、足資證明、而蘇聯國各民族革命以後同樣懷抱、廿年來奮鬥經營、不遺餘力、如此兩大民族鄰居于亞洲大陸、實可引為欣幸之事、中蘇兩[illegible]

蘇聯大使呈遞國書
祝我國運隆旺中蘇友誼益密
發表談話願為鞏固邦交努力

（中央社重慶廿三日電）蘇聯大使盧幹滋奧萊爾斯基廿三日上午謁見林主席、呈遞國書、十一時許國府典禮局王孝績科長到[illegible]、大使偕館員及秘書五人、登車逕赴國府、沿途安設警戒、到達後、國府軍樂隊奏蘇聯國樂、延入接待室休息、呂參事長侍啓、林主席出臨禮堂、立正中、外交部陳介次長、文官長魏懷、參軍長呂超率參事五人、七人分左右侍立、王典禮局長導蘇大使入殿、致使人禮堂、鞠躬致敬、林主席答禮、大使宣讀頌詞、由外交部[illegible]譯為中文、譯畢、大使復趨前三步、行一鞠躬禮、林主席旋致答詞、由外交部[illegible]譯為俄文、譯畢、蘇大使進前、與主席握手、恭祝林主席健康、並祝我國運隆旺、主席旋致賀、最後共祝中蘇邦交益敦親睦、寒暄既畢、由林主席延入宴會室、待宴至下午二時四十分、蘇大使興辭、仍由王局長到科長送返官舍、主席旋於午後三時、派參軍長呂超持片赴外交官舍答拜、蘇大使於下午五時赴市府行營拜訪李市長賀主任、下午六時半赴市府行營在國際聯歡社舉行之茶話會、又今日為國府遷渝後第一盛典、中央攝影場事前即赴國府佈置、已將入覲盛況攝為有聲電影。

（中央社重慶廿三日電）蘇聯新任駐華大使奧萊爾斯基、呈遞國書後、中央社記者於今晨十一時半謁見林主席、往訪于外交官舍、承發表談話如次、蘇聯各民族對於富有數千年文化、人人共知、又對於世界求和平友好之中華民族、無不欽敬、無不愛護、蘇聯政府並依偉大的十月革命所宣佈之各民族間友好博愛之訓示、暨蘇聯各民族領袖列寧史達林之指導、無論過去現在、與將來皆將與偉大中華民族之關係、建立於絕對互相尊重之基礎上、蘇聯各民族、以為中華民族乃最偉大的文化真理之創造者、並且此文化真理在數千年中、不僅為亞洲各民族、而且為全世界文明之發揚光大者、所以尊重其對於文化歷史、有足以自豪、暨向世界各國要求尊重其權利之充分理由。

反侵略運動
中國分會成立紀事
通過負責人名單及提案

國際反侵略運動大會中國分會、昨日下午二時在漢口市商會舉行成立大會、計到會團體數十、人數在五百以上、堂內在開會前半小時已告滿座、陸續前來參加者俱立於座後及兩旁、為近來武漢空前之盛況、二時十分振鈴開會。

首由主席陳銘樞先生領導全體行禮如儀、並對陣亡將士及死難同胞作一分鐘之靜默、儀式完畢、由主席報告國際和平運動大會之意義及經過、繼為懿察院于院長講演、兩種反侵略之基本精神言之甚詳、聲調激昂、掌聲始終不絕、其次為中宣部邵部長演說、着重指出將「和平運動」譯名改為「反侵略運動」之意義、為藉此表示我國抗戰到底之決心、並以之避免少數別有用心之曲解、繼謂：我們所需求之和平、決不是在損害國家人格喪失獨立精神之下的屈辱的和平、而是榮譽的和平、正義的和平。最後特別提出、同時也要去號召同情我們的友人之援助。週副主席恩來代表中共、先生發表下列五點意見：一、應明瞭反侵略與和平運動之關係、我們此次抗戰為反侵略的戰爭、也就是維護和平的戰爭。二、因我國抗戰與世界和平、有深切關係、全國人民應踴躍參加。三、應利用此次大會向國外宣揚我國抗戰之民族解放及保衛世界和平之意義。四、在大會中應要求各國對日實行經濟制裁。五、要求實施國聯盟約十六十七兩條。汪精衛先生代表指出參加和平運動即增加我國抗戰力量及[illegible]

外交上應有獨立自主之精神、隨後、沈鈞儒先生認為在參加反侵略大會時應不忘民衆運動之深入及上下一致之團結、基督教方面今日來此參加者有五十餘團體、以促成全世界九萬萬教友為我之有力聲援。

市商會代表及劉清揚演說亦極為精彩。

旋即開始討論分會章[illegible]

、宣言及對倫敦大會之提案。全場一致通過、隨後通過主席提出名單主席團、理事會以出席倫敦大會代表團之名單、計當選為名譽主席兩者為宋慶齡、陳誠、汪兆銘、陳友仁、宋美齡、陳紹禹、張群、宋子文、李烈鈞、胡適等數十人。當選為分會理事者為：朱家驊、陳立夫、張沖、周恩來、郭沫若、潘梓年、陶行知、鄒韜奮、張仲實、潘公展、章乃器、黃少谷等百餘人、出席倫敦大會代表的當選者、蔡元培先生、㈡由國外前往參加者為：陶行知、吳玉章、胡適等十餘人、後在掌聲中一致通過慰勞前方將士及殉難將士電、最後全體高呼口號、軍樂隊奏黨歌、散會時、出席者均唱國歌而去。

蘇聯大使館
昨失火原因未明

（中央社訊）漢市特三區江邊蘇聯駐華大使館、昨（廿三）晚八時一刻、突然失火、警察局消防隊聞警後、即派救火車十餘輛、趕往失事場所施救、同時該局并派警察警士一隊、在該館外維持秩序、局長陳希曾親自指揮、同時救護、記者於警火警十餘分鐘後、趕至該處、見該館已被大火所圍、均為火焰所圍繞、勢甚兇猛、所有救火員、均奮不顧身、竭力灌救、無如該館房屋係木建築、燃料物、故一經燃燒、蔓延極速、二樓所有房屋、均付之一炬、幸北中一部物件、經該館職員等搶救、得未遭受重大損害、至十時半火勢始行撲滅、至失火原因、現正在調查中、傳聞係壁爐火勢過旺灼及木板、因而燃燒成災、當時該館館員正進晚餐、故有此不幸、聞損失詳情、該館擬於今（廿四）晨調查後發表。

敵機轟炸

（中央社廣州廿三日電）敵機卅五架、昨日在粵漢路投彈五十餘枚、平民死傷數十人、廣九路投彈九枚、毀路軌四對。

（中央社蚌埠廿三日電）廿三日雨後晴朗、下午敵機三架襲蚌、在淮河南北岸投彈十餘枚、死傷平民十餘人、毀民房數十。

（中央社徐州廿三日電）徐州昨□十餘起、至午後二時止、續敵機三次窺徐、共投彈十數枚、多落東關一帶、傷市民三人、毀民房數十、當有一架負傷。

（中央社金華廿三日電）敵機一架、昨日上午飛蘭溪投二彈、毀民房數間、旋竄入金華上空、在大□門一帶、用機槍掃射後、向義烏方面竄去。

劉湘遺體昨大殮
蔣委員長主祭

（中央社訊）劉上將湘遺體、昨（廿三）日上午舉行大殮、蔣委員長親往主持、到有各院部會長官及何成濬、陳立夫、周恩來、郭沫若、錢大鈞等四十餘人、十一時正舉行儀式、蔣委員長主祭、至為哀悼、並對劉夫人慰唁甚殷、十一時半許、委員長偕員離去、公祭日期、決定二十五日上午九時至十一時、由黨政軍各機關代表致祭、下午二時至五時、由各方代表致祭、移靈上船日期、決定廿六日上午九時、軍事委員會派少將陳杰為護靈專員。

谷正之抵平
審查傀儡資格
香月到津

（北平廿三日路透電）敵外務省歐亞局長谷正之、奉外相廣田之命、來平視察北平僞組織政治、在正式會見新聞記者時、他說、「我到此後、一般的人都相信、和日本有關的地方、已得到充分有力的、谷正之觀察的結果、將成為日本對付北開政治發展的新政策之基礎。」關於日本承認北平傀儡政府問題、谷正之不發表意見、他說、「我們相信現在北平的傀儡政府的行政權、是這樣做的、將來一天一天的漸漸穩固、行政權也在逐漸擴大。」

又中央社臨汾廿二日電、平漢方面敵將香月、近去天津、職務由櫻井代理。

沈鴻烈
任魯省主席

（中央社重慶廿三日電）國府廿三日令、（一）山東省政府委員兼主席韓復榘着免本兼各職此令、任命沈鴻烈為山東省政府委員、此令、任命沈鴻烈兼山東省政府主席此令。

日貨輸港銳減

（中央社香港廿一日電）總去年上半年日對港貿易、總值三千九百萬元、為歷年來最高紀錄、自抗戰後、抵制日貨運動風起雲湧、致日貨入口銳減、計下半年入口總值僅得一千九百八十萬元。

說、南京國際救濟委員會所需食物藥品、聞日軍當局不許送到該處、日方發言人乃答稱、南京城自成立「治安維持會」之後、即已着手處理難民救濟事宜、國際救濟委員會沒有再合法存在的理由、此項救濟委員會、名義上雖爲慈善團體、其成立乃出于中國政府的要求、中國政府并曾撥款津貼、事實上等于中國半官機關、（按南京國際救濟委員會、受成于國際紅十字會、國聯會所派出之醫藥救護隊正在來華途中、即當與之合作。）此外外國記者并云、美國寄來信件、係由日本轉遞、時有拆閱情事、其中紐約泰晤士報來信五件、即有四件被拆、第五件則空無所有。

被扣電報
原文披露

丁伯萊被敵方扣留的電報、原文如下、「自余返海後、余曾設法調查外傳日軍在南京及其他各地殘暴行爲之眞相、據目覩者之口述、及極可靠方面之函述、日軍行動之暴虐、比中世紀時匈奴的蹂躪還厲害、某可靠的觀察者說、在長江下流一帶、被日軍殘殺的中國人民、達三十萬人、至于日軍其他之姦淫搶奪的行爲、更不勝枚舉、即年輕幼女亦不免被姦、此種殘暴行爲、在日軍佔領已數星期之地方、仍極盛行、被殺的華人亦與日俱增、此種行爲、皆爲日軍之羞、高尚的日人聽了、也無以自容、乃日軍不知自斂、在上海又發生若干事件、今日（一月十七日）字林西報載稱、有日兵四人、因抓不到婦女飲酒、竟開槍擊斃中國老嫗三人、及其他之無辜者數人。

滬英報指責獸行

敵阻礙救濟南京同胞

扣留電信遮掩殘暴殺戮

（中央社香港廿三日電）上海廿二日電、日方發言人於廿一日午後招待外國記者、英國曼哲斯德保衛報訪員丁伯萊宣稱、日前余曾發出電報、敍述日軍在南京的屠殺、姦淫刼掠情事、但被日本檢查所扣留、同日字林西報亦發表社評、指責此種獸行、實乃不約而同、日方發言人當答稱、此種情事、並無證據、外國記者所發的電報、凡是和事實不符、而妨礙日軍名譽的、日本檢查所都要扣留、丁伯萊就說、爲明瞭事實眞相、日方可否准許少數外國記者到南京去視察、日方發言人則答以、非戰鬥員、不問是日本人或外國

1938.2.14《申報》 美僑財産受侵害敵道歉賠償 日暴行自晝口供

申報

漢口

THE SHUN PAO

中華民國二十七年二月十四日 星期一

今日本報壹張 零售國幣貳分

第二萬三千二百卅九號

傳考城鎮鳳陽均收復

渡河敵被我兩翼包抄

北段局勢仍緊汶上有巷戰

平漢敵圖迂迴進擾

昨平漢綫仍在血戰

我克復灣沚

正續攻老虎八斗兩山

敵向吳杭綫增援中

敵計劃攫奪華北實業

平偽準備銀行已開成立會

各主要銀行經理均不參加

滬敵又作祟

美對外政策

極端不能孤立

敵機轟炸粵北

廣惠渡輪亦遭襲擊

昨晨敵艦砲擊虎門

徐世昌曹錕均拒作傀儡

青山附近

三國對日復文均表示不滿

敵政府將提出特別軍費案

總額超過四十萬萬

兩院對此將有激烈辯論

日貿易仍入超

敵在朝鮮強徵壯丁

國際一致援華

英決普遍抵貨

美代表稱行動必不後人

反侵略大會起草決議案

德奧舉行談話

討論國社黨問題及懸案

奧揆已首途返國

社評

日暴行自畫口供

小天使遊行

美僑財產受侵害

敵道歉賠償

自畫供狀謂控制失當

保護第三國實力不足

郭泰祺夫人救濟難民

新加坡大船塢定今日開幕

義在阿主權

下午在青年會開兒童日宣傳大會，到兒童二千餘人，大部份係由戰區來漢難童，並由難童代表，報告逃難流離經過，及日寇暴

社評

日暴行自畫口供

日軍在南京侵及美國利益，美在一月十七日向東京提出抗議，至今將近一月，日本才在昨日發表致美國的覆文。這覆文裏中日本是怎樣重視美國在華的權益，現在聽到美國權利被侵，國旗被辱，再是十分關心。如今，調査結果，的確發現有各種事件，因統制不嚴，保護第三國權益及執任一般警衛的實力不足而發生。因此日本最高司令長官竭盡他的力量，求各種事件滿意的解決，先確實調査事實眞相，然後按照軍法處置負責者。最後日本還承認担負賠償一切損失。

事實勝於雄辯，雖最狡猾的人，他的罪惡到了衆目昭彰無可逃避的時候，也就不能不坦白承認。這承認，最少已從侵略者自己的口供裏暴露了他自己的弱點：一點是「統制不嚴」，又一點是「保護第三國的實力不足」。軍隊而隨時有失敗的危險，隨時有侵及非戰國利益的危險，這種軍隊，老實說，害國有餘，衛國是無效的。

日軍暴行，現在已遍傳了全世界，不必在這裏再給它揭露了。我們現在要問的，倒不是我國受它摧殘的程度如何，却是日本軍隊這樣的暴橫，日本本國又如何得了！日軍在南京的所作所爲，不幸給許多在場的非戰國人民攻揭了出來，可是在中國其他戰域裏，外國人足跡不到的那些地方，堂堂皇軍的醜行暴跡，又豈是一般人能想像得到的呢？日軍在中國的，已在二十萬人以上，這二十多萬人，都成了出柙的野獸，縱之極易，要收回來可不是一件容易的事情。縱任他們永久在中國作戰吧，這樣的姦淫擄掠無所不爲，戰鬥力的消乏，是必然的結果；把他們調回本國重加整理吧，說不定比「二二六」更劇烈的流血暴動立刻會在日本國內發生。更何況，中國是各國利益錯綜糾結着的一個國家，任這些失掉了人性的軍隊在中國橫行，一點不能加以統制，結果必把日本當局竭力想結歡的列强，一國一國的得罪完了，說不定那一天會引起全世界羣起而攻之的烽火。

這是日本當前的危機，也可說是日本當局最大的煩悶。侵犯美國權益，凌辱美國國旗，這一次的道歉賠償，當然可以取得一時的解決，可是日軍暴行決不會因此而中止，受到影響的當然還不止美國一國，誰能保證同樣事件不接踵而來，山西三位美國傳教士的失踪不是一個很好的例子嗎！軍隊自已統制不了，第三國權益自已沒有法子保障，這樣的戰爭，雖恃砲火的威力支持着一時的勝利，其結果必瓦解冰消，是絕對無疑義的。

美僑財產受侵害

敵道歉賠償

自畫供狀謂控制失當

保護第三國實力不足

【東京十三日中央社路透電】日本政府今日答覆美國一月十七日所提關於南京最近發生之美國人民及美國權利被侵害事件之照會，內容略稱，日本政府對於美國及其他第三國在中國之權利，在可能範圍內極端加以尊重，此項政策歷來均遵行不渝。日政府接到美國關於美國權利被侵害乃日兵對美國國旗發生不正當行爲之照會後，深爲遺憾，當即訓令當地日本當局，對來照所稱各節加以澈底調查。調查之結果，證明南京事件之發生，係由於控制之失當及日本未能在南京屯駐充分軍隊，對第三國利益予以密切保護所致。該地日軍最高當局現正努力對該項事件於事實查明後，謀滿意之解決，並對肇事官兵予以軍法制裁，惟現時尚有數點仍須繼續調查云。該復文末稱，日政府希望對於賠償損失辦法，予以就地解決。

小天使遊行

國際反侵略

宣傳週結束

1938.2.27《大公報》 倭寇在京暴行的另一鐵證

何部長電各軍管區

誥誡兵役人員

怠職舞弊從嚴懲辦 黽勉從公依法獎勵

【本市消息】軍政部何部長昨電各省軍管區司令，誥誡各級辦理兵役人員，黽勉從公，不得怠職舞弊。原電云：查自抗戰以來，時逾半載。倭寇恃其利器，肆虐橫兇殘。我前線將士，前仆後繼，奮身殺敵。

本報讀者捐款

均經轉交漢後援會

本報最近收到各地讀者捐款，數逾二千元，均已先後轉交漢市各界抗敵後援會，作抗戰慰勞將士之資。茲披露捐款者姓名如下：……（未完）

鄂省厲行聯坐

無論新遷舊住均須取具聯保 不按規定者即考查勒令遷出

【本市消息】鄂省府以現值抗敵時期，本省爲後方重鎮……

鄂湘路聯運

下月可實行

【本市消息】鄂湘兩省公路聯運，刻經主管機關會商後……

陳營長身後蕭條

寡妻幼子滯……

監獄戒護

槍決漢奸

鄂省暫准弛禁釀酒

商辦

漢口第一紡織股份有限公司 召集臨時緊急股東大會通告

漢口第一紡織股份有限公司董事會啓

江蘇同鄉武漢通訊處辦理登記啓事

國立交大平院復課籌備會啓事

中國農民銀行漢行催告漢華長記餅油廠償還質押借款贖取廠屋機器生財啓事

貴廠於民國二十五年五月二十日以所有坐落漢口皇經堂全部廠屋機器生財向本行質押借款……

由京遷漢

上海姊妹男女服裝公司

男女禮服出租。仕女鈕扣另售。承荷各界惠顧。竭誠歡迎之至。

創設在南京十年有數春 聘請名技師 工作最精明 價廉並物美 各界早聞名 南京遷漢口 照常生意經

湖北街同豐里口

南京四五六永記酒菜館

地址江漢路三分總里

湯漢清 徐國屏 訂婚啓事

我倆奉父母命已於二十七年一月二十六日訂婚特此敬告親友

湯漢清 徐國屏 同啓

地皮出售

特三區界內有數段地皮出售欲購者請向怡和洋行大班接洽可也

沙市裕和福五金鐵號遺失聲明

建昌陰沉香杉出售

數千年

茲有建昌數千年陰沉香杉極品壽枋五付大者每付一萬元小者二付每付四千元賜顧者請向鄱陽街二號川康平民商業銀行李龍章交涉不誤

覃筱樓啟

商標局遷移重慶辦公通告

孔雀公司最新幽默諷刺傑構

闊嘴吧 祖勃朗 主演

又是一部好片 首次來漢

一篇混賬會計 師不知 從何算起

星相博士

星相博士，牛皮大，運氣好，猜無不中。勞利娼娘，架子足，眼界高，終於落空。

上通天文，信口言來，頭頭是道。能講預言，隨便出口，句句有理。

今日起在光明戲院公映

放映時間：二時 四時半 六時半 八時半

本院專映頭等蘇俄和歐美巨片，茲爲求普及觀衆起見，自二十七日起，改訂座價，以謀減輕觀衆負擔。

樓下每位（兩角）

善友廣告社

梅記秘製半夏

敵寇萬惡錄（三）

上海地獄

敵寇的行樂所

編者先生：

日軍在被陷各區之暴行，其最無恥與貽我民族以莫大羞辱者，莫過於蹂躪吾國女性。各被佔區域之女性，無論老少，如被彼等發見，什十難逃被污。最近崑山某教堂述及一事，又令人髮指，爰述之如下，望披露報章，以告國人！

崑山自陷落後，該地上小教堂牧師陸某，因未曾逃出，後與駐該處之日兵某長官相善。……

倭寇在京暴行的另一鐵証

——南京外僑的來函

成文秀

平湖的一夜

王人三

特三區房屋出讓

專科醫師章濟安

皮膚 泌尿器

眼耳鼻咽喉專科醫師孫明鐸

（上午半費治）（疫病治眼病）

先後任青島漢口各同仁會醫院專科醫師十年地址模範區崇善路二號即市黨部隔壁每日上午十時至十二時

大公報經濟小廣告

遺失聲明

林三鑒 林光炯啓

滁縣郭玉亭

楊靜軒啓

徵求江浙省籍女僕一名

吳雪澄

龐貫嶺

收音機出讓

遺失聲明

（金壇縣保平鄉西村）耿莊緊要啓事

朱秉清鑒

張云誠

陳劉篤兄鑒

張進基胞兄

遺失聲明

魏乃棟

防毒面具出售

柴油機出讓

遺失聲明

黃留達表弟鑒

中國油燈公司

鍾靈

陳香貽

吳縣

許崇綬 陳新民

上海中央世界明星 維多利 天聲

今日開映三場 夢遊禁宮

雲裳艷影

東戰場

母親

泰山尋寶記

趙王安趙

各種眼病均能治療功效神速並無苦惱用法簡便價值公道攜帶便利人人稱妙

各埠均有分行代售外埠函購無任歡迎

大舞臺

日戲 夜戲

失印救火 得意緣 打魚殺家 打棍出箱 法門寺

哲學家吳劍秋

命相

華中運輸公司

HWA CHUNG EXPRESS CO.

TEL. 23966

運輸部 行李部

香港 重慶 宜昌 長沙

電話通知，立即派員面洽

地址：後花樓居巷五福里一號

電話：二三九六六

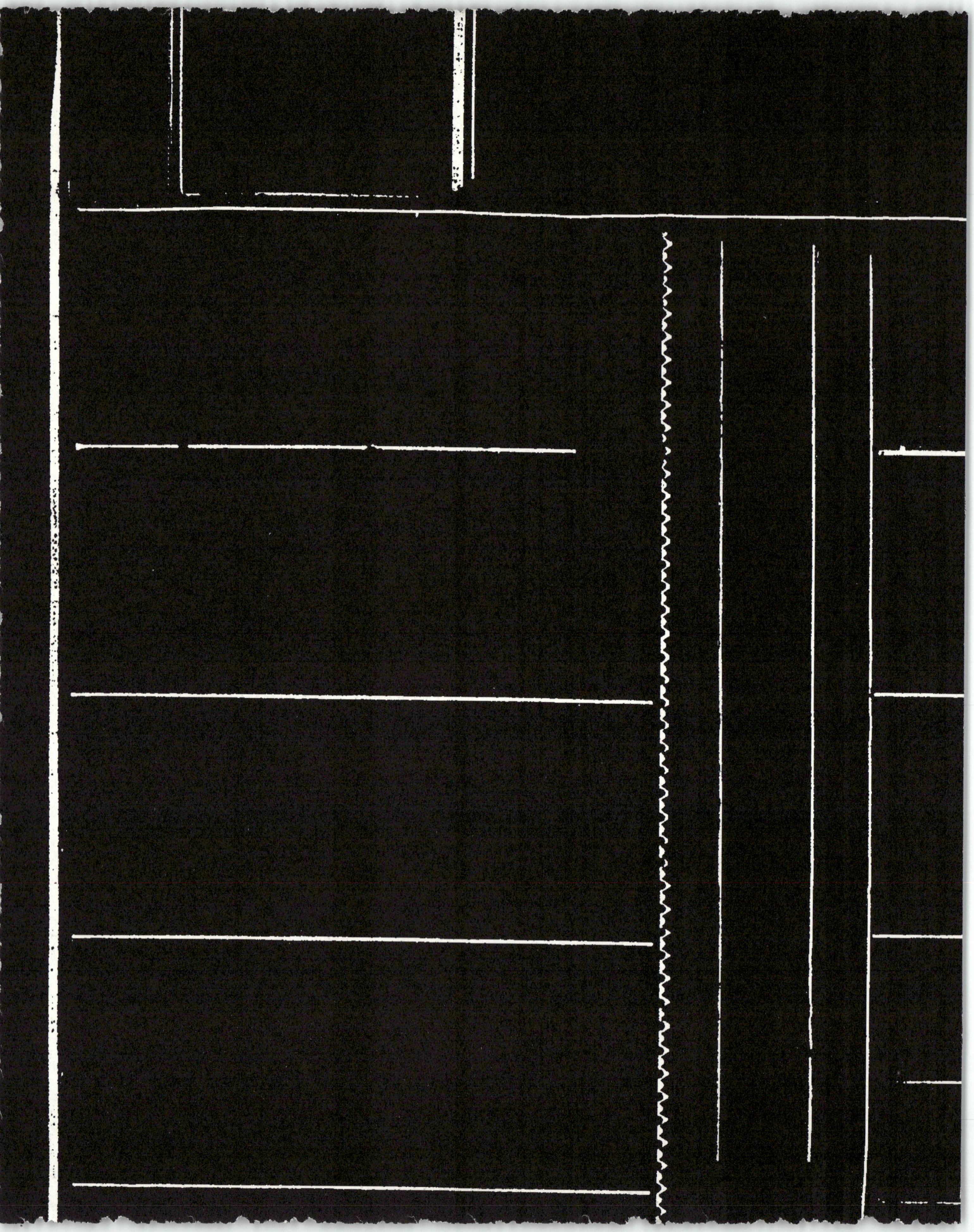

倭寇在京暴行的另一鐵証

——南京外僑的來函

成文秀

余去歲離京時，將自國外帶回大箱四支，內滿裝各種書籍衣物等件，寄存於南京內橋青年會；原想萬一首都危急，青年會在美國旗幟保護下，或可無失，最近接到該會美國總幹事費君來函云，青年會與在京外僑住宅，皆已被暴日焚燬搶掠殆盡，茲將費君原函擇譯於后：

"成先生：去年十二月二十二日大扎，上禮拜五才收到……你所寄存的幾只箱子，怕是已和青年會中其他各物同歸火化了。該會所確被日人於十二月二十二日焚燬，我深為你的損失痛惜。我和在京各人的私宅，亦皆被搶劫許多次了！

此間光景，雖似微見好轉，但是還要等多年以後，才能恢復南京以前那樣的繁榮美啊！……

一九三八，二，三日

費吉啓"

從上面身受倭禍的美僑費君，依據事實所寫的這一封信看來，可知各報所載倭寇種種暴行，並非過甚其詞了，所有人道——正義——良善——諸般道德，是永不會遇見於所謂「皇軍」營幕中的。中外人士，亦切莫夢想可以安全的生活在野獸似的倭寇鐵蹄之下。同胞，奮起！除滅此殘害人類幸福與和平的野獸！倭寇。

一九三八，二，廿五日成文秀草於漢口青年會。

1938.3.3《大公報》 敵在京暴行

三國海軍專家會議討論質的限制問題
美主張援引保障條欵
英法不願競爭美得自由造艦

【中央社倫敦一日哈瓦斯電】關於海軍軍備質的限制問題，近自日本拒不以造艦程序通告英美法三國後，各該國海軍專家頃於本日午後五時，在外部舉行會議，討論應付辦法。美代表，衆如一般人所預料，主張立即援引一九三六年倫敦海軍條約所載保障條欵。此在英法兩國代表則均須請示本國政府，因而未有成議。現定下星期再舉行第二次會議，並當於兩星期內舉行第三次會議。英國負責人士頃宣稱：本日開會時，英美法三國海軍專家曾就(一)日本拒不遵守倫敦海約所載限制條欵之理由，(二)各該國關於日本造艦計劃所接獲之情報，(三)日本政府對於各該國政府所提出之復文，交換意見。其中以美國政府所接獲之情報尤為詳盡。美代表並堅決主張倫敦海約所規定之保障條欵，務當立即予以實施，英代表採取觀望保留態度，法代表則謂該國造艦計劃無須越過條約限度，即可適合本國需要，惟德義兩國造艦計劃若果超過此項限度，則當別論云。（按一般人所知，英國或當在第二次會議之前，要求德蘇兩國聲明各該國造艦計劃是否擬超過英德兩國與英蘇兩國海軍協定所規定之限度。按此項協定所載限制辦法，與英美法三國倫敦海約所規定者相同。英國海軍界人士頃謂：英法美三國或當發表一種宣言，聲明按之日本造艦計劃，關係各國即有實施倫敦海約所載保障條欵之權利，但是否實施此項權利，則各該國將視其便。此其目的，乃使關係各國在歐洲方面造艦計劃，得以避免超過條約限度，而在歐洲以外，則得以自由造艦云。

畢德門主張再增海軍費

【中央社華盛頓二十八日哈瓦斯電】參院外委會主席畢德門，頃發表談話稱：美國海軍軍備擴充計劃，共需經費十萬萬元，現由衆院海委會加以審查，但其他各國均皆籌備戰事，加之目下並無何項和平計劃，因之此項軍費宜再增加六萬萬元，蓋為保障本國安全起見，此舉實屬必要云。

【中央社華盛頓二日路透電】美衆院海軍委員會于審查海軍擴充案後，聲請政府撥欵三千萬元為海軍實驗費，其中三百萬將用于建造巨型飛船一艘，其格式與已經存廢之飛船「洛杉磯」號相同云。

各區監察使分赴各地視察
看視傷兵難民督導行政
撫慰戰區民衆糾彈貪官

德國空軍

砲火聲中話皖南（二）

朱民威

滬法義水兵發生衝突

敵增加侵華軍費
總數達四十餘萬萬元
財源大部均仰給公債
杉山作說明各項用途

東北陣亡將士

英決進行改造國聯
英相說明設法增加會員國
對德奧問題不擬有何舉動

德國對奧將再實施壓迫
瑞士各報一致評論

堅守四行倉庫之楊瑞符營長抵漢
志切殺敵擬謁蔣委員長請纓
送旗之女童軍楊惠敏亦抵漢

春耕運動

褒揚楊壽彭

豫南皖西的新氣象

長江

德擬收回殖民地
日本代治各島亦在內
德雜誌評論各島資源

武長公路
定十日通車

【中央社訊】武昌至長沙公路湘境一段早已完成，鄂南一段去冬開始修築，所有路基路面工程，近已全部完成，兩省聯運辦法亦經商妥，現定于本月十日正式通車，武長間十二小時可達云。

英愛談話
即將繼續進行

義增加陸軍費

蘇國防副委長被黜消息證實

下屆世運

短評
孤島上的恐怖

敵在京暴行

希土友好條約

黔軍管區
司令部已成立

【中央社貴陽一日電】黔省軍管區司令部一日正式成立，吳主席兼司令，何輯五兼參謀長，其餘職員亦經委定。又黔各界一日下午舉行兵役宣傳大會，參加者七千餘人。

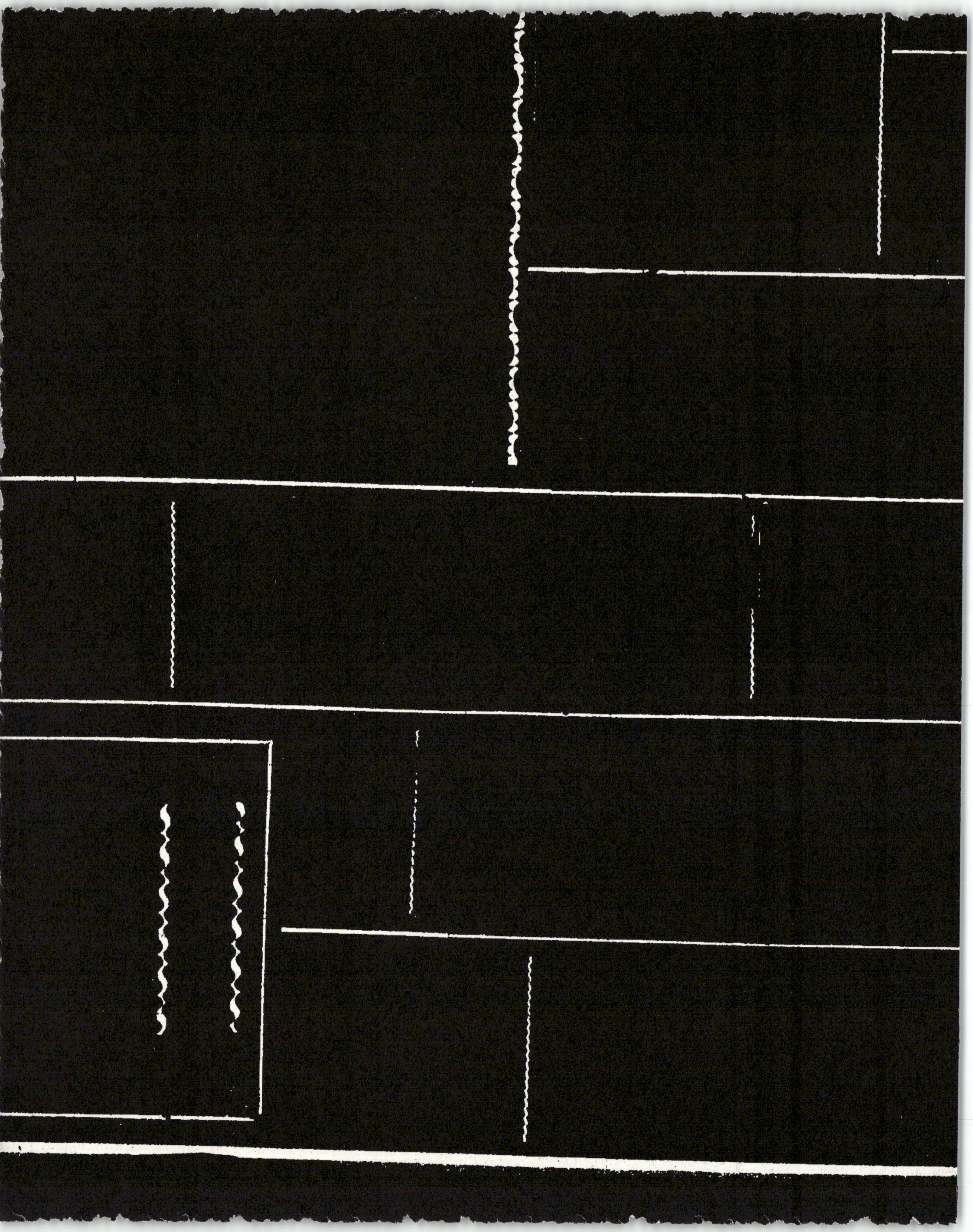

敵在京暴行

美人佛池抵粤報告 並將飛美宣傳於世

【廣州二一日下午七時發專電】青年會總幹事美人佛池抵粤，報告在京淫暴行爲，彼決飛美，宣傳於世界。

1938.4.18《申報》 敵在京暴行又一鐵證

申報
漢口
THE SHUN PAO
中華民國二十七年四月十八日星期一
今日本報壹張半 國幣貳分

我一度攻進嶧縣

天柱山以北仍在激戰
吳家莊殘敵繳械投降

敵機四批犯武漢

均被擊退祇孝感炸傷數人
粵垣昨亦遭轟炸死傷甚重

江南我軍 中路告捷

京杭國道重被截斷
武康一帶敵又增兵

莫干山游擊隊活躍

敵兵反戰 慘遭活埋

英法將討論 經濟軍事合作

國防問題專門部份 由參謀部人員續商

英義協定內容

分議定書附件換文三部
將定非洲英義屬地邊界
重申明地中海現狀

社評 勝後心理的檢討

敵在京暴行 又一鐵證！

一德僑之目擊敘述
燒殺姦擄慘絕人寰

巴黎時報 論我軍勝利

我飛機四架 飛漢西偵察

巴薩龍納 激烈空戰

武鄉南退敵陷圍

輜重車全被我截獲

敵在京暴行

又一鐵證！

——德僑之目擊敘述

燒殺姦掠慘絕人寰

【本市消息】某機關近獲德僑某君致其友人之通信一件，其內容全係描寫去冬南京陷後，敵軍種種殘暴行為，某君親在南京目擊當時實況，其所敘述，全係事實，茲雖事隔四月，然讀之猶令人悲憤填膺，茲將原函譯誌如下：

（南京一九三八年一月廿一日）予居留此間，並非所願，實無法他徙耳。對於日軍步兵及空軍之襲擊，早在預料中，但對日軍有下列行為，則為意料所不及，南京近郊作戰發展之速，實堪驚人，其主要原因，當因華軍指揮頗有失當之處，結果乃形成退却時，慘絕人寰之極大慘劇。當退却前，無充分準備，以致犧牲甚大，駭人聽聞。十二月十二日午後五時，守城當局者，先放棄其民衆，自行退出南京，自此退却之聲，始漸蔓延，而一般退却之命令，於是晚八時始下達，數點中，兵士之如波瀾洪濤，整夜不休，予亦整夜不眠，蓋在整個人生中，對於如此夜者，自不能多得幾同經歷，交通部大廈，火光熊熊，照耀街衢，如同白晝，此處街頭，橫被阻絕，無數之軍實車輛，壅塞不前，城門均被阻塞，通過極緩，故十部軍隊，均不及退出，逗留城中，或則挤其餘生，以求西向打出血路，或則化裝難民，以求報國於將來，但均為日人所擒，慘遭屠殺，南京被奪取之時，即慘酷屠城開始之日，無辜之民衆慘遭殺戮，痛遇之慘，呼天不應，呼地不靈者，兩週以上，各難民收容所輪流搜索不已，自其中提赴下關執行屠殺者，數達六千以上，而中國難民，從未向日軍放過一槍者，亦慘遭屠殺，日軍入城時，見人即殺，擄掠時均上刺刀以行事，兇殘之慘，古今罕觀，婦女被強姦者為數尤多，所有房屋悉被洗劫，外國旗幟毫不收制止之效，日軍在郊間之暴行，更甚於都市，南京當時有五萬人，就食於難民場，現則倍之，此城以後之生機，恐無希望，商店被焚者在百分之八十以上，例如太平路，都悉遭浩劫，住宅區之被焚者至少在百分之二三十以上，南京現已成為死城一座，故無一頂返此城之價值矣，綜合各方面報告，惟婦女遭受最酷惡之殘遇獸行，凡婦女之抗拒日人者，則將其釘於牆上，割腹示衆，或以尖巨木棍刺入兩股中間，深深打入後，拋棄街上，以使其他婦女知所懼，而從順其慾，凡屬日軍住處，婦女必須採備橫陳，或以凌辱，及至不堪承受時，則棄此半死之婦女於街上，聽其宛轉呼號以畢命，若干幼女之被強姦者，一二日內即喪其命，日軍高級統帥入城閱兵後，竟至以最嚴厲之訓詞，告誡其部卒，是則獸兵兇酷慘絕之狀況，可見一斑矣。凡欲保持女性之男子，悉數驅入一室，閉鎖而焚燒之，千百民衆，悉為燒灼，在廣德會有住民五千，其女性悉被擄去，男性悉被擊死，今日此城已無一生人，遍地荊棘，故一般人對日兵之痛恨與時俱增，而我勇軍游擊之範圍，益見擴大。

1938.6.13《申報》 敵在京暴行攝成影片

前騎兵第四軍長 檀自新執行槍決

不聽調遣擁兵叛逃

【本市消息】前騎兵第四軍軍長兼騎兵第十師師長檀自新，於上年十一月間奉命整編時，不服最高軍事長官調遣，擅率所部留守實營官兵及其槍彈輜重叛逃，竄擾豫西方城、泌陽、舞陽、葉縣等地，經防軍繳械，兵器歸案，業經依法組織高等軍法會審，訊據供認前情不諱，依法判處死刑，呈奉特委員長核准，於本月十日午後四時，將該犯提赴驗明正身，綁赴刑場，執行槍決矣。

美禁飛機售日

以期制止濫炸平民暴行

赫爾並已通告各飛機商

羅總統發表談話

艾登演說

中國友誼會在比京開會

國聯防疫團 設隔離醫院

防止霍亂流行

【本市消息】國聯防疫團以最近市面發現霍亂流行，多由難民傳染而來，現為防範霍亂起見，特在漢口怡和村美國學校內設立隔離醫院，凡有霍亂傳染病者，均將儘量收容，並可報告當地警察局或衛生機關，俾便及時消毒，以免蔓延。

敵在天津任意捕居民

中國勞工苦況

蘇聯亦舉行中國展覽會

沒收拍賣

王纘高逆產

毛邦參觀保育所

並慰問難民

疏散人民會今日開會

向德提抗議

金水農場案初審判決書（四）

敵糧食恐慌

滬出口貿易已略見起色

長江航行問題 英日談判暫停

荷蘭撥鉅款 建造泗水軍港

荷印陸軍定期大演習

並將募土人萬名入伍

推行健康運動

振款廿萬元

西歐地震

木刻界抗敵會

游擊隊（九）

（小說）

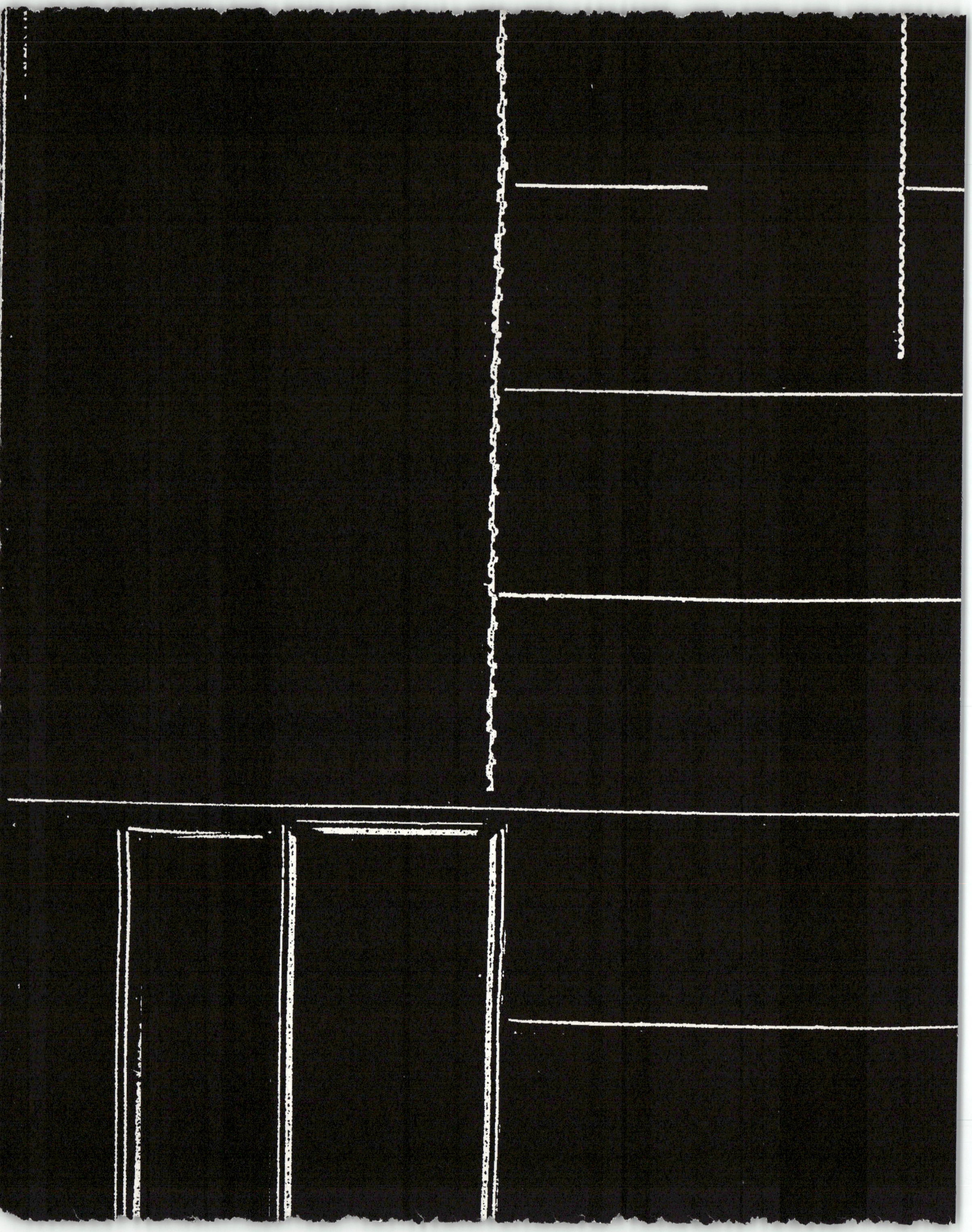

敵在京暴行
攝成影片
菲思博士發表論文
謂敵當局蔑視軍紀

【舊金山十一月中央社合衆電】國際青年會負責菲思博士，頃在舊金山紀事報發表一文，題爲「日軍在南京之姦淫」，略謂彼在南京時，已將日軍種種獸行，攝爲活動電影，長共二本，有數種已四出刊載於美雜誌上，惟本人同事，因恐日軍將遠東青年會之財產沒收，故各項照片上，並未附載本人之姓名。本人所攝製之影片，特請一部份人士觀看，此項影片，約係在南京城內醫院內及其他各處秘密攝製者，吾人觀看之後，即可知歷史上之大屠殺及日軍發揮獸性之情形。片中鏡頭，有日軍以刺刀刺殺孩孺孕婦，殘殺幼童，及將姦淫後之婦女殺死等慘情。日軍事當局竟於中日戰事發生四閱月後，即蔑視軍紀，使其放蕩之軍隊無所不爲，各界曾屢向日軍閥申請制止，亦竟無效。

1938.6.24《申報》 京敵兵横行

防空部詳密規劃 消防救護工作

募捐補助武陽消防經費 嚴禁衛生人員擅自他移

鄂軍管區司令 由陳誠兼任

新任教育廳長陳劍翛 擬月內由渝飛漢就職

【本市消息】鄂軍管區司令，自何成濬去職後，特由省主席陳誠兼任，以符規定。

【中央通訊】新任湖北省教育廳長陳劍翛，邇旅居此間，近告人云：本人正在假道滇黔返陝途中，忽奉命長理湖北教育，自維材能薄弱，擬以目前服務西北聯合大學，研究學問興趣亦濃，因亦向中央乞辭。奈先後接奉陳部長（立夫）暨陳主席（誠）來電，囑望殷摯，益不容辭。值茲抗戰異常嚴重之日，本人亦應追隨陳主席及鄂省府同人之後，從教育文化上竭力匡救此艱危之局，不應有所顧慮與退避。陳氏擬月內飛漢，關於應付急迫時期之教育計劃，渠表示俟抵鄂細加考察後，再行決定發表。按陳氏劍翛，江西人，英國倫敦大學碩士，曾任國立北京大學教授，武漢大學，中央大學，西北聯合大學等校教授，系主任，教務長及校務委員等職。著述亦甚豐富，並曾任教育部司長，江西教育廳長，計劃改革之處頗多，對於國內教育文化事業，甚有貢獻。

武漢衛戍部 成立政治部

賀衷寒兼主任

【本市消息】軍事委員會……

北上勞軍

今晨由漢啟程 王秉鈞等

【本市消息】臨時代表大會前曾議決，推代表赴前方分區慰勞，嗣交由中央推定中委潘公展，王秉鈞，雷震，及各省市黨部代表杜松延等，分赴各戰區……

黃柳霜 拍賣衣飾

救濟難民

【好萊塢廿一日中央社合眾電】中國著名女影星黃柳霜女士，定廿九日在好萊塢拍賣其衣飾之一部，以全部所得匯回中國救濟難民。

振濟晉難民

派定負責人攜款查放 晉西豫北難民決設所收容 疏散地點規定並給遣散費

【本市消息】行政院前以山西鐵路附近各縣，久被敵軍盤踞，各縣民衆，多向四境偏僻地帶逃避，歷時既久，生活無着，亟待救濟，特飭賑濟委員會妥籌辦法，該會已將酌實際情形，將全省各縣，分別……

美下屆國會 將修改中立法

禁售機與轟炸平民國家 並願與他國採一致行動

【華盛頓廿一日中央社合衆電】美上院外交關係委員會主席畢德門稱：下屆美國會會議時，或有修改美國中立法之可能……

美陸長演說攻擊濫炸問題

【美國俄亥俄城廿二日中央社哈瓦斯電】陸軍部長伍德林，本日發表演說……

澳總理宣布 禁生鐵輸日

【澳洲坎伯拉廿三日中央社路透電】澳總理今晨正式宣稱，澳政府……

武漢輪船票 禁越次發售

英順天輪駛津 被禁入口

【上海廿三日中央社路透電】英太古公司輪船順天號……

我英勇空軍 引起世界注意

英援華委會 舉行「中國週」

在曼城發大量抵貨傳單 宣傳我抗戰推銷中國貨

【本市消息】反侵略運動大會頃接中國分會航訊云：英國援華委員會，在曼徹斯特城，於上月初旬舉行「中國週」（China Week）……

美國民衆 熱烈援華

在舊金山舉行 「一碗飯運動」

【舊金山廿一日中央社電】……

渝英總領易人

【重慶廿三日中央社電】……

又起工潮

【香港廿三日中央社電】……

英德開始交涉 奧國債務問題

【倫敦廿二日中央社哈瓦斯電】……

英羅擬訂 經濟協定

羅取消長獨入條例

【倫敦廿二日中央社哈瓦斯電】……

蘇架直達電纜 自莫斯科至伯力

並在遠東設新船塢

【莫斯科廿三日塔斯社電】……

京敵兵橫行 美僑被毆辱

美政府已提抗議

【華盛頓廿三日中央社路透電】……

今日離渝來漢

西康慰勞代表

【重慶廿三日中央社電】……

兒童軍宣傳隊 公演抗戰歌劇

【本市消息】上海兒童軍宣傳隊……

鄂增營業稅

財部核定辦法

【本市消息】財政部以鄂省……

燒殺奸虜

敵在太康 長葛民團武裝抗敵

【許昌廿二日中央社電】……

視察鄂民運

社會部派員

【本市消息】中央社會部……

遺失聲明

遺失聲明

慈幼協會

救濟流亡兒童

【又訊】自抗戰軍興，中華慈幼協會即在上海設立戰地兒童教養所，先後收容十四歲以下之男女難童……

游擊隊（一四）

恨水

（九），意外的救星

步雲道：您先跟鬼子幹起來了吧？劉五一陣此問，高興起來，兩手把槍舉過了頭，笑道：這真是想不到的事。是我表弟余忠國由山裏帶來的一班弟兄。分手才幾天，他當了游擊隊第五大隊隊長了。共帶了三百多名好傢伙的弟兄，特意跑來營救咱們村裏的。步雲道：真的嗎？他和咱村子裏不認識呀。劉五道：呀！程先生，怎麼說這話？只要日本鬼子是打咱們中國人，無論他是誰，咱們都是仇人，救同胞嗎？步雲道：我明白了。我的意思是說，他怎麼會知道我在這村子裏有難呢？劉五道：我也是這樣想的，剛才我見着他，我開頭第一句話，就是問他們怎樣會知道程先生有難的。他說，現在來不及答復這句話……

（十）打回老家去

在鎮邊上聽到槍聲，這當然是令人驚異的事。程步雲立刻把身子伏在地面上，向同來的人，通知一個作準備的招呼。劉五他並不躺下，張四週看了一看，笑道：程先生，不用準備，這是他們搜追小日本，又幹起來了。咱們道兒遠着呢，總在兩里地吧？步雲把心神鎮定了，聽槍的聲音下去，果然那稀落的槍聲，是在很遠的地方發生的。這才緩緩的站了起來，向劉五道：這件事情真出乎意料。這位余隊長替我們解了圍不算，還要替我們將敵人追趕一陣。

陳樂卿啟事

館員湯姆遜，日前因干涉某日哨兵侮辱華婦人力車夫，致而部爲日兵毆擊，當局業已爲此特向日政府提出嚴重交涉。

【上海廿三日中央社路透電】關於華盛頓館僱文書湯姆遜，在南京被日軍毆打事，頃記者訪晤湯姆遜，據談經過情形如次：本月十五日，余赴日本駐南京大使館請發赴滬護照，行抵佑道會附近，有一日哨兵喝令止步，並令該車夫將執照呈驗，後日兵將車上物件，逐一翻閱，該日兵又指余之衣袋，余當即立定，由該日兵檢查，彼將余袋中各物一一檢視，若有片紙幣及紙張，均詳加審視。當彼檢查時，余以英語告該日兵謂：余將以此事向日使館報告，該日兵立即猛摑余之右頰，余當時並未回手，仍直立任其搜查，此時適有余之華友某趨前察睹，該日兵立即對之索取證明書，該日兵檢查其證明書時，余即登車赴美大使館，日兵檢查時，歷時廿四分鐘，余並未抵抗亦未對之恫嚇，當時余因對其搜查及毆辱表示不滿，但並

京敵兵橫行

美僑被毆辱

美政府已提抗議

【華盛頓廿三日中央社】一未同報，亦未有何表示。

難民救濟與日軍的阻撓
南京陷落後，糧食嚴重
紅十字會等機構本着人
民區，救濟難民。但日
收購、運送糧食至南京
工作而自行解散。

亟缺。國際救濟委員會
道主義原則紛紛設立難
方蠻橫地阻撓這些機構
意圖使其因無法開展

1938.1.22《新華日報》 敵拒教會救濟難民南京糧食缺乏

淞滬民衆紛起殺敵

浦東游擊隊俘敵百餘人
敵增兵四萬防我軍襲擊

（本報上海二十一日專電）[illegible]

收復富陽 包圍蕪湖

收復富陽、[illegible]北之游擊隊、與退出之敵遭遇、斃敵百名左右、我富陽以[illegible]餘均退集富陽東北三十公里之周浦鎮、我乃完全[illegible]

（本報金華二十一日[illegible]）蕪湖已在我大軍重重包圍中、[illegible]隊發覺、當與各村民軍合作、將其擊退。

津浦南敵 增援北進

（本報徐州二十一日專電）津浦線南段戰事、漸趨緊張、[illegible]進、明光管店一帶、敵兵[illegible]、裕溪口蘿家鎮方面敵兵紛向巢縣以南推進、似有與魯南之敵夾攻徐州模樣。

[illegible]淮河防線、以完成其打通津浦線之初步工作、[illegible]

平漢游擊 發揮威力

以南皇都以真之偽組織進行摧毀、獲漢奸首領數人、[illegible]

（本報鄭州廿一日[illegible]）[illegible]部隊克[illegible]、魯北各縣民軍、近極活躍、安邱於十八日晨、被我某游擊[illegible]

蘇聯大使 明日呈遞國書

（中央社重慶廿一日電）蘇聯大使[illegible]

許大使 廿七日可到港

西安回民 交換抗敵意見

江南戰局新局面
我游擊戰術奏效

張羣將繼任川主席
劉湘追晉陸軍一級上將

劉湘遺體昨移靈
各方前往致悼者甚多
中央致唁劉夫人飛漢

敵總部移北平
寺內說：消滅我軍隊 平漢奸仍在爭權奪利

（中央社北平廿一日電）[illegible]已將其總部由津移平、[illegible]全力消滅中國軍[illegible]

中國爲生存而戰
和平條件不能接受
我駐英使館聲明

土肥原 又在京滬活動

敵艦擾海南島 被我駐軍擊退

蘇州僅餘五萬人

敵謀組南京傀儡政權

南洋華僑 又捐五萬餘元

同鄉通訊處
避難蘇人組織

保衞大武漢 名人廣播演講

津英租界驚人兇案
敵憲兵狙擊李杜宅
英美駐軍戒備局勢嚴重 三人受槍傷李姪已殞命

南京糧食缺乏
敵拒救濟難民

抗戰電影社 籌組全國電影會

晉僞省府成立

國府命令

（中央社重慶廿一日電）國府廿日令[illegible]

中國的勝利是全亞洲的曙光
——一個日本世界語者給日本世界語者的一封信——

V. M.

V.M. 女士，日本的進步世界語者，在「八一三」抗戰前來華，這信原文是用世界語寫的，發表於世界語旬刊「中國怒吼了」二卷四期。——譯者

同志們：

沉默了多麼久呀！日本檢查的嚴厲總使我不敢給你們隨便寫信。我們這個戰爭把我們之間的音訊割斷有幾月之久了。……[illegible]

[illegible]

[illegible]染品君杭ヾ以應急需。

南京糧食缺乏

敵拒救濟會救濟難民

（中央社□□廿一日路透電）據大陸報載、南京目前糧食異常缺乏、城內存貯之糧食、現已告罄、菜蔬及其他食品、亦均無法輸入、醫藥用品亦□感應用、上海外國救濟會、數星期來、曾屢次要求敵方允予將食品及其他需用物品、運入南京、但均未成功、最近並有向敵方要求、准予輸運糧食七百噸及醫藥用品至南京、亦被拒絕、最近南京難民區當局、曾接到要求、請准區內之難民回家、但當局方面似猶豫未決、現區內難民達二十四人、即令多數有家可歸、至少有□萬人將留居區內以待明春、杭州之救會救濟所、現收容難民三萬人、彼[illegible]

1938.2.13《申報》 敵急窺華南

邵毓麟謁蔣委員長 報告敵最近政情

詳述敵人民反戰與財政危機

【本市消息】我駐橫濱總領事邵毓麟，日前隨許大使由日返國向外交部報告領館撤退經過，蔣委員長並於昨晚召見邵氏，垂詢日本最近政情，邵氏當將日本人民反戰情形，財政政治危機，及其與歐美最近之外交關係，詳爲陳述，約四十餘分鐘始辭出。

許大使出席留日同學會演講

中國決竭人力物力 繼續神聖戰爭

蔣委員長電反侵略大會 望出具體步驟結束侵略

全國文化界 昨整隊遊行

高一涵出發

難民五十萬 赴甘墾荒

敵拒外教士 返京滬服務

京敵退縱獸慾 更圖餓斃難民

馬超俊副團委員會 向敵軍嚴重交涉

敵急窺華南

海空軍迭犯粵東岸未逞 轉圖南澳

虎門要塞

敵艦負創

牽運兵艦

民房起火

入口要衝

滬法租界通衢 又發現人頭

連以前者共四顆 或將斷絕對外交通

浙省三十二處 已恢復郵匯

款額限定五十元 亦重予開發

貴州中學近訊

上海南市 戒備稍鬆

鄂建債辦理抵押 充臨時緊急費

計二百四十萬元

中農辦一生產貸款

救亡協會成立

劫後江南（五）

長興成焦土被殺五六百人 蕩口存鹽多敵兵常駐看守

宜興

王店

長興

春運遊藝會

游擊隊（一）

恨水

司法行政部通告

戰區司法人員登記辦法

部長謝冠生

申報 通俗讀書

小朋友的是有趣

結婚啓事

吳稚初 鄒善智

種菰

創作小說選

敵急窺華南

海空軍迭犯粵東岸未逞 轉圖西海淇澳島被佔據

〔廣州本報特約通訊〕敵軍近日積極進窺華南，圖找廣州，以截斷我出海要道，本月四日首以兵艦六艘，助以空軍，進犯虎門寶安，嗣因運動匪軍內應失敗，損失濟匪槍枝數十桿，運動費數百萬元。然野心猶未戢，復由台灣調來三師團，謀再度侵犯粵海，乘隙登陸，故潛伏珠江口之敵艦第十六號，第三十號等，共六艘，復於五日分隊向寶安西鄉岸上及

虎門要塞

砲轟。攻虎門之三

艘，駛至距要塞約八九百米突之遙，齊向秀英砲台猛轟，一連三十餘響，由上午八時許開砲至九時尚未停息，敵機十餘架復在上空擲炸彈助敵兇焰。初時我守軍嚴陣以待，距九時以後，敵艦以我方砲聲稀少，益無忌憚，竟率裝甲漁船七八艘，滿載敵陸戰隊迫近我秀英砲台，時台上守軍以時機已至，立發新式巨砲，向敵艦及漁

國婦女被姦三次之事件而起，是日方違背鄭重之諾言，蔑視國際之信義，惟知逞縱兇殘之獸慾，絕無人類悲憫之同情，豈獨有史以來未有之暴行，抑爲文明國家莫大之羞辱。近更閉難民區內，二十萬人之糧食，菜蔬及醫藥品，均已告罄，貴會諭請各方輸入接濟，而日方拒絕不允，直欲將我二十萬無辜難民，陷於飢餓絕境，聞之曷勝悲憤。爲此函懇貴會，請根據日方去年十二月一日託由上海饒神甫之擔保，向日軍鄭重交涉，務使區內食糧等得到接濟，以延續此批難民之餘生，而完成貴會神聖無上之使命。

1938.2.16《大公報》 京食糧恐慌

津浦北段我軍挺進

傳兩下店克復魯西激戰中

平漢正面戰事在汲縣以北

我空軍飛豫北擊敵

皖北之敵進退兩難

滬新聞界

新聞報炸彈的由來

士民寄自上海

粵港海道昨日復航

敵竟向商輪射擊

溧陽宜興

一再度克復

社評

現階段的軍事

這次對日抗戰，若從八一三淞滬開戰算起，到現在恰滿半年。在過去半年的抗戰中，很明顯的，我們曾失掉許多土地，損失許多生命財產，固然我們軍隊表現了空前的勇敢犧牲，但在各方面也暴露出許多弱點，還是值得我們刻刻記念並尋求其教訓的。同時，在敵人方面，雖然陷城占地，兇鋒預前；在客觀上也儘有它的弱點。到現在，我們再不能存僥倖心，惟有根據過去的教訓，對準敵人的弱點，英勇抗戰，以爭取最後勝利。

當南京失陷之時，我們的軍事敗壞到極點，敵人的氣焰高張到極點。自此而後，敵我的情勢則漸漸的相對的轉變。那時是一個重要階段：在我們這方面，業已知道敵人的野心無限，屈服便是亡國，惟有冒一切艱難，忍一切犧牲，與敵人繼續抗戰下去，纔有生路。在敵人方面，滿以爲南京一陷，中國即行屈服，戰局即可終止，殊不知中國到此並不屈服，戰事依然不了。這一點，因敵方判斷的錯誤，在心理上的影響甚大。數月大戰，敵人的力量損失業已甚大，戰事無止期，犧牲無已時，……

京食糧恐慌

難民區勢將斷炊

敵百般阻撓運送

孔院長

由港飛回漢口

蔣主任對本報記者談

山西我軍運動戰

策應津浦平漢兩線軍事活動

使敵呼應不靈造成主動地位

新英使

今日可抵港

【中央社訊】外交界息，新任駐華英國大使克拉克，已于本月十一日過新加坡，今日可抵香港，抵港後，是否直接來漢，現尚未定云。

法輪船

杜美號在日被扣

【中央社上海十五日路透電】法國郵船公司之杜美總統號，原定今日進口，乃該公司突於今日接到該輪由日本馬關來電，謂該輪於上星期日將開船時被日當局扣留，其理由謂該輪乘客，曾在該地攝影，詳細情形，尚未查明云。

國際捐款

敵亦圖指染

滬難民區外

敵竟設警戒區

難民被包圍益增惶恐

壯丁被敵押去服苦役

于院長滬寓

爲敵便衣人騷擾

京食糧恐慌

難民區勢將斷炊

敵百般阻撓運送

國際委會力救濟中

【中央社訊】南京食糧缺乏之問題，刻已日益嚴重，蓋敵方仍不准食物運入南京，南京難民區國際救濟委員會所儲食糧，僅敷數日之用，現難民區內難民至少尚有十五萬人，每日需米一千包，國際委員會雖百般設法向南京上海及其他各處採辦食物，皆因敵方阻撓，未能成功，不寧唯是，敵方並禁止在難民區內出售或運送大米，敵方此舉，顯欲使國際委員會工作失去效用，然後在京成立傀儡組織，一月二十八日，敵方曾佈告勒令二十五個收容所內之六萬難民於二月四日前遷出難民區，否則即用武力驅逐，國際委員會雖與敵方交涉，展緩限期，俾無家無告之難民有所安置，但此項計劃斷無成功希望，惟國際委員會仍進行勸告敵方改變態度，盼以人道立場，與該會合作，現國際委員會已開始其第二步工作，即不僅對難民區內之十五萬難民加以救濟，對所有遺留南京貧困乏助之平民，亦將予以協助，目前除去食糧問題外，一俟氣候轉暖，傳染病之預防，將成為重要工作，凡此皆需要大量藥品，該會正盼全世界人士對此皆能熱烈捐助云，此外，據目擊人士所述南京敵軍種種可怖行動，更屬駭人聽聞，據稱，被敵軍慘殺之平民，不下萬人，此尚為最低之估計，搶劫案件約二萬起，至於婦女及幼童所遭痛苦及蹂躪，更使人難以想像，某婦曾在青天白日之下遭敵兵十七人輪姦，敵軍當局雖禁止敵兵軼外行動，惟敵軍軍官亦同樣從事姦淫擄掠之舉動，自屬無法御下，敵軍當局約束官兵之努力如何，殊為一極可注意之問題云。

國際捐款

敵亦圖指染

【中央社香港四日電】南京國際救濟委員會，因該處難民營養不足，多有患腳氣病者，乃在上海購買黃豆一百噸，由水道運往南京，事前并由日本第三艦隊司令長谷川發給護照，迨運抵下關之後，日軍當局即要求交由日軍所控制之自治委員會散放，此在國際救濟委員會，則欲自行散放，因而發生爭執，為時已數日之久，雙方尚在僵持中，日本大使館發言人本日接見外報記者時，該記者等業已多所質問，迄至午後，各記者又興爭辯甚烈，據該發言人宣稱，困難所在，端因國際救濟委員會態度固執，此後并望其不再堅持，該發言人并謂，各國捐款用以救濟難民區難民者，尤其是美國紅十字會應羅斯福總統之請所募集之一百萬美元，均須由慈善機關與日本當局合作，妥為分配云。

1938.2.16《申報》 京敵企圖劫奪救濟難民捐款

防止漢奸消弭匪患 各地辦聯保連坐

政院頒佈注意要點

同保各戶共負防範搜查之責

京敵企圖劫奪 救濟難民捐欵

官紳各國捐款須由其支配

西安新語（一）

新加坡 軍港命名「英皇喬治第六」

紀念碑前日亦行揭幕

粵海敵艦 累犯虎門

遷怒漁民大肆屠殺

無錫成廢墟

刼後江南（八）

海寧所屬硤石損失最鉅

游擊隊（十六）

恨水

後，日軍當局即要求交由日軍所控制之自治委員會散放。而國際救濟委員會，則欲自行散放，因而發生爭執，爲時已數日之久，雙方尚在僵持中。日本大使館發言人本日晨接見外報記者時，該記者業已多所質問，迄至午後，各記者又與爭辯甚烈。據該發言人宣稱，困難所在，端因國際救濟委員會態度固執，此後並望其不再堅持。該發言人並謂，各國捐款用以救濟戰區難民者，尤其是美國紅十字會應羅斯福總統之請，所募集之一百萬美元，均須由慈善機關與日本當局合作發爲分配云。

南京糧食日益缺乏

【本市消息】南京食糧缺乏問題，刻已日益嚴重，蓋敵方仍不准食物運入南京，南京難民區國際救濟委員會所備食糧，僅敷數日之用。現難民區內難民至少尚有十五萬人，每日需米一千包，國際委員會雖百般設法向南京上海及其他各處採辦食物，皆因敵方阻撓，未能成功。不寧唯是，敵方並禁止在難民區內出售或運送大米。敵方此舉，顯欲使國際委員會之工作失其效用，然後在京成立傀儡組織。一月

望。惟國際委員會仍進行勸告敵方改變態度，俾以人道立場，與該會合作。現國際委員會已開始第二步工作，即不僅對難民區內之十五萬難民，加以救濟，對所有遺留南京貧困乏助之平民，亦將予以協助。目前除去食糧問題外，一俟氣候轉暖，傳染病之預防，將成爲重要工作。凡此皆需要大量醫藥品，該會正盼全世界人士對此皆能熱烈捐助云。此外，據目擊人士所叙南京敵軍種種可怖行動，更屬駭

京敵企圖刼奪

救濟難民捐欵

宣稱各國捐款須由其支配

【香港十四日中央社電】滬訊：南京國際救濟委員會，因該處難民營甚不足，多有患脚氣病者，乃在[illegible]

廿八日，敵方曾佈告勒令二十五個收容所內之六萬難民，於二月四日前遷出難民區，否則即用武力驅逐，國際委員會雖與敵方[illegible]

人聽聞，據稱：被敵軍慘殺之平民，不下萬人，此尚爲最低之估計，搶劫案件約二萬起。至於婦女及幼童所遭痛苦及蹂躪，更使人難以想像。某婦曾在青天白日之下遭敵兵十七人輪姦，敵軍當局雖禁止敵兵軌外行動，惟敵軍軍官亦同樣從事姦淫擄掠之舉動，自屬無法御下，敵[illegible]

1938.2.16《新華日報》 南京難民糧食恐慌

皖境我軍側擊勝利

增援上窰敵被我擊斃三百餘
渡淮敵恐後路被截開始南撤

（本報十五日徐州電）津浦南段戰事仍烈、鐵路正面今日無大變動、淮河北岸兩翼我軍已向敵壓迫、頗佔優勢、我淮河南岸右翼軍在上窰考城殲敵二千餘人後、正分向鳳陽定遠攻擊中、定遠與淮河北岸敵軍聯絡線、已被我截斷、敵甚恐慌、我另一部軍隊進攻明光、亦極得手、敵側背後路被擊、已無積極北犯能力。

（中央社蚌埠十五日電）上窰之敵被我包圍後、我即派其繳械、敵竟欲頑抗、但經我府府包圍、步步逼近終被我繳得步槍七八十枝、輕機關槍四挺、戰馬六匹、及其他軍用品甚多、同時敵將校多名被我俘虜、旋敵大批增援部隊、由鳳陽劉府懷遠定遠分途趕來、計由鳳陽到上窰者約五百餘人、到外窰者約二三百人、由懷遠到新城口者約六百餘人、由定遠到能仁寺者約八百餘人、由劉府向考城前進者尚有八百餘人、上述各股敵軍、均於十四日上午在上窰新城口外窰能仁寺等處、與我軍接觸、並即發生激戰、下窰方面、尚有敵機三架投彈助戰、及至十五日晨尚在激戰中、我英勇軍千餘人、亦參加作戰、十四日自晨至暮、共斃敵二三百名、繳獲步槍五十枝、輕機槍二挺、我亦傷亡百餘人、現殘敵已被包圍、即可殲滅。

（中央社蚌埠十五日電）敵自蚌埠懷遠等處後、其主力方過淮河、而我皖中部隊、已將鳳陽定遠附近之敵包圍痛擊、敵為解救淮河南岸之危、且為避免被我津浦南段切斷起見、不得不將其已渡河北部隊撤回一部份與我在河南作戰、昨日在河南增援之二千餘名、即係由該處調回、淮河兩北之敵頗感進退兩難。

（中央社蚌埠十四日電）前綫電話、蚌埠懷遠之敵十二日下午均向東南方面之明光鳳陽撤退、守定遠之敵約七八百名、亦向朱龍橋方面逃竄、我軍刻正在分途追擊中、使渡淮河北岸之敵、因受我軍堵擊、勢已不能前進。

（中央社徐州十五日電）淮河北岸我軍、十五日晚正向曹老集推進、已與敵接觸、并悶敵在曹老集一帶、四出刼掠擄後、已運南岸貯存。

（中央社……十五日電）淮河北岸之新橋東站、十三日發現敵便衣隊二三百名、其中一部、由蚌埠到曹老集、餘沿……

津浦北段大戰

正面我軍刻圍攻南店部隊　濟寧血戰一晝夜城內有巷戰

平漢線昨戰事甚烈

我空軍猛炸敵陣地

燬敵坦克車廿餘飛機十餘架

敵攫奪

冀北電力公司

新英大使

今日可抵香港

孔院長

昨由港飛返漢口

渝抗敵後援會

要訓練精兵六百十萬人
興設軍需工廠開墾荒地

入皖敵人獸行

愛國四女子化裝殺敵

溧陽宜興再度收復

宣城我軍攻克蓮塘

徐州大會戰的前夕

晉省戰事轉緊

敵我在張蘭鎮對峙　文水附近發生戰事

松潘各土司

擴充騎兵請纓殺敵

台灣僑胞

慘遭敵摧殘

滑濬漢奸匪患

運用保甲機構　臨時防範搜查

南京難民糧食恐慌

敵圖刼救濟難民捐款

敵軍在南京屠殺平民萬餘人　白晝奸淫婦女搶案二萬餘起

敵軍蹂躪滬市難民

无錫刼後

西北軍民

一致擁護抗戰

姚純

在渝就軍長職

殺之平民、不下萬人、此尙爲最低之估計、搶刼案件約二萬起、至於婦女及幼童所遭痛苦及蹂躪、更使人難以想像、某婦曾在靑天白日之下遭敵兵十七人輪姦、敵軍當局雖禁止敵兵軌外行動、惟敵軍軍官亦同樣從事姦淫擄掠之舉動、自屬無法御下、敵軍當局約束官兵之効力如何、殆爲一極可注意之問題。

南京難民糧食恐慌

敵圖刦救濟難民捐款

敵軍在南京屠殺平民萬餘人
白晝奸淫婦女搶案二萬餘起

（中央社香港十四日電）據訊、南京國際救濟委員會、因該處難民營發不出、多有患脚氣病者、乃在上海購買黄豆一百噸、由水道運往南京、事前并由敵第三艦隊司令長谷川發給護照、迨運抵下關之後、敵軍當局、即要求交由日軍所控制之「自治委員會」散放、此在國際救濟委員會、則欲自行散放、因而發生爭執、爲時已數日之久、雙方尚在僵持中、敵大使館發言人、本日晨接見外報記者時、該記者業已多所質問、迄至午後、各記者又與伊辯論甚烈、據該發言人宣稱、困難所在、端因國際救濟委員會態度固執、此後并望其不再堅持、該發言人并謂、各國捐款用以救濟戰區難民者、尤其是美國、紅十會應羅斯福總統之請所募集之一百萬美元、均須由慈善機關與日本當局合作妥爲分配。

（中央社訊）南京食糧缺乏之問題、刻已日益嚴重、蓋敵方仍不准食物運入南京、南京難民區國際救濟委員會所儲食糧、僅敷數日之用、現難民區內難民至少尚有十五萬人、每日需米一千包、國際委員會雖百般設法向南京上海及其他各處採辦食物、皆因敵方阻撓、未能成功、不寧唯是、敵方并禁止在難民區內出售或派送大米、敵方此舉、顯欲使國際委員會之工作失去效用、然後在京成立傀儡組織、一月二十八日、敵方曾佈告勒令二十五個收容所內之六萬難民、於二月四日前遷出難民區、否則即用武力驅逐、國際委員會雖與敵方交涉、展緩限期、俾無家無告之難民、有所安置、但此項企圖、顯無成功希望、惟國際委員會仍進行勸告敵方改變態度、盼以人道立場、與該會合作、現國際委員會已開始其第二步工作、即不僅對於難民區內之十五萬難民、加以救濟、對所有遺留南京貧困乏助之平民、亦將予以協助、目前除去食糧問題外、一俟氣候轉暖、傳染病之預防[illegible]

1938.2.16《新蜀報》 京十五萬難民全將餓斃

汲縣戰烈新鄉吃緊
長垣寇斜出封邱竄抵柳園北口
寇機昨七次炸鄭州車站

【漢口十五日午後十一時四十九分發專電】平漢正面我寇兩軍十五日仍在汲縣（衛輝）激戰、新鄉形勢愈形吃緊、寇一聯隊積抵安陽、井垣寇亦調有一部集石家莊、右翼寇陷我長垣後、經我在封邱東北截堵、十五日已分兵一股斜出、抵柳園北口、（距開封四十五公里）亟圖渡河襲開封、

【漢口十五日午後十一時四十九分發專電】寇機十四架、十五日七次炸鄭州車站、死傷七八十、大剛報社華安飯店均燬、

【中央社鄭州十五日電】據龍方報告、洪縣北方高村橋附近敵坦克車二十餘輛、正準備南犯、當被我機猛烈轟炸、悉數炸燬、安陽敵飛行場停機十餘架、亦多被我機炸燬、內有二架隨即起火、又大名附近敵密集部隊、正向某地行動、我機發現後、即投彈轟炸、并被我以機槍掃射、斃敵頗多

【新鄉十四日電】平漢前綫戰事十四日仍甚激烈我由汲縣（衛輝）向前推進、現與敵在汲縣以北附近血戰中、道口電話今晚不通、

【臨汾十四日電】㈠×路軍自九日克復平漢綫定州望都新樂等縣城後、各城現仍在我手、沿正定至保定綫、兩百餘里廣大地區內、民衆極爲興奮、成千成萬自動配合我各支隊澈底破壞鐵路、㈡保定滿城、我軍仍在積攻中、㈢正定增援敵軍自被擊退後、現閉城自守、不敢外出、

淮南我軍反攻得手
鳳陽定遠在混戰中

鄒縣寇分三路南犯
濟寧汶上戰事激烈

我再克溧陽宜興
富陽寇有撤退模樣
菁山截獲寇裝甲車

楊森在皖

靖江縣城寇已在我包圍中

偽蒙騎兵向包頭開拔

晉南大戰昨爆發
寇分數路向我猛攻
平遙我軍向後撤退

粵港海道昨起復航
寇艦仍在虎門騷擾

西南公路聯運定下月起實行

要人行蹤

台灣我領館被寇劫持

社論　國際反侵略大會有收穫了

華北抗日堡壘　晉冀察邊區行政會成立
根據統一戰綫建立政權　卅九縣人民抗日大團結

全國國難教育會議定下月中旬召集

晉南的軍事重鎮—長治
本報特派記者

一、西綫爲何平靜呢？

二、今日的長治

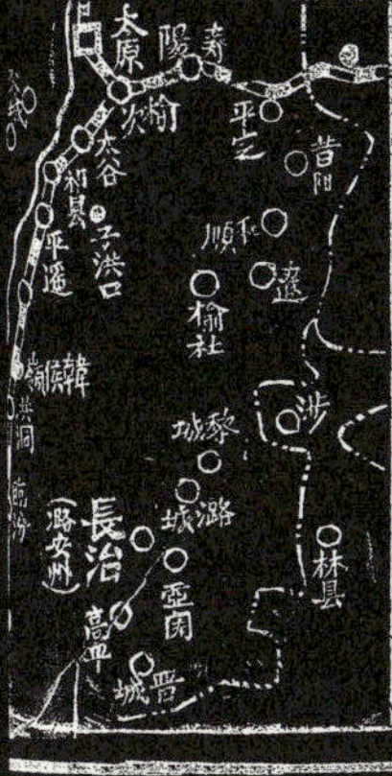

（以下緊接第三頁）

時事新報移川出版

京十五萬難民全將餓斃
寇禁運米接濟

全將餓斃

寇禁運米接濟

【中央社漢口十五日電】南京食糧缺乏問題、刻已日益嚴重。蓋敵方仍不准食物運入南京、南京難民區國際救濟委員會所備食糧、僅敷數日之用、現難民區內難民至少尚有十五萬人、每日需米一千包、國際委員會雖百般設

委員會雖與敵方交涉展緩限期、俾無家無告之難民有所安置、但此項企圖、顯無成功希望、惟國際委員會仍進行勸告敵方改變態度、盼以人道立場與該會合作、現國際委員會已開始其第二步工作、擬不僅對難民區之十九萬難民加以救濟、對所有遺留南京貧困乏助之平民、亦將予以協助、

法向南京上海及其他各處採辦食物、皆因敵方阻撓、未能成功、不寧唯是、敵方並禁止在難民區內出售或運送大米、敵方此舉、顯欲使國際委員會之工作失去效用、然後在京成立傀儡組織、一月廿八日敵方曾佈告、勒令廿五個收容所內之六萬難民、於

1938.2.18《新華日報》 敵掠京難民糧食

懷遠敵被我包圍猛攻
淮北我軍反攻得手
小蚌埠曹老集王莊相繼收復
我空軍飛定遠蚌埠炸敵陣地

（本報徐州十七日專電）一、津浦南段定遠附近一帶、雙方陣地仍無大變動、二、鐵路正面我反攻得手、今日已抵曹老集、又小蚌埠之敵大部向河南撤退、我軍遂乘勢攻入、三、右翼已收復王莊之線、四、左翼懷遠之敵約千餘人、被我包圍猛攻中。

（中央社壽縣十七日電）我軍於十六日已進展至距懷遠城十五里之上橋集、淮河北岸我軍、十七日已克復曹老集湖口子之綫。

（中央社壽縣十七日電）我空軍一隊於十七日上午飛經此間、民衆均報以歡呼、據調查、我機曾飛定遠蚌埠一帶轟炸敵陣地、因任務達到、飛原防地。

（中央社徐州十七日電）已渡淮河北岸之敵、約有萬餘人、我乘其最近未北侵之際、十六日派遣大軍向敵衝去、敵陣遂亂、我乃與敵短兵相接、當即斃敵二三千餘人、俘獲甚多、敵受此重創、乃撤回淮河南岸、因而懷遠城內之少數敵兵、大起恐慌。

（中央社壽縣十七日電）盤踞上窰之敵、有一部約千餘人、向洋店方面移動、似有轉向定遠之企圖、上窰附近之高塘湖東岸、敵十六日晨用小帆艇數十艘、由沈家灣偷渡、當被我發覺、予以射擊、敵知難退、遂即退回岸上。

濟寧鄒縣
敵增援軍被擊退 我仍圍攻兩下店

敵機兩架被擊落
長沙昨日空戰激烈 宜昌廣州均遭轟炸

平漢我軍收復封邱
新鄉情況極為嚴重
敵增兵晉綏介休有血戰

敵掠京難民糧食
滬外報記者向敵責詢 敵發言人諉稱不知情

政府召開救濟會議
減輕人民負担 豫豁免保安費

滬租界美兵防區 阻止敵軍通過
敵搜查張學良前滬寓

蕪湖敵反攻竹絲港
我空軍飛武康轟炸敵軍 竹絲港灣沚我陣地轉移

英新大使明赴滬
克氏否認調解中日戰爭 最短期內赴渝呈遞國書

滬市街名 敵方任意更改
外商反對檢郵

敵派谷正之赴滬作外交活動

蔣大使抵濱 日內飛渝

通訊

淮河血戰

海洋

一、蚌埠的陷落

二、淮河喋血

敵掠京難民糧食

滬外報記者向敵責詢
敵發言人諉稱不知情

（中央社香港十七日電）滬訊、日大使館發言人、今午後接見外報記者時、有詢以南京日當局、在下關所扣留之黃豆一百噸、究係何方所有、該發言人答不知、又問、此項黃豆係南京國際救濟委員會所購、茲竟予以扣留、與掠奪何異、該發言人等、仍以不知作答、厥後該發言人等談及日軍轟炸鄭州事、謂北平日當局、業經通告各國使館人員云、中國當局遇有日機轟炸時、即將列車開至外國教堂工廠附近、以資掩護、應請轉知中國當局、勿得如此、以免涉及外僑、某記者乃詢以北平日當局、係於何時通告各使館人員、發言人等初稱不知、繼謂係屬昨日事、各記者當即表示驚訝、蓋因日機轟炸鄭州、乃係前日之事也。

南京大屠殺
遇難總人數
的下限數字

據 1997 年 9 月止所發現資料計算

被日軍第二碇泊場“處理”掉的尸體	
日軍在 1937 年 12 月 15 日前處理的尸體	50,000
日軍在第二碇泊場司令部安達少佐處理的尸體	81,000
日軍在第二碇泊場司令部太田壽男少佐處理的尸體	19,000
叢葬地尸體	
由慈善團體、自願團體和南京僞政府掩埋	
崇善堂	112,266
紅卍字人	43,071
紅十字會	22,683
同善堂	7,000
南京市僞政府	5,600
僞下關區公所	3,200
僞南京第一區公所	1,232
湖南木商盛世征、昌開運	20,291
市民芮方緣、張鴻儒、楊廣才等	7,000
回民掩埋隊	400
小計	372,743
減去可能之重疊與交叉	−537
減去可能之重疊與交叉	−2,840
合計	369,366

圖書在版編目（CIP）數據

見證. 中文報刊中的南京大屠殺報道 / 徐小躍主編. —南京：江蘇鳳凰美術出版社，2017.12
ISBN 978-7-5344-7494-1

Ⅰ. ①見… Ⅱ. ①徐… Ⅲ. ①新聞報道—作品集—世界—現代②南京大屠殺—史料 Ⅳ. ①I15②K265.606

中國版本圖書館CIP數據核字（2017）第284469號

責任編輯　王林軍　趙　天
裝幀設計　趙　天
責任校對　吕猛進
責任監印　朱曉燕

書　　名　見證. 中文報刊中的南京大屠殺報道
主　　編　徐小躍
出版發行　江蘇鳳凰美術出版社（南京市中央路165號　郵編：210009）
出版社網址　http://www.jsmscbs.com.cn
制　　版　南京新華豐制版有限公司
印　　刷　南京精藝印刷有限公司
開　　本　889mm × 1194mm　1/16
印　　張　15.5
版　　次　2017年12月第1版　2017年12月第1次印刷
標準書號　ISBN 978-7-5344-7494-1
定　　價　128.00圓

營銷部電話　025-68155790　營銷部地址　南京市中央路165號
江蘇鳳凰美術出版社圖書凡印裝錯誤可向承印廠調換